U0055320

回風雲時代

群山在呼喚

Mountains and Valleys

約翰・繆爾（John Muir）◎著

范亦渟◎譯

【譯序】

范亦漳

約翰・繆爾（John Muir），一八三八年四月廿一日出生於蘇格蘭的鄧巴。一八四九年，在他十一歲時，舉家遷至美國的威斯康辛州波蒂奇附近的農場，他在那裏度過了童年。這片獨特的自然環境，使他萌生了最初對大自然的興致，在幫助父親打井、耕地、播種和收穫糧食之餘，他總是利用一切機會到森林中去，以幼稚的童心饒有興趣地觀察林中的飛禽走獸。

他是一位牧羊人、發明家、生物學家、地質學家、探險家、自然文學家等。當然，最準確的稱呼，他還是一個道道地地的大自然愛好者。他無論做什麼，總是專心致志，持之以恆。他經常用木頭雕刻一些奇特而又實用的器具。他做過一個報時非常準確的時鐘，還做過一個天亮時可以把自己從床上彈起來的器械。一八六〇年，他把自己「發明」的這些產品拿到州農業交易會上展出，贏得了人們普遍的讚賞和鼓勵。

一八六三年，從威斯康辛大學畢業後，他投身於機械發明。同年，他開始徒步旅行威斯康辛州、愛荷華州、伊利諾州和加拿大等地。一八六七年，一次事故幾乎使他的一隻眼睛失明，幸而一個月後，他又恢復了視力。從此，他成了旅行家和熱情洋溢的自然主義者，把眼光投向大自然，森林、山岳和冰川是他尤其鍾愛的地方。

他一邊靠打零工爲生，一邊到人跡罕至的荒山野嶺去探索和研究自然。他從印第安那波利斯長途跋涉一千多公里到達墨西哥灣，邊旅行邊做筆記。然後，他乘船到了古巴，又到了巴拿馬，跨越連接北美和南美的巴拿馬海峽，再沿著美國西海岸航行。

一八六八年，當他三十歲時，他在加利福尼亞第一次看到了內華達山脈，並爲其景色所傾倒。之後，他便以加州作爲久居之地，將岳父的果園經營得有聲有色，從此生活無憂，得以四處遊覽。

他幾乎走遍了美國西部各州，觀察該地區的自然生活狀況，並按目錄分門別類，加以描述，先後寫出了《群山在呼喚》、《阿拉斯加之旅》、《夏日山間之歌》、《我們的國家公園》等十餘部作品和三百多篇描寫美國自然風光的文章。他的文筆優美如詩，引人入勝。正是在這些作品的感染下，美國相繼建立了許多保護性的國家公園，他的作品也因此被稱爲「感動過一個國家的文字」。

約翰·繆爾的作品以濃墨重彩描繪了優美的自然風光。一八九四年出版的《群山在呼喚》，是他的第一部書。書中沒有任何倡議，而是充滿深情地描寫了他所鍾愛的自然景觀。該書一經問世就獲得了成功，使自然資源保護者的隊伍迅速壯大。在本書中，作者深入細緻地描述了冰川、關隘、湖泊、草地、森林、植被、花鳥等各方面的情況。「我爲內華達山脈的壯麗景色而歡欣鼓舞、讚歎不已……在這裏，上帝總是把祂的力量和美，發揮得淋漓盡致。」

這部詩意盎然的散文長篇，處處流露出他對大自然滿懷深情。他說：「人們對美的渴望不亞於對麵包的需求。他們需要有地方休息和祈禱，讓大自然平復他們的創傷，喚起他們的歡樂，給予他們的肉體和靈魂以力量。」經過長期的調查研究後，他還發現優勝美地山谷形成的原因，是冰川的侵蝕作用而非地震因素，從而推翻了前人的說法。

繆爾是二十世紀初美國自然保護運動的領袖，他把許多充滿感情的觀察記錄寫成了隨筆和雜誌文章，敦促聯邦政府採取森林保護區政策，有效地保護自然資源不被破壞性開採。一八九二年，他作為創始人，與一群支持者共同成立了著名的「謝拉俱樂部」，旨在將他對大自然的熱情擴大為全國性的運動。他領導該團體，敦促政府通過法案來保護自然資源。他最大的功績就在於開創了自然保護區建設事業，因而被譽為「國家公園之父」。

繆爾的著作和實踐，引起了當時美國總統西奧多·羅斯福(Theodore Roosevelt)對資源保護區的興趣。一九〇三年春天，羅斯福總統邀請繆爾一起到優勝美地地區進行一次野營旅行，並對繆爾說：「除了你，我不想與任何人同行；而且，我想在這四天之內擺脫一切政務，只和你待在一起。」

羅斯福認為：「我們建設自己的國家，不是為了一時，而是為了長遠。作為一個國家，我們不但要想到目前享受極大的繁榮，同時要考慮到這種繁榮是建立在合理運用的基礎上，以保證未來的更大成功。」基於這種理念，羅斯福在政務之餘與繆爾考察了大峽谷、優勝美地國家公園等地，並根據考察結果，開始限制在大峽谷中建設大壩等開發項目。

一九〇八年，美國國家公園管理部門接受了舊金山北面一大片原始紅杉森林的捐贈，人們爲了表達對繆爾的敬意，將這片原始森林命名爲繆爾國家林區。

曾有評論家說：「任何懷疑寫作之威力的人，只要看看約翰·繆爾所取得的成就，就會深信不疑了。」巍峨聳立的山峰，波濤洶湧的江河，美麗無限的瀑布，姹紫嫣紅的花朵和悅耳動聽的鳥鳴……讓我們跟隨作者的足跡，去領略和體會大自然帶給人們的快樂。

CONTENTS

CONTENTS

CONTENTS

第一部　加利福尼亞的群山

山體的前景在繽紛的秋色中燃燒，在柔美的陽光下變得更加絢麗多姿；深藍色的天空、灰暗的岩石和神聖、潔白的冰河形成鮮明的對比。從中間往下看，只見生機勃勃的圖奧米勒河由晶瑩剔透的源泉飛流直下，好像結成了冰，匯聚在玻璃般的池潭裏；然後又變成了雪，在白色的瀑布中跳躍，在花崗岩浮雕之間流淌。

第一章　內華達山的近景

一個晴朗的清晨，當冰川草地上依然覆蓋著霜凍晶體，我從萊爾山（Lyell）山腳下出發，沿路前往優勝美地山谷（Yosemite Valley），去採購業已告罄的麵包和茶葉。與以前許多年的夏天一樣，我去年夏季也在這裏度過，探索位於聖華金河（San Joaquin）、圖奧米勒河（Tuolumne）、默塞德河（Merced）和歐文河（Owen）源頭的冰川，測量和研究它們的運動、流向、裂隙、冰磧，以及它們在冰川擴張期對高山奇境的形成所起的作用。

那一年，我做這項工作快要結束時，就開始欣喜地期盼著冬天，並期望著降臨一場令人驚奇的暴風雪，而我將在被雪包圍的優勝美地的溫暖的小屋裏，與大量的麵包和書籍為伴。但是，當我想到在明年夏天到來之前，除了可以從優勝美地峭壁的高度看看遠景之外，就有可能再也看不到這個令人心儀的地方，心中不免有些遺憾。

對於藝術家來說，內華達山沒有幾個地方可以入畫。巍峨聳立的山脈倒是一道亮麗的風景，然而，它們卻渾然一體，與古老的、可以稱之為海岸山脈的群山有很大的不同。正如我們所看到的一樣，經過一年寒冬冰雪的活動，內華達山從頭到腳都發生了翻天覆地的變化，所有風景又變得栩栩如生。但是，所有這些新的風景不是同時形成的。在冰塊存留時間最長的某些制高點，比其下面的溫暖地區的那些風景要短數千年。總之，高山風景出現的時間越短——指它們在冰川期初現端倪時——它們也就愈不容易被分離，但因此恰恰構成溫暖的、和諧的、可愛的美景，供人欣賞。

然而，圖奧米勒的源頭卻是一群荒蕪的山峰。地質學家可能會說，山峰上的太陽剛剛放射出光芒，便是一幅風光秀麗的畫面。如此整齊劃一，看起來很普通——一群冰雪覆蓋的、陰森的山峰，其底部周圍編織著灰色的花崗岩浮雕，邊緣上長滿了松樹，宏偉壯觀的山頂直入雲霄，兩側巍峨聳立的峭壁往外傾斜，呈環抱群山狀。

現在，山體的前景在繽紛的秋色中燃燒，在柔美的陽光下變得更加絢麗多姿；深藍色的天空、灰暗的岩石和神聖、潔白的冰河形成鮮明的對比。從中間往下看，只見生機勃勃的圖奧米勒河由晶瑩剔透的源泉飛流直下，好像結成了冰，匯聚在玻璃般的池潭裏；然後又變成了雪，在白色的瀑布中跳躍，在花崗岩浮雕之間流淌。然後，它穿過山谷平坦的草地，勢不可擋，以沉著、莊嚴的姿態經過浸在水中的柳樹和莎草（sedges）以及岸邊挺拔的松樹林。無論它飛馳急下還是緩緩而行，高聲歌唱或是低聲沉吟，貫穿整個變化多端的流程，始終爲優美的風景注入精神活力，每次運動和每個音調都證明其源泉的偉大。

在去往山谷的寂寞旅途中，我禁不住反覆轉身凝視這輝煌燦爛的大自然畫卷；我舉起雙臂，想把這美景框住。在冰河下面的黑暗中生長多年之後，經過陽光和暴風雨的洗禮，這美妙的自然似乎正在期待有備而來的藝術家，就像金色的小麥等待收割一樣。我禁不住希望自己在旅途中攜帶著顏料和畫筆，學習繪畫。同時，我對腦海中留下的畫面和筆記本上的速寫感到滿足。

最後，在我繞過一處從山谷西邊的峭壁凸出來的險峻岬角之後，所有的山峰都從我的視野中消失了。我沿著結冰的草地快速前行，經過默塞德河與圖奧米勒河之間的分界線，往下穿過覆蓋著克勞德雷斯特（Cloud's Rest）斜坡的森林，按時抵達了優勝美地山谷——對我來說，無論何時都行。

說來也怪，我在這裏遇到的第一撥人，就是兩位藝術家，他們拿著介紹信，正等待我返回。他們問我在鄰近的群山探險過程中，是否看見適合畫大幅油畫的優美風景。於是，我開始描述最近令我讚歎不已的一個地方。隨著我越來越深入地講解細節，他們開始喜形於色，我便提議爲他們做嚮導。他們表示，不管遠近都樂意跟隨我走——無論他們走到何處，我也能夠花時間引導他們。

由於暴風雪在任何時候都可能降臨，從而破壞這美好的天氣，把絢麗的色彩埋葬在大雪之中，截斷藝術家的退路，所以我建議立即出發。

我帶領他們從弗納爾瀑布和內華達瀑布走出山谷。從那裏，我們經由莫諾古道，越過最大的分水嶺，到達圖奧勒米大牧場，並由此沿著圖奧勒米河的上游到達其源頭。這是我的同伴首次遊覽內華達山，而我之前幾乎總是獨自登山，他們容光煥發的樣子，就像呈現在我面前的一部小說或一項有趣的研究。

繽紛的色彩自然對他們影響最大——蔚藍的天空，紫灰色的花崗岩，紅褐色的乾草地，半透明的紫色與深紅色的沼澤地，色彩鮮明的白楊林區，銀光閃閃的河流，綠色與藍色的冰川湖泊。但是，這些景色的總體觀感是怪石嶙峋，荒蕪人煙，令人非常失望。

兩位藝術家翻山越嶺，穿過森林，急切地審視著展現在他們眼前的萬千景致。他們說：「這裏的一切氣勢恢弘、雄偉壯觀；但是，在所看過的景色中，我們尚未發現可以用來做畫的地方。您知道，藝術是永恆的，也是受到限制的；而這裏，前景、中景和背景全都一模一樣，裸露的岩石泛起波浪，森林、林區、斑紋點點的草地和波光粼粼的帶狀水面。」

我說：「沒關係，只要等一會兒，我就讓你們看你們喜歡的東西。」

最後，第二天太陽快下山時，正當我們繞過上文提到的突兀岬角，璀璨的晚霞烘托出整幅畫面，克朗山的景色頓時展現在眼前。他們歡呼雀躍，倆人中顯得更為衝動的年輕的蘇格蘭人突然向前飛奔，像瘋子一樣叫喊著，在空中飛舞雙臂，用凌亂的手勢表達他此時此刻的激動心情——我們終於在這裏見到了高山風景畫！

欣賞完風景之後，我在草地往後一點的隱蔽林區裏搭建營地。在那裏，可以截取松樹枝做床，還有大量的乾柴用於起火。此時，兩位藝術家沿著彎彎曲曲的河流和峽谷到處亂跑，選擇寫生的前景。黃昏過後，備了好茶，燃起熊熊篝火，我們開始制訂計劃。他們決定要在這裏多逗留幾天，而我則決定去遊覽無與倫比的里特峰（Ritter）。

現在大約是十月中旬，正是雪花剛剛開始飄灑的季節。初冬的雲彩已經變得模糊，山峰上點綴著清新的冰渣子，然而，這並不影響我攀登險峻的地方。由於天氣依然非常平靜，去里特峰山腳不過一天多一點時間，我覺得不太會有被暴風雪圍困住的危險。

就像北方的沙斯塔（Shasta）和南方的惠特尼（Whitney）一樣，里特峰是內華達山中部群山之王；此外，據我所知，還從來沒有人攀登過。無數個夏季過去了，雖然我已經在鄰近的原始森林探險過，但是，我的研究迄今尚未吸引我去登頂。里特峰的海拔高度大約一三，三〇〇英尺，周圍環繞著險峻陡峭的冰河和深不可測、崎嶇不平的峽谷，因而這座山人跡罕至。但是，這些困難只會使登山愛好者更加興奮不已。

第二日早晨，兩位藝術家積極地投入工作，我就做我的事情。以前的經驗告訴我，變化無常的暴風雪至今仍不見蹤影，眼下是其來臨前難得的可以徜徉在平靜的金色陽光下的好時光。所以，在與兩位藝術家告別之前，我告訴他們，如果我一周或十天後失蹤，請他們不要驚慌失措。萬一暴風雪來臨，則要盡可能地保留熊熊燃燒的篝火，注意保護自己，決不要膽戰心驚地試圖獨自漂流，以尋找返回優勝美地之路。

我的大體計劃不過如此：攀登峽谷的峭壁，跨越山脈的東側；然後，順著中間的地形，向南前往里特峰的北部山嘴。從營地直接向南行進，需要途徑山脈軸線部分的無數個山峰；儘管相當有趣，也將耗費我大量的時間，這還不包括一些異常的艱險在內。

第一天純粹是娛樂，我只是埋頭登山，穿行在古代冰川經過的乾燥的小路上，追溯快樂流淌的河流，在林區和岩石間分別瞭解鳥類和土撥鼠的習性。在離營地不到一英里的地方，我來到了白色瀑布的底端。這個瀑布從大約九百英尺高的峽谷峭壁上，沿著崎嶇的山峽順勢而下，湧入圖奧勒米河。其源泉正好處在我的旅途中，因此我有幸認識它。

多麼美好的旅伴啊，它唱出那麼動聽的歌聲！它是那麼多情地講述著身處高山的歡樂！我非常高興地沿著其壯觀的邊緣攀登，聆聽其神聖的音樂，有時沐浴在漂蕩而來的、彩虹色的水霧之中。

我攀登得越來越高，新的美景一覽無餘：色彩鮮豔的草地，開得正豔的花園和結構罕見的山峰，銀光閃閃的湖泊點綴其間；遠處是隱約出現的森林，遙遠的西邊則是黃色低地；再遠處，我看到了所謂的莫諾沙漠夢幻般地橫臥在濃重的紫光裏——河水從這裏分流，豪情萬丈，咆哮著向東流去，消失在大盆地的火山地和乾燥的天空裏的視線交界處，或者向西流到加利福尼亞的大山谷，從那裏經過舊金山海灣和金門灣流入大海。

直到抵達海拔一千英尺左右的地方，我才從山頂沿著一條小路下山，朝著一群守護著里特峰的北面及西面的原始山峰向南進發。我摸索著行走，本能地對付出現在眼前的每一處障礙。在這裏，有一個巨大的山峽切斷了我的去路，我順著那令人暈眩的邊緣爬行，直到發現不那麼陡峭的地方。

我從那裏可以安全地到達谷底。然後，我小心翼翼地再往上攀登。巨大、平頂的懸岩與山峽交替出現，從冰雪覆蓋的山峰的側翼陡然急降，把它們的足部插入溫暖的沙漠裏。古代的冰川如狂風一般，曾在這些地區橫掃而過，留下了隨處可見的典型雕塑。這些被大洪水磨光的地表，至今仍然保存完好，地表的光滑處反射出強烈的陽光。

上帝的「冰川製造廠」在緩慢地碾磨著，這些「製造廠」在加州，已經運轉了很長的時間，爲富裕的生活碾磨出足夠多的土壤。儘管大部分土壤都被運到了低地，使得高山地區相對比較貧瘠和裸露；但冰河期以後的侵蝕作用，還是沒有給地面供應足夠的食物，只有少數頑強的灌木叢——主要是苔屬植物和絨毛屬植物能夠生存下來。

就此而論，瞭解到造成這個高度的植被稀疏、了無生氣的原因，是因爲土壤的缺乏而非惡劣的氣候，也非常有趣。因爲，多處隱蔽的洞坑裏堆放著幾桿①完好的冰磧碎片。我們發現三十英尺至四十英尺高的雲杉和松樹林四周整齊地生長著柳樹和越橘類矮樹叢，在長得很高的草的周邊更遠的地方，則生長著鮮豔的白羽扇豆、飛燕草和藍色樓斗菜，暗示著這裏的氣候決不會極端地惡劣。只要有土壤的地方，位於這個高度的河流與池塘，就會將其裝扮得像小花園。

遠處很少有如此的景觀，僅有的這一切魅力依然，使有鑑賞力的觀察家驚喜不已。在這些小小的樹葉裏，一些小鳥找到了可以棲息的地方。由於跟人類不熟悉，牠們並沒有害怕之意，而是好奇地聚集在人的周圍，幾乎讓人用手就能把牠們捉住。我的第一天就在這麼荒涼又如此美麗的地方度過——每處風景和每個聲音都令人振奮，使人身不由己，形成自己的趣味。

現在，黑暗、寂靜的夜晚已經降臨。長長的、尖尖的陰影，不知不覺地出現在雪地上；一道開始還難以辨別的玫瑰色的光輝，逐漸地加深並擴散到每個山頂，淹沒了其上方的冰河和粗糙的峭壁——這就是晚霞；對於我來說，這是上帝在陸地上顯靈，是最感人的景象之一。一沐浴到這神聖的光輝，群山彷彿進入了迷醉的宗教狀態中，像虔誠的參拜者一樣肅立和等待。就在晚霞淡出之前，兩塊深紅色的雲彩像火焰的兩翼一樣在山頂上流動，呈現出壯觀的景色，而且更加激動人心。隨後，夜幕降臨，繁星滿天。

冰雪覆蓋的里特峰還在數英里之外，可是，我當晚已不能走得更遠了。我在海拔大約一萬一千英尺的冰河流域的邊緣，發現了一處上佳的營地。小湖緊挨著營地，我從湖裏取水泡茶，又從附近被暴風雨摧毀的灌木叢那裏，獲取了充足的含樹脂的柴禾。陰森森的山峰衝破黑暗的寂靜，沿著地平線劃出了半道圓弧，在黃昏中顯出了其野性的一面。

瀑布從冰河底部穿過湖泊，一路上莊嚴地唱著讚歌。瀑布、湖泊和冰河幾乎同樣無遮蔽。岩石縫隙裏生長著參差不齊的松樹，它們在暴風中是如此矮小、易斷，以至於你可以從它們的頂端走過。在音調和外表方面，此情此景是我所見過的最淒涼的場面之一；但是，也有愛的輝煌樂章照亮了群山最黑暗的那一幕——當一個人獨自在外時，一定能夠體會到這些交錯的情緒。

我在松樹灌木叢的隱蔽處準備好睡床，把頭頂上的樹枝壓扁，盤在一起就像一個屋頂，再把周圍的樹枝彎下來當作一道牆壁。這就是高山賦予給我的最好的臥室——像松鼠窩一樣暖和，通風良好且充滿辛辣氣味，還有大量隨風起舞的松針唱著歌伴我入眠。

我根本不期待有陪伴，而當我從低矮的「側門」爬進去時，竟發現五六隻鳥兒在穗狀花序之間築的巢。晚風吹來，開始只是和煦的微風，但到午夜，狂風大作，就像瀑布中洶湧的波濤一樣，衝擊著我用樹葉編織的屋頂，頭頂上的峭壁上也有猛烈撞擊的聲音。瀑布齊聲合唱，古老的冰雪源泉充滿了咆哮聲。隨著深夜的到來，咆哮聲的威力越來越大——這樣的景致非常適合有這種聲音。因爲寒風刺骨，而我又沒帶毯子，晚間不得不多次爬出來取火。直到後來，我終於高興地迎來了晨星。

乾爽的黎明令人心曠神怡。一切都在鼓勵我，並預示著成功。天空中沒有烏雲，風中沒有暴風雨的聲音。早餐的麵包和茶很快就備好了。我在現有的食品中，挑出一塊硬梆梆但耐久的乾麵包片繫在腰帶上，以防萬一被迫在山頂上過夜。於是，在放好所剩無幾的食品防止狼和林鼠偷食之後，我又一身輕鬆滿懷信心地上路了。

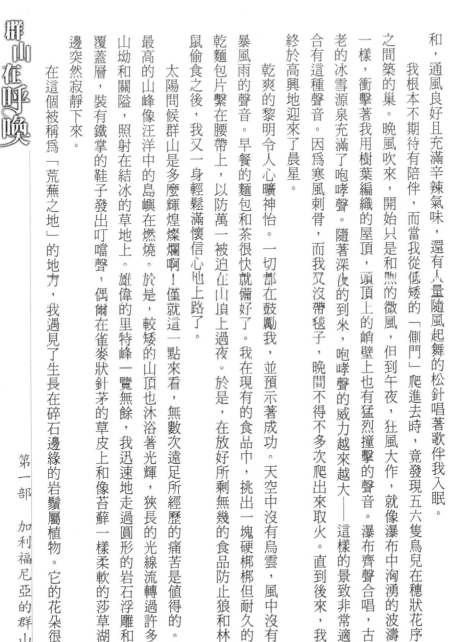

太陽問候群山是多麼輝煌燦爛啊！僅就這一點來看，無數次遠足所經歷的痛苦是値得的。最高的山峰像汪洋中的島嶼在燃燒。於是，較矮的山頂也沐浴著光輝，狹長的光線流轉過許多山坳和關隘，照射在結冰的草地上。雄偉的里特峰一覽無餘，我迅速地走過圓形的岩石浮雕和覆蓋層，裝有鐵掌的鞋子發出叮噹聲，偶爾在雀麥狀針茅的草皮上和像苔蘚一樣柔軟的莎草湖邊突然寂靜下來。

在這個被稱爲「荒蕪之地」的地方，我遇見了生長在碎石邊緣的岩鬚屬植物。它的花朵很久之前就凋謝了。但是，它們還留在常青藤快樂的記憶裏，依然是如此美麗，震顫著人們的每一根神經。在冬季或夏季，你有可能聆聽到它的聲音，那是紫色鐘形花冠唱出的低沉而甜美的旋律。

在所有的高山植物中，沒有誰能比岩鬚屬植物更明白地講述大自然之愛。在它棲身的地方，最寒冷的荒野也可以得到拯救；甚至連岩石和冰河似乎也能感覺到她的出現，開始感受到其自身那甜蜜的甘露正在浸透。大地回暖，萬物正在甦醒。結冰的小溪開始流淌，土撥鼠走出用卵石堆積起來的窩，在地上爬行，享受著陽光的溫暖；灰褐色腦袋的麻雀飛來飛去，在尋覓牠們的早餐。從山嶺的頂端遙望波光粼粼的湖泊，好似矮松灌木叢在閃爍。岩石也似乎感受到生命的熱量——同樣令人興奮的岩石晶體和雪花晶體。我懷著愉快的心情闊步前進，好像不再感覺疲倦，兩條腿自己挪動，每個感官像盛開的花朵一樣伸展開，融入到新的一天的和諧氣氛之中。

到現在爲止，除了峽谷下面之外，我行程中的大部分風景都向我敞開胸懷，至少在某一方面是非常廣闊的。左邊是紫色的莫諾平原，夢幻一般溫暖，靜臥在那裏；右邊是近在眼前的山峰，它躍入天空，越來越令人感動。高山的特徵變得更加突出，登山的感覺就像回家一樣。我們常常發現，在這些有水的荒野中，最陌生的東西在某種程度上好像挺熟悉，總是以從前見過它們的模糊感覺來看待它們。

在結冰湖泊的南岸，我遇到一大片堅硬的粒狀雪地。我在上面有節奏地奔跑，想跟隨它穿越多岩石的山嘴，希望就這樣直接到達里特峰。地面上有橢圓形窟窿的凹陷處，這些窟窿是被石頭砸成的，裏面埋葬著一些松針，由於吸收太陽的照射而融爲一體。這些地方是較好的立足之處，在我發現自己處在像雪崩一樣容易滑落的危險以前，凹陷處變得很淺，也沒那麼多。然而，我堅持用四肢爬行，就像我曾經在光滑的花崗岩上挪步一樣，背靠著岩壁慢吞吞地移到最光滑的地方。在幾次打滑之後，我被迫沿原路折回底部，再沿著湖泊西邊的盡頭尋找新出路。之後，我往上走到拉什河的源頭與聖華金最北的支流之間的分水嶺的頂點。

抵達分水嶺的頂點，眼前出現了在我過去的登山運動中從未發現過的、最令人激動的、純粹的原始森林。我的前面隱約出現了氣勢磅礴的里特峰。一條冰河從其正面飛撲而下，幾乎延伸到我的腳下；然後，冰河向西彎曲，傾瀉進深藍色的湖泊，湖岸鑲嵌著潔白晶亮的懸崖峭壁。

分水嶺與冰河之間一道深深的裂口，把這一巨幅畫面與其他風景分開，我看見的只是一座雄偉的山、一條冰河、一個湖泊。整個畫面隱藏在藍色的陰影之中——岩石、冰雪與水密不可分，不夾雜一片樹葉或絲毫生命的跡象。我著迷般地凝視這些景觀之後，就本能地開始仔細觀察山上每個被水浪衝擊而成的洞穴、峽谷和被風化的支壁，尋找攀登的路線。

冰河上方的整個前部，看起來像一處巨大的懸崖，頂端稍微後退一點，峰巒疊嶂，令人敬畏。生了青苔的巨大城垛隨處可見，其頂部被砍出有稜角的凹口。從左到右，遠到我能看見的盡頭，都是巨大的、崩塌的支壁，登山者沒有希望從這裏通過。冰河的頂端經由狹窄的山腹峽谷分出幾條手指狀的支流。但是這些支流似乎太陡，也太短，無法由此行走，更何況，我沒帶斧頭來砍臺階——除了絕壁阻斷我的去路之外，那些有可能發生山崩或雪崩的狹窄的溪谷亦非常險峻。由於岩石寒冷的陰影，使得整個向前的道路更加令人膽戰心驚。

我在猶豫不決之中走下分水嶺，選擇跨越山腳下張得很開的裂口，從冰河上往外攀登。現在，再也沒有草地可以讚美其華麗的色彩，我也聽不到長著灰褐色腦袋的麻雀的鳴叫——牠們愉快的音調，經常打破巍峨群山的沉默。惟一的聲音是小溪汩汩地流下冰河的裂縫和冰隙所發出的，偶爾還能聽見石頭墜落的卡嗟聲以及它們從新鮮的空氣中所傳來的回聲。

我不清楚從這一側能否有希望到達山頂——好像由於命運的驅使，我依然穿過冰河向前邁進。為了挑戰我自己，這個季節可能將被浪費了；我是說，即便我登頂成功，我也會被暴風雪圍困在山上。在漫天烏雲下，懸崖和冰河裂縫覆蓋著雪，我怎樣才能逃脫呢？如此，我必將等待明年夏天的到來。而我只有現在，才能走進高山並對其進行考察，在它的兩側匍匐而行，盡可能瞭解它的歷史，隨時準備好在第一次暴風雪來臨時逃脫。可是沒有嘗試，我不知道有多少東西是無法控制的，我急切地想跨過冰河與洪流，向上到達危險的高度。無論如何，讓判斷力來阻止我吧！

我成功地抵達冰河最東端的峭壁腳下。在那裏，我發現了狹窄的雪崩溝壑的出入口。我就從這裏開始攀登，打算沿著此路走得盡可能遠一些——至少，由於付出，我能夠看到一些美好的野景。通常的上山路線與山體的平面成斜角，形成山脈的變質板岩由解理面切開，以這樣的一種方式侵蝕有角度的地塊，從而產生了不規則的臺階——這些臺階極大地方便了對一些陡峭地方的攀登。因此，我向著倒塌的尖頂和城垛所在的荒野前進。

這些尖頂和城垛建在一起，令人頗感困惑。在許多地方都覆蓋著一層薄冰，我只好用石頭錘打之。眼下的情形變得越來越危險，但是，我已經通過好幾個危險的地點，不敢想著回轉下山。整個上山的過程都如此險峻，萬一失足，整個人將不可避免地要跌落到冰河裏。所以，知道接下來的艱難險阻，想到自己還要往上攀登，我變得焦慮不安，開始意識到現實降臨的種種不祥預兆。不是我的恐懼所致，而是因爲我的通常所憑恃真實的本能，似乎在某些方面受到損害，正在把我引入歧途。

最後，我到達海拔大約一二，八〇〇英尺的高度時，發現已經來到了自己所追溯的雪崩河床的峻峭陡坡的底部，那裏的去路像是完全被阻擋住了。這個地方只有四十五至五十英尺高，由於裂縫和凸出部變得稍微有些崎嶇不平。這些地方既不結實也不安全，根本無法立足。我經由其中一側攀登河床的峭壁，儘量避免再走懸崖。可是，儘管這裏不再那麼陡峭，但峭壁卻比剛剛避開的障礙更光滑。

多次努力的結果表明，我必須從右邊向前走，或者往回走。此後嘗試過的危險好像比攀登前方的懸崖更大。所以，在反覆仔細地查看其表面之後，我開始攀登，並小心翼翼地選擇支撐點。大約走了離山頂一半的路程之後，我突然筋疲力盡，不得不停下來，伸開雙臂，緊緊地抓住岩石的表面，手腳都有些動彈不得。

我感到厄運降臨了，我一定會墜落下去……經過一陣迷亂慌張之後，我將從這處不起眼的懸崖墜落到下面的冰河，濺起了單調沉悶的隆隆聲。

當這種致命的危險掠過心頭時，自從開始登山以來，我第一次受到了強烈的震撼，腦子裏充滿了令人窒息的幻覺。但是，當生命再次變得超脫自然時，這種可怕光景在記憶中只有片刻而已。我好像突然地擁有了新的感覺。以往的經歷造就了另一個自我。本能或者守護天使——隨便您怎麼稱呼——來到我的身邊，使我重新控制了自己。於是，我顫抖的身軀又變得堅強有力，我的眼睛又如同顯微鏡一樣，不放過岩石上的每一處細小的裂口和裂紋，我的雙腿堅定而又準確地向前挪動——這樣，我又好像又無所畏懼了。如果我誕生在高處，又有翅膀，那麼我就完全可以超脫啦……

在這個難忘的地方，高山向上的正面遭到更加嚴重的破壞，張得很開的裂口和溝壑令人困惑。角落裏有懸垂的峭壁，堆積著似乎要隨時分離、向下翻滾的大石頭。但是，此時我突然變得渾身是勁，不費吹灰之力就找到一條出路，很快就站在最高的峭壁上，開始沐浴著神聖的光輝。

這座雄偉山峰周邊的優美風景是多麼燦爛輝煌！巨大的群山，無數的山谷、冰河、草地、河流、湖泊，就連一望無垠的藍天都在溫柔地向它們鞠躬。當我從可怕的陰影中逃脫出來而重新獲得自由的第一個小時裏，我頭等重要的事是享受陽光！

沿著山脈的軸線向南望去，首先映入我眼簾的，是一排非常險峻而細長的尖峰，從斜靠在山底的一連串殘留的短冰河上方，直接上升到一千英尺左右的高度。奇異的雕塑和冰河上鋒利的冰塊，顯得格外荒涼和驚人。這些就是「尖塔」。在遠處，你可以看見雄偉壯觀的群山，山頂上覆蓋著冰雪，層巒疊嶂，向南部延伸的山峰越來越高，直到山脈的頂點伸到海拔高度將近一四，七〇〇英尺，靠近克恩河源頭的惠特尼山。

向西，可以看見山脈的側面平緩地從尖峰向外展開。在巨大的波瀾起伏的灰色花崗岩的「海洋」中，點綴著星羅棋布的湖泊和草地，壯觀的峽谷逐漸往遠處退縮，變得深不可測。這個灰色區域的下面，到處都是隆起的山嶺和穹崖分隔開的森林地區；更遠黃色朦朧的地帶是聖華金廣闊的平原，它的遠端以海岸的藍色群山爲界。

北邊，近在眼前的是雄偉的克朗山，山上有「教堂峰」，左邊不遠處是一座建築非凡的教堂，右邊是馬默斯山、奧德山、吉布斯山、戴納山、康奈斯山、陶爾峰、卡斯爾峰、錫爾弗山，還有其他不知名的雄偉群山，都在沿著山脈的軸線展示自己的壯觀。

向東，整個地區好像是美麗光芒之下的一片荒蕪之地。莫諾的熱帶火山盆地裏，有一個十四英里長的、裸露的湖泊。歐文山谷及其頂端廣闊的火山岩臺地到處佈滿火山口，巨大的因約山脈在高度上可與內華達山抗衡。往下看，延伸的是像地圖標記一樣無數的山脈，它們層層疊疊，逐漸消失在遙遠的天邊。

在里特峰峰頂下不到三千英尺的地方，你會發現聖華金河與歐文河的支流正從冰河沿岸的冰雪中噴湧而出。從這裏往北走一點，就是圖奧勒米和默塞德最高的支流。加利福尼亞四條主要河流的源泉，都位於這四、五英里的半徑範圍內。

到處都能看見波光粼粼的湖泊——非常像鏡子，圓形的、橢圓形的或者方形的；還有些湖泊狹窄，像銀色的環帶蜿蜒環繞山峰，最高處映射出來的只是岩石、冰雪和天空。這些隨處可見的湖泊、冰河、小塊的棕色草地和高地沼澤，都不足以給巨大的群山留下深刻的烙印。我的眼睛對自由感到欣喜，漫遊一望無際的天邊，最終還是要一次次地回到河流發源的山峰。

也許，有些景色特別吸引我，比如有小塔和城垛的巨大的城堡，或者是比起米蘭大教堂有更多尖頂的哥德式大教堂。但是，一般說來，當第一次像這樣全方位地進行瞭望，沒有經驗的觀察者，會被這些無法用語言表述的齊心協力上升的群山那壯觀、多變和豐富的景致壓迫得喘不過氣；你只有一座一座地、長期深入地研究這些群山之後，才能明白其中的深遠意義。於是，你可以深入到原始森林，很快就能意識到其重要的明顯特徵，而周圍的所有地形則是次要的。

最複雜的群峰就像藝術品一樣，顯露出協調統一和時尚的情調，這些藝術品就是從雄渾的山脈之中突顯出來的古代冰川的永久紀念碑。峽谷也是這樣，它們中的有些深達一英里，穿行於巨大的群山中；無論它們出現的時候是多麼無章可循和難以掌控，最終，它還是被認識到是群山之間協調排列的一個部分——大自然的詩雕刻在石臺上——冰河的傑作是最樸素、也是最有力的證明。

如果我們在冰川期來此地觀測，應該能夠眺望到像現在格陵蘭風景一樣的連續不斷的冰的海洋，而填充每個山谷和峽谷的僅是河流發源的山峰尖頂。這些山峰從受岩石阻擋的、冰冷的波浪上朦朧地升起，就像風大浪急的海面上的小島一樣——那些小島就是那些在陽光下微笑的優美風景的惟一線索。

站在這萬籟俱寂的地方，原始森林的一切似乎都停滯了，好像剛完成創造性的工作。但是，在這種穩定的表象之外，我們知道其內部存在著不斷的運動和變化。雪崩不時地從那邊的山峰滾下來。這些被懸崖峭壁包圍的冰川，表面上看起來固執靜止，實際上卻像水一樣流動，以致把它下面的岩石碾碎。

湖泊包圍住花崗岩，並使它們磨損。每一條小溪和年輕的河流都使空氣變得富有音樂性，將高山夷爲平原。這裏就是山谷裏一切生命的根源，而且大自然所表現出來的永恆變化，比別處更爲質樸。冰化爲水，湖泊成爲草地，高山變成平原。我們會因此設想大自然創造優美風景的規律，閱讀她刻在岩石上的記錄——無論多麼不完善，她也要重新塑造過去的風景。我們也瞭解到，我們現在所看到的這些景觀已經繼承了冰川期前的特徵，因而，這些景觀也將逐漸消亡，被尙未出現的其他新景色所取代。

然而，在這些有益的教訓和優美的風景中，我不禁想起太陽盤旋在遙遠的西邊——天快黑了，我必須找到一條下山的新路。這條路要在我能夠燒火取暖的森林線附近，因爲我懶得帶外套。我先仔細地觀察了西邊的支脈，希望那兒有路可走——從那裏，我就可以到達北面的冰河，穿過它的入口，或者繞過湖泊進入到冰河流動的地方，到達我上午走過的路線。

這條路很快就變得開闊起來，如果完全行不通的話，就說明需要走很長時間，當晚就不可能抵達營地。所以，我向東往回攀緣，同時緩慢地走下南面的斜坡。這裏的峭壁好像不那麼可怕，可以看見流向東北方向的冰河源頭，我決定跟隨它，盡可能地走得更遠些。希望我走的這條路能夠通往東邊的山腳，我可以從那裏越過中間的峽谷和山脊抵達營地。

冰河頂點的傾斜不再那麼厲害，冰河上層的碎粒冰雪已經被太陽軟化了。我奔跑著、滑行著，安全而又快速地前進，繼續敏銳地監視著冰河的裂隙。離頂點半英里左右，有一個結冰的小瀑布，冰河從這裏經過一個陡坡，粉碎成大塊的冰，接著被一條藍色的深裂溝隔開了。要想穿過這條裂溝光滑的曲徑似乎不太可能，我盡力避免走曲徑，而是攀登山肩。可是，斜坡迅速變得更陡，最後在峻峭的懸崖中消失，迫使我回到結冰的地方。很幸運，白天的氣溫足以鬆動冰渣子，使我能夠在不太堅固的冰面上打洞。我所選擇的路線比預期的困難要小得多。順著冰川左側，繼續往下走過冰河入口，不過是一種自信的漫步——表明只要人們能帶著斧頭在各處砍出臺階，取道冰河登山是很容易的。

冰河的底端有美麗的波狀起伏，被冰層露出地面的邊緣阻擋，這些冰層代表年降雪量，在某種程度上，也代表著侵蝕冰河裂隙的內壁和不同的降雪量導致的無規律的結構。小河在佈滿冰塊的河道裏流淌，那些冰塊的外觀平坦、晶瑩發亮——小河騎在冰河的背上，其迅速、順從的運動與冰河本身堅硬的、看不見的流動形成最強烈的對比。

在我抵達高山東邊的山腳下之前，夜幕降臨了。我把營地設在離北邊一英里的地方。最終的成功之途是確定無疑的，現在只是耐力和一些登山技巧仍需加強。如果可能的話，今天的日落比前天的更爲美麗。莫諾的優美風景好像滲透著溫暖的紫色光芒，雖然順著頂點排列的山峰處在朦朧之中，但是每一個水浪沖成的洞穴和隘口，都流動著強烈的太陽光，撫慰並照射著崎嶇的黑暗角落，而小塊的發亮的雲彩，則像光明的天使盤旋在它們的上方。

四周一片漆黑，但我通過峽谷的流向和伸向天空的山峰，可以找到我的路線。激動的心情隨著光線的隱退而消失殆盡，我也變得疲倦。然而，我終於聽見了湖泊對面的瀑布傳來喜悅的聲音，很快就看見那些映射在湖面的星星。以這些東西來確定我的方位，我發現自己的「安樂窩」就設在小松樹的灌木叢中，於是，我享受到了只有疲勞的登山者才能擁有的美妙的休憩。

懶懶地躺下，沉沉地睡著了一會兒以後，我點燃了一堆篝火，再下到湖裏，在頭上潑些水，又裝了一杯水用於泡茶。過度的歡愉和辛苦使我筋疲力盡，而麵包和茶則使我完全恢復了精力。於是，我爬過松樹的穗狀花序，又躺到了「床」上。寒風吹來，篝火燒得不夠旺，但我依然睡得很香；在我醒來之前，夜晚的星群已經飄落到遙遠的西邊。

在清晨的陽光下稍事休息之後，我漫步回到住處。我往回走到圖奧米勒營地。這裏偏離了拉什河北部支流，有雪源的群峰。在這裏，我發現了幾個美麗的冰川湖泊，它們一個挨著一個，排列成巨大的半圓形。傍晚，我越過了莫諾河與圖奧勒米河的分水嶺，進入到河流起源的冰河流域——正是這些河流形成了圖奧勒米勒上游的瀑布。我沿著這條河流往下走，經過了許多小溪谷、峽谷、草地和沼澤；黃昏時，我抵達圖奧勒米河主幹流的邊緣。

我大聲叫喊兩位藝術家的名字，回聲一遍遍地傳回來。我看見了他們的營火——半小時之後，我就與他們在一起了，他們見到我也是喜出望外。其實，我們只分別了三天時間。不過儘管天氣很好，他們已經考慮過我返回的可能性有多大，並商議是否應該等待更長的時間或者開始尋找他們返回低地的路線。現在看到我平安歸來，兩位藝術家就沒有這些理不清的煩惱了。他們把珍貴的寫生包裝好，次日早晨，我們踏上歸途，取道印第安峽谷，花了兩天時間，從北部進入優勝美地山谷。

【注釋】

①度量單位，一桿等於五·五碼或五·〇三公尺，大約等於五米。

第二章　關隘

內華達山宏偉莊嚴的景象由於有高大的關隘，而增添了不少的色彩。在北緯三十六度和三十八度之間，最低的關隘或峽谷，都無一例外地穿越了山脈的中軸線，而且據我發現，其海拔高度都超過九千英尺。

往北更遠的地方，在斯坦尼斯勞斯河與沃克河的源頭上，已經建成了一條通過索諾拉關隘的馬車道，其最高點海拔大約一萬英尺。經過塔霍湖頂端附近的卡森關隘和約翰遜關隘的四輪馬車道也已經建成，在中太平洋鐵路竣工之前，大量貨物從加利福尼亞途經這個關隘，運往內華達礦區。

再往北更遠的地方，出現了許多相對較低的關隘，車輛可以從中通過。在開採黃金的瘋狂年代，長長的火車載著疲憊不堪的移民，就穿行在這些崎嶇不平的道路上。冒險者已經逃脫了無數次的危險，當他們辛苦地穿過平原，緩慢地行進數千英里之後，黃金之地的東部屏障——雪白的內華達山脈終於近在眼前。此時，他們黯然失色的眼神穿透沙漠中的沙塵——看到經過關隘，就能進入他們夢寐以求的土地——不禁大喜過望。

在索諾拉關隘和內華達山最南端之間大約一百六十英里的距離，有五個關口，一條小路經過這些關口從山脈的一側通往另一側。通常動物幾乎不能走這些小路，該地區的關口完全是山峽或峽谷。一個人只有具備無比的耐心，才能設法牽一頭騾子或者腿腳靈便的野馬滑行、跳躍或者步行，通過這些山峽或峽谷。五個關口中，只有三個可以通行，即卡薩傑、莫諾和佛吉尼亞克里克。

通往其他關口的路只留下從前印第安人不明顯的痕跡，幾乎無法排出序列，而後來的白人幾乎都不走這些地方。這裏大部分的路面是堅固的岩石和地震雪崩的坍塌物，印第安人那沒有釘蹄鐵的矮馬，在這些地方沒有留下明顯的痕跡。只有熟練的登山者才能發覺印第安人的痕跡，如鬆動的岩石受到輕微的磨損、石頭被挪得到處都是——灌木叢和雜草被壓彎。因此，地形學的常識就是主要的嚮導，使人能夠確定小路通往何方，人們應該何去何從。

在印第安人的這些小路中，有一條經由一個位於聖華金南岔口和中岔口的源頭之間的無名關口穿越山脈；另一條小路位於同一條河流的北岔口和中岔口之間，剛好在「尖塔」的南面。最後一個關口海拔大約九千英尺，是五個關口中最低的。其中卡薩傑海拔最高，跨越金斯河南岔口頂端附近的山峰，經過最龐大的岩石景區的中部，到延德爾山北面也就約八英里的路程。

這個關口的最高點海拔在一萬二千英尺以上，然而，它也是五個關口中最安全的一個。每年的夏季，從七月到十月乃至十一月，獵人、探礦者、牧場主，包括冒險的尋歡作樂者，都通行此關口。除了山峰周圍優美的景色之外，沿著山脈的西側向上延伸的小路，經過一片巨大的美洲杉林，還通向金斯河南岔口雄偉壯觀的優勝美地山谷。這也許是整個北美大陸有遊客通行的最高關口。

莫諾關隘位於圖奧勒米南岔口一條支流的源頭，在優勝美地山谷的東邊。這個關隘是最知名的，也是內華達山所有關隘中最吸引遊客的。一八五八年，人們興致勃勃地到莫諾開採黃金時，冒險的礦工和探礦者在陽間與陰問之間最黑暗區域、通往金礦的出入口，開掘出這條小路。

雖然此路比卡薩傑海拔低一千多英尺，但是它在岩石風景區依然很壯觀，下雪和下雨的時候很難通過。這條小路更便利於遊覽優勝美地河流，喜歡冒險的遊客往往穿行這條可怕的通道，去往莫諾湖周圍的火山地區。所以，此地已經比山脈的其他關隘獲得更好的名聲。根據氣壓計觀測的結果顯示，其最高點海拔一〇，七六五英尺。我們已經測量過，位於沃克河最南端支流的頂點上的另外一個關隘稍微低些，經由莫諾關隘北邊幾英里的地方橫穿山脈的軸線。在這條小路上通行的，主要是猶特印第安人的遊牧人群。

車子和動物難得到這裏，自由登山者肩背一大袋麵包，手拿斧頭，在冰上和結冰的雪上砍出臺階——只要天氣晴朗，他就能夠穿過山脈到達每個地方。對他來說，山峰之間的每個山峽都是關隘，雖然他需要非常耐心地在險峻陡峭的冰河上上下下砍出臺階，但是，只要他持續不斷地攀登，還是能夠最終到達第一眼望去似乎難以企及的懸崖。

爲了從事我的研究，我已經沿著群山的最高處每間隔幾英里，就從山脈的一邊穿行到另一邊，真正的危險比一個人本能地所想像到的要小得多。而且，此時優美的原始景觀就呈現在眼前——暴風雨和雪崩，湖泊和瀑布，花園和草地以及各種有趣的動物——只有這些才讓人們知道，是誰賦予他們生命中最自由和最活潑的能力去攀登、去見識。

對於膽小的旅遊者來說，看到低地沖積成的平原都感到新鮮；而這些道路似乎就更令人可畏，無論它們多麼秀麗、壯觀——山中的峽谷寒冷、了無生氣，晦暗不明。在大自然所有的路線中，這些是應該慎重地加以避免的。然而，它們全部是大自然之愛最美好和最生動的例證。如果說旅行很困難，那麼，任何地方都不安全。因爲，他們去的地方比鬼神平常出沒之地，以及在黑暗中傳染瘟疫之地更不可企及。

的確，有無數的地方都會使人一失足成千古恨。懸崖峭壁墜落的岩石，不像空中閃電事先發出警告，就可能把你壓得粉身碎骨。可是，那又怎麼樣？高山的事故比低地更少，與文明社會寂寞的房間相比，這些山的宮殿是莊重的、可愛的，甚至是神聖的死亡之地。這個世界幾乎沒有地方比家裏更危險。所以，如果你感到害怕，就更要去嘗試穿越關隘。這些關隘將消除煩惱，從致命的冷漠中拯救你，讓你獲得自由，使每一種本能都變成充滿激情的行動。即使是病人，也應該試試這些所謂危險的關隘，因爲它們殺死一個不幸的人，就可以挽救千把人。

所有的關隘都在東邊形成最陡峭的上坡路。在這一邊，平均上升的高度從一千英尺左右到一英里，而在西邊則大約是二百英尺。關隘的東西之間另一個明顯的差異是：前者始於山脈的山腳下，而後者則幾乎不能說是從低於七千英尺到一萬英尺的海拔開始的。從東邊的莫諾和歐文山谷的灰色平地走近山脈，展現在旅行者眼前的，是被崎嶇懸崖包圍著的陡峭而低矮的關口全景。這些懸岩從山峰任何一邊的側翼陷入山腳，更直接的路線就毫無遮擋地自上而下顯露出來。但是，從西邊走要花費數日的時間，要穿過生長在河流峽谷之間的大分水嶺上的森林，直到接近山峰才能看見他要尋找的出路

我觀察到一個很有意思的現象：每一類跨越高山的動物，肯定都走同一條小路。如果一個地區的地形越崎嶇，越難以接近；那些白人、印第安人及熊、山羊等留下的痕跡，則肯定集中在最易通過的關隘。西邊斜坡的印第安人會在溫和的日子裏，小心謹慎地跨越關隘去參加舞會，並且還會獲得許多松子以及在莫諾湖與歐文湖繁殖蠅類幼蟲——當這些幼蟲變乾時，就成爲他們的一種主要食品。從東邊過來的猶特人則前來搜尋鹿和採摘橡子。看到憔悴的印第安老婦人扛著大量的東西，赤腳走過這些崎嶇的關隘，時常要走六十至七十英里的時候，真是令人吃驚。她們常常由男人陪伴著，這些男人沒有負荷、腰桿筆直、大步流星走得飛快，就像爲他們的矮種馬開路一樣；直到在難走的地方，他們會爲有耐性的、彎腰馱重的女人壘起石階。

像登山者一樣，熊也非常睿智。儘管牠們從不知疲倦，是有膽量的旅行者，但牠們卻很少穿越山脈。有幾次，我在莫諾關隘發現過牠們的蹤跡，但是，這也只是最近幾年的事情；牠們無疑是在跟蹤捕食通過此路時掉隊的牛羊或者從岩石上墜落而死亡的動物。即使是一切動物中最好的登山者——山羊，還是會選擇正規的關隘穿越山脈。鹿在任意一個方向都很少穿越山脈。我至今還沒有看見過山脈西邊大盆地的一種長耳鹿，而東邊斜坡上的一種黑尾鹿也很罕

見。每年夏天，有許多黑尾鹿都登上接近山頂的半山腰，去野生花園覓食，以哺育牠們的後代。

冰河造就了關隘，就是因爲冰河才預先指定了登山者的路線。幾乎無一例外，內華達山脈的每個關隘都是由冰河造成的，地球表面上的巨變對此沒有任何幫助，也沒有任何指導作用。我看過關於在唐納湖上方穿越內華達山完成鐵路建設的過程，曾有過大量的鑽孔和爆破的詳細說明。但是，倘若冰川也以這種方法移動每磅岩石，那麼，通過這個相同的關隘，冰川碾碎並沖走的岩石會達數百噸以上。

所謂能夠行走的道路關隘，其實就是由於冰川作用比鄰近部分被剝蝕得更多的山脈的一部分——以這種方法剝蝕，使得山頂更圓些，而不那麼尖。從堅硬頑固的岩石或者從優越的地理位置來看，被剝蝕較少的山峰高聳在關隘之上，好像下面有某種力量的作用把它們擎上天空。

所有關隘的景色，尤其是在頂點，是最原始，也是最壯觀的——巍峨的山峰密集在一起，山下到處是冰雪和一連串的冰川湖。瀑布般落下的河流變幻無窮，向西流過許多岩石和森林，向東流過大盆地灰色的草原、火山和乾燥的、缺乏生機的山脈。無論如何，每個關隘都擁有其自身豐富的美景。

至此，我只概略地介紹了主要關隘的高度、突出的特點及其分佈情況；現在，我將著重描述莫諾關隘，我認爲它大體上是高山關隘的典型代表。

莫諾關隘的主要部分由血腥峽谷組成，該峽谷始於山脈的頂端，大體上向東北，再轉向東，到莫諾平原的邊緣。

正如我們所看到的一樣，強行通過這陰森森的深淵的第一批白人，是急切的黃金探求者。但是，在白人發現峽谷很久以前，印第安人和高山動物就以此通道走過，許多條分支的小路從四面八方通往此地，就是很好的證明。其命名與加利福尼亞「早期」的特點完全吻合，也有可能是受到了大部分都被侵蝕的、變質板岩的主色調的啓發；還有可能是那些不幸失足的動物笨拙地在粗糙而鋒利的岩石上滑來滑去，而留下的血跡暗示。

據我所知，騾子或馬這些動物在往上或者向下穿過峽谷時，腿上的傷口多少總要流點血的。有時候，一隻動物會像一塊大石頭一樣頭向前滾下懸崖，當場摔死。但是，自從有了這條可怕的小路之後，這種意外事故比人們預期的更罕見了。當被追趕不那麼緊時，富有經驗的動物會小心謹慎、非常明智地，在危險的地方尋找出路。淘金熱時期，早春時節，當山上還覆蓋著厚厚的積雪時，已經有裝滿貨物的馱畜隊開始強行通過峽谷。那些馱著貨物的騾子有時不得不依靠繩索被吊下去，越過最陡的沖積層和雪崩層——由此可見金錢的魔力。

一條不錯的馬道，從優勝美地穿過許多林區和草地，向上延伸到峽谷的頂點，約有三十英里的路程。這裏的風景令人吃驚地突然濃縮了。右邊是伸手可及的紅色、灰色和黑色的群山，高聳入雲，成堆難以融化的積雪把山腳周圍變白了。吉布斯山從左邊隆起巨大的紅塊，前方映入眼簾的是幽暗的峽谷；溫暖的莫諾平原上的湖泊看起來就像磨光的金屬磁片一樣閃閃發光，湖泊的南面有成群巍峨的火山錐。

最後，我們進入山路。陰森的岩石像是意識到我們的到來，都聚集到我們的周圍。黑鶇鳥和早就相熟的知更鳥在這裏歡快地歌唱來歡迎我們；天藍色的雛菊則對我們充滿了信賴和同情，使我們即使在這裏——在最陰冷的岩石的注視下——也感覺到大自然之愛。

高山草地安詳的面貌極大地增強了峽谷岩石直言不諱的表達效果。我們經過高山草地進入狹窄的通道。位於高山草地的森林和遠處高聳的山頂顯得很平靜。我們得到了這種寧靜的精神，屈服於陽光的感召力，在鮮花和蜜蜂之中夢幻般地漫步，沒有一種明確的想法。於是，我們突然發現自己身處陰森的峽谷，在一個最原始的要塞，與大自然促膝談心。

在令人困惑的第一印象消失之後，我們意識到並不是一切都很可怕。因爲，除了可靠的鳥類和鮮花之外，我們發現從關隘的頂點懸垂下來一串閃光的小湖，被一條銀色的河流連在一起。山頂的制高點位於寒冷和凹凸不平的窪地，褐色和黃色的莎草稀疏地長在邊緣上。冬天的暴風雨夾雜著雪花，吹過峽谷，雪崩從高空落下。然後，這些閃亮的小湖就被填滿和埋藏，不再留下它們存在的任何痕跡。六、七月份，這些小湖就像睏乏的眼睛一樣開始眨動、釋放光芒。苔蘚植物向上擠出棕色的小穗狀花序，雛菊次第開放。那些被深深埋藏的植物，最終還是感受到了溫暖，開始繁榮興盛，好像冬天只是一場夢。

紅湖是這些湖泊中最低的，也是面積最大的。第一眼看到它，似乎顯得相當蕭條和難以親近，那又深又黑暗的湖底紋絲不動。峽谷的峭壁高聳在湖水的南岸，但在對面，長著茂密莎草的雛菊花園裏，有充足的著空間和陽光，花園中間的百合花、飛燕草和耬斗菜閃光發亮，茂密的柳樹葉爲它們擋風，構成一幅最賞心悅目、生氣勃勃的畫面，與寒冷、光禿的旁觀懸崖形成強烈對比。

在泛著微光的湖泊裏縱情休整之後，快樂的河流就像黑鶇鳥顫聲鳴唱和啼囀一樣，又開始流淌了；無論路途多麼黑暗，它永遠快樂地傾訴著，跳躍、滑行，這裏、那裏，清澈或佈滿泡沫——讓每一個聲音和姿態都表明其原始的美景。

接下去最美好的一個景色，是位於紅河下面不遠處的戴蒙德小瀑布。在這裏，湍急的、透明的水流沖進顆粒狀的粗糙浪花中，然後沿著懸崖正面交叉的對角裂縫流下，形成菱形的圖案。從正前方看，它類似刺繡品上固定圖案的帶子，並隨著溫度和水量發生季節性的變化。瀑布積雪的邊沿幾乎沒有花朵的蹤跡。不遠處，有幾棵彎曲的松樹；岩鬚屬和岩石蕨類植物則生長在頂端附近的裂縫裏，它們非常謙遜和含蓄，只有細心的觀察者才有可能會注意到它們。

在戴蒙德瀑布往下一點，峽谷的北面峭壁上，出現了一條閃光的好像直接從天空中跳出來的支流。它最初從峭壁上鬆散地垂下來，類似於一條銀色的、起皺的絲帶，越往下越寬，泡沫沖撞著冷清清的岩石。長而粗糙的斜面彎曲到這一部分峭壁，長滿了深受大雪壓迫的柳樹，瀑布的落差在這裏消失了，水流湍急，形成漩渦，最後往下與峽谷的主幹河流匯合。

從這兒往下，氣候不再嚴寒。蝴蝶變得更大，也更多；齊肩高的草在風中顫顫巍巍；夏日裏，大黃蜂的嗡嗡聲使空氣變得厚重了。從關隘的頂點到峽谷的中途，爬得最高並勇敢地面對寒風的矮松，分散在飽經暴風雨摧殘的樹叢中。之後出現了耐寒的兩葉松，更高的黃松和高山

松也長在一起。由於這裏陽光充足，粗壯的杜松與閃爍的白楊和這些松樹一起迅速成長，形成遮蔽景色的林區；也有的零散地分佈在各處，與岩石一起構成一幅幅美麗和諧的畫面。開花的矮樹叢越來越多見——杜鵑花、繡線菊和野薔薇長在河邊，草木叢生的地面襯托出嚴厲的、毫不畏懼的岩石浮雕。

穿過這個使人快樂的原始森林，峽谷溪時而在陽光下，時而在沉思的影子中，以旺盛的精力，不知疲倦地從一邊到另一邊墜落、轉流、閃光，在溝渠裏無拘無束地流淌、悸動和搖晃。雄偉壯觀的「瀑布銀河」因此得名。鮑爾小瀑布儘管是其中最小的，卻是所有瀑布中最漂亮的。它位於關隘較低的地區，正好處在冷暖交彙地，那是陽光開始變得柔和的地方。在這裏，快樂的小溪從高處的許多冰雪源泉收集到水流而變得強大，它竭盡全力地歌唱，每一步都變得更加人性化、更加可愛。

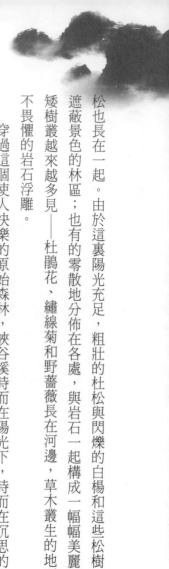

現在，你可以從它的側面看見玫瑰和樸實的西洋蓍草，草地上都是蜜蜂和苜蓿。在頂端較低的岩石頂上，茂盛的山茱萸灌木叢和柳樹在小溪邊彎曲成拱形，用它們樹葉茂盛的樹枝遮蓋住河流；而它們下垂的枝葉則隨著水流來回運動，正好裝飾了前方瀑布的岩頂邊緣。這條被茂密的樹葉隱藏的河流，終於顯露出閃爍的晶體，落入堆滿褐色鵝卵石的池塘，從池塘出來後，它就成了鐘形泡沫，緩緩地前進，然後就像從哪兒來回到哪兒去一樣，在青青的草木中消失了。

從這裏開始，在峽谷的底部，變質的板岩被花崗岩取代，其華麗的雕塑表現出河流流經花崗岩時獨具的美景——急流歡快的顫音、瀑布的激昂音調、成片平滑流動的莊嚴肅穆，這一切都唱出和諧的讚歌。最後，當它完成奔騰的高山使命滑過草地時，我們幾乎聽不見它的喁喁細語。最終，它在冰磧湖泊中安然入眠。

這裏是我所見過的最好的水床。常綠植物撫慰性地在它的周邊飄動，花卉的氣味像熏香一樣飄在上面。登山使命已經結束，快樂的河流完成了在岩石中的徘徊，正在這裏休憩——它無需再在佈滿泡沫的岩石上跳躍，也不再有瘋狂歡躍的歌聲。河流進入了甜蜜的夢鄉，只在夜風中醒來；晚風刮過峽谷時，它會沿著班駁的岸邊，在漣漪中低聲吟唱，喃喃自語。

離開湖泊，急流悄悄地走過，注定不再接觸有生命的岩石。此後，它將途經古代冰磧抵達灰色鼠尾草草原，草原上，再也沒有岩石可以形成小瀑布或者陡峭的大瀑布。然而，儘管沒有那麼震撼人心的成熟之美，還是有更高的境界，親切地引導我們穿過龍膽屬植物的草地和發出沙沙聲的白楊樹林，最終到達莫諾湖。在這裏，像幽靈一樣，我們那快樂的河流像水蒸氣一樣消失了，再次自由地飄向天空。

如同內華達山的其他峽谷一樣，血腥峽谷最近被一條冰河佔領了。這條冰河起源於鄰近的山頂，最終流入莫諾湖，它的水位曾經比現在更高。這裏保存了古代冰川的主要特點，極其生動而簡單地展示了冰川的歷史，爲好學者獲得這方面的知識提供了極大的便利。

冰川的表面有一段被磨得很光滑，上面呈現出條狀的紋理，許多地方像平滑的水面一樣在反射太陽光。紅湖的水壩是變質板岩重塑的優美磧壁，其無比堅固，而水壩上方的岩石比它還要堅固，可以承受住由湖的入水口匯入主流的直瀉而下的支流的沖擊，這一汪湖水因此才能如此平靜。

冰磧湖提供了一個同樣有趣的例子。在兩個冰川側磧之間，終磧彎過河流的水路完全或部分地形成了盆地。

在冰磧湖，雖然消失的冰河的兩個冰川側磧依然在延伸，但是，峽谷卻終止了。這些冰磧大約三百英尺高，從峽谷的兩邊未受阻礙地伸展到平原，大約有五英里的距離，彎曲成漸次變細的美麗線條。冰磧向陽的一面是花園，背陰的一面是林區；花園裏主要有菊科植物和禾本科植物等，一平方桿①的範圍內，就有好幾種開出五六朵花的絨毛屬植物，與巴伊亞雀稗和麻菀屬的數量差不多相同。每個品種都長得很整齊，好像人工培養的一樣，其間還分佈了裸露的沙礫。

一八六九年夏天，我初次遊覽了血腥峽谷，當時是想加深對群山特殊產物的印象。我從植物瘋長得有些凌亂的佛羅里達州出發，跋山涉水進入加利福尼亞有豐富植物的大峽谷，當時的植物群還沒有遭受到踐踏。我還從來沒有看見過這麼多叢生的花卉聚集在一起，我之前所見過的叢花甚至無法企及其一半的繁茂和輝煌。從海岸山脈到內華達山，金黃色的菊科植物像一層凝固的陽光一樣，覆蓋了整個地面。我無數次地觀察日出和日落，在那裏狂歡了幾周。此後，我沉湎於每年席捲內華達山脈並在積雪的山頂上棲息的夏風中。

我在圖奧勒米大牧場停留了一個多月，寫生、採集植物以及攀登周圍的群山。當時，我邂逅一位登山者，我們一起宿營。他是我在加州經常碰到的一位傑出人才，淘金時期的激情已經磨去他性格中的稜角，將其變成了類似於冰河的風景。然而，當大黑下來，結束了一天活動以後，對休息的渴望，又使我的朋友變成了一個溫和的牧羊人，自在地與羔羊一起躺下。

當他發覺我到蘇格蘭高地的渴望未能如願，就講述了一些關於血腥峽谷的情況，並勸我前去探索。「我還從來沒有看過，」他說，「因為，我還沒有不走運到要經過此地。但是，我聽說過許多關於峽谷的奇怪故事，我保證你至少會發現它非常原始。」

當然，我就匆忙地去看峽谷。第二天一早，我準備好一袋麵包，把筆記本捆在腰帶上；在令人鼓舞的氣氛中，我充滿了渴望和無限的希望，闊步前進。

路邊漂亮的草坪讓我放慢腳步。在點綴著雛菊和龍膽屬植物的草地上，我也會逗留片刻。我在許多閃光的覆蓋層上追蹤古代冰川之路，在顯示冬季雪崩影響力的森林空白做記號。我爬到高處，第一次看見了依據氣候逐漸變矮的松樹，在山頂上發現了成片的長滿絲狀柳絮的北極柳樹和成片的開著圓形花朵的矮石楠科越橘屬。那些花朵像紫色的冰雹散落在草地上，優美的景色向四面八方展開——這是一篇大自然之手獨自書寫的原稿。

傍晚來臨，難以用言語形容的晚霞之美感召了陰森的峭壁，萬物都變得莊嚴肅穆。峽谷較低的部分被籠罩在暮色的陰影之中，我爬進小湖附近的一個山洞，在隱蔽處把地面弄平，當作床用。當短暫的薄暮消失時，我點燃了篝火，泡了一杯茶，看著星星，躺下休息。不久，晚風開始在高低的山峰間鼓蕩，大雨也傾盆而下，這些奇怪的聲音與遠處的瀑布聲混合在一起了。

一輪圓月注視著峽谷峭壁的邊緣，充滿了關切。顯然，如此近的距離產生了令人吃驚的效應，她似乎心無旁騖，隻身來到我的臥室，凝視著我。

夜晚充滿了許多奇怪的聲音，我很高興清晨的到來。很快就吃完了早餐，我又精神飽滿地出發了。我爲許多原始森林離我這麼近而歡欣鼓舞。受到數百年的暴風雨創傷的巨大岩石，巍峨屹立在晨曦之中，峽谷底部是被起伏的磨光的岩丘，像漲潮的海浪一樣閃閃發光，講述著沉重的洪水在古代冰川上面流過的最古老的故事。

在這裏，我第一次遇到了最純潔、最有靈性的北極雛菊——此時，文雅的登山者與狂暴的天空面對面，感歎自己無數次奇蹟般地安然無恙。我享受著大自然給予的一切，輕快地從一塊岩石跳到另一塊岩石；大自然以暴風雪爲源泉，無限溫柔地養育著大山的寵兒。我每走一步都能發現新的美景——岩石上小巧的蕨類植物或成片的美麗鮮花。一會兒，一個湖泊出現在眼前；一會兒，一個瀑布又出現了。在亮晶晶的東西裏，我感覺不到光亮；在白色的泡沫裏，我感覺不到水。我欣喜若狂地彷彿是飄過峽谷，感覺不到它的崎嶇——在我明白過來之前，已經走出莫諾湖。

從冰磧湖邊往後看，我早晨的漫遊像是一場夢。那裏有彎曲的血腥峽谷，峽谷裏有深達二千英尺的冰川溝壑，光滑的岩石像鼓起的肌肉似的從側面突起，在中間又纏繞在一起。在這裏，百合花高過我的頭，陽光足以溫暖棕櫚樹。然而，僅四英里之外，北極柳樹周圍的冰雪清晰可見，這裏就是地球上主流氣候的有限物種的分佈地帶。

走過開闊的平原，我注意到三處界限明顯的冰磧，這些冰磧優美地彎過峽谷的河流，經過長長的接合，融入到兩條宏偉的側磧中。這些是消逝的冰川的停留地，每當寒冬結束，它就後退到山頂的背陰處。

沿著冰磧湖往下走五英里，也就是冰川側磧在平原消失的地方，有一片野生的黑麥地。這些高達六到八英尺的黑麥像一片巨大的波浪，它們的麥穗長六英寸到十二英寸不等。剝出一些麥粒，我發現它們大約八分之五英寸長。皮膚黝黑的、可愛的印第安婦女正挎著籃子，收集黑麥，她們大把大把地把麥穗掰下來，拍出麥粒，並在風中吹揚它們——這些印第安婦女簡直可以入畫了。她們穿梭在黑麥地中，身影無處不在，在蜿蜒的小路和開闊地都可以瞥見她們，她們的頭上拱著漂亮的樹叢，不停的聊天和爽朗的笑聲表明她們很快樂。

像發現黑麥地一樣，我又發現在被稱為莫諾沙漠的地方，生長著野玫瑰、櫻桃、紫苑和優雅的沙地馬鞭草屬；還有無數的罌粟和灌木菊科植物。我觀察它們的姿態和花冠的各種形態，探詢它們如何在這個火山沙漠能夠長得這麼鮮豔和美麗。它們說，它們和我所見過的其他植物一樣生活得很快樂，而且似乎還喜愛熱沙和勁風。

可是，關隘的植被已經大面積地被破壞了，其他較容易通過的關隘的情形和這個也差不多。大量饑餓的牛羊被趕往內華達途經關隘，踐踏了野生花園和草地，使之幾乎不復存在。巍峨的峭壁上沒有留下任何牛羊的腳印，瀑布也一如既往地繼續歌唱。但是，被踐踏的花卉和被撕扯掉皮的、被咬過的灌木叢，大大地破壞了野生植物的魅力。

也許應該在冬季來看峽谷。瞭解路線和天氣的身體強壯的旅行者，在暴風雪平靜的時候，穿著防滑雪鞋，就可以容易地從優勝美地山谷穿過峽谷進行安全的遊覽。那時，湖泊和瀑布將被掩埋起來，破壞性之腳走過的痕跡也將被隱藏，而群山的景色將以冬季的裝扮出現。在冰雪覆蓋的峭壁之間，以閃電的速度滑下關隘也頗爲壯觀。

【注釋】

①度量單位，一平方桿等於三十·二五平方碼，大約等於廿五平方米。

第三章　冰川湖泊

隱藏在內華達山幽靜的深處而未被發現的美景中，沒有什麼比冰川湖泊能更肯定地吸引各類遊客，並使他們感到吃驚了。森林、冰川和河流的冰雪源泉，即使在遠處，也能以較生動的方式宣揚它們的財富，然而，我們不爬上去是絕對看不見湖泊的。如同果實掛在果樹頂端一樣，河流的上游也分佈著湖泊。它們或在密林深處，或在峽谷林區的底部，或在光禿禿的臺地上以及覆蓋著冰的山峰腳下，一再地表現出它們的原始之美。

有人認為冰川湖泊過多的想法，源於這麼一種印象：從雷德山山頂來看，到優勝美地山谷的東邊需要一天的旅程，在十英里的半徑範圍內，湖泊不少於四十二個。內華達山全部數量的湖泊幾乎不會少於一千五百個，這還不包括無數個較小的水塘和小湖。也許三分之二以上的冰川湖泊都位於山脈的西側，而且所有湖泊都限定在高山和亞高山地區。在最近的冰川期結束時，中部和山腳地區也有很多湖泊；然而，所有這些湖泊就像剛出現的宏偉的古代冰川一樣，很久以前就已經徹底消失了。

雖然山脈的東側非常險峻，但是我們發現，即使在最陡峭的地方，都相當有規律地分佈著湖泊。大多數湖泊位於峽谷的上半部和山峰周圍冰冷的圓形凹地。

偶爾，分水嶺陡峭的一邊會出現長而狹窄的湖泊，其流域像吊床一樣向縱長方向旋轉；而恰好位於某個關隘上方的山頂湖泊，則是非常罕見的；當冰雪快速消融時，湖水就被排放到兩側。但是，無論湖泊處在怎樣的位置，對於認真的登山者來說，很快就不會感到詫異。因爲如同大自然所有心愛的傑作一樣，它們相互之間與群山的一切其他特徵，都存在著和諧的關係。所以，在任何一個最粗糙和最難控制的地方，都很容易發現湖泊明亮的眼睛。即使是在已經被封閉了數百年的低窪地區，填滿了洪水和雪崩沖刷來的碎石，而它們流經岩石的軌跡還是清晰可辨。

我們很快就發現了與冰川起源地一致的美麗系統，這個系統也和古代冰川延伸的方向吻合；通常，它們的形狀、大小和位置，取決於湖灣被侵蝕的岩石的特性以及冰川作用於岩石的力量和方向。

在峽谷的上面，我們發現它們相當有規律性：流入的河流像絲帶上明亮的珠子一樣串在一起，白色和灰色的泡沫和浪花從一條河湧入另一條河；它們像靜止的鏡面一樣，與相連大瀑布的高聲鳴叫和眩目的強光形成強烈的對比。位於霍夫曼山嘴的北邊，就在圖奧米勒大峽谷上面的霍洛湖，有十個可愛的小湖，像雞窩裏的雞蛋一樣，在一個大洞裏靠在一起。從上往下看其全景，鐵杉就像羽毛一樣展開，邊緣上點綴著莎草；對我來說，它們好像是我至今所發現的最美麗和最有趣的湖群。

塔霍湖，長廿二英里，寬十英尺，深五百至一千六百英尺以上，是內華達山湖泊中最大的一個。它位於主軸線和山嘴之間的山脈較高部分的最北端，那個山嘴從卡森河頂端附近的東邊伸出來。森林覆蓋著的湖岸，環繞著翠綠色的湖灣和遍佈著松樹的湖角，最高的群山間能夠看得見純淨的湖水四處流淌。

唐納湖，大約三英里長，位於特拉基支流的頂端，在塔霍湖北面約十英里處。從唐納湖往北走幾英里遠，便到了獨立湖，其面積與唐納湖差不多。很多位於更高地方的湖泊的面積都相當小，它們幾乎沒有超過一英里長的，大多數少於半英里。

沿著湖泊地帶的較低邊緣，由於多年的沉積，那些最小的湖泊已經消失了，保留下來的只是面積巨大的湖泊形狀。但是，在湖泊區，所有剛剛被冰川覆蓋的邊緣，只要附近的河流網路可以到達，每塊凹地不管多麼小，都有明亮、滿溢的水塘。所以，從山頂上看，這些湖泊像是撒播的種子一樣。許多面積較小的湖泊環繞著較大的湖泊，就像閃閃發光的小寶石環繞著中央大寶石一樣。然而，總的來說，湖泊的大小沒有什麼明顯的分界線。所以，爲了防止混淆，我在這裏提供的數字不包括圓周五百碼以下的湖泊。

默塞德河流域有一百三十一個湖泊，其中 百一十一個都位於流入優勝美地山谷的支流上。波霍洛溪發源於一個美麗的湖，位於從布埃納維斯塔山峰突兀出來的高高的花崗岩懸岩的陰影之下。現在，整個波霍洛流域僅剩下這麼一個湖了。伊利盧埃特有十六個，內華達不少於六十七個，特納亞八個，霍夫曼溪五個，優勝美地溪十四個。默塞德還有其他兩個多湖泊的地方，即南福克十五個，和喀斯喀特溪五個，這兩個地方與優勝美地下面的主幹流連在一起。

總體上，默塞德河非常像一棵榆樹，無需想像就能描繪出它直立的姿態，所有的湖泊懸掛在其伸展出來的分支上，其頂端的高度有八十英里。現在，把內華達山所有帶湖泊的河流加起來，各就各位，你就能夠看到輝煌的景觀——一條林蔭道在山中延伸，樹幹上細長的灰色樹枝、拱形的支流和銀色的湖泊，這一切都井然有序，在天空下閃閃發光。把風景區的景點加起來看，是多麼令人興奮啊！然而，對於那些把河流看作是鑲嵌在草地、森林和冰雕的岩石中的人來說，這些帶有湖泊的河流在自然的環境中，就會更加美麗動人。

當高山的湖泊誕生時——就像小孩的眼睛初次見到光線——它是一輪不規則的、無表情的月牙，被成堆的岩石和冰包圍著——較低的一邊有赤裸的、冰封的岩石，上方有冰河的崎嶇入口。在這種情況下，它一直保持默默無聞許多年，直到冰期的興盛年代結束，冰川開始後退，高山湖才開始現身；而此時，它已經在冰川的下面隱藏了數千年了。

這些湖泊，寒冷而荒涼，深不可測；陣風吹過，弄皺了平滑如鏡的湖面；陽光撒進湖中，湖面閃動起金光，波浪在沒有樹木的岸邊開始拍打，並發出低沉的聲音——白天太陽閃爍，夜晚星光燦爛，它們是它惟一的花朵，而風雪則是它惟一的光顧者。其間，冰川繼續後退，比湖泊更年輕的眾多小溪沖走冰川的泥漿、沙礫和小鵝卵石，產生了邊環和小塊土地。

這些新鮮的土層爲眾多植物的到來做好了準備。首先到來的是長著拱形樹葉和穗狀褐色花朵的耐寒苔屬植物；隨著季節變暖，土層變得更深更廣，莎草開始在某些地方生長，其間還加入了藍色的龍膽屬植物，雛菊、紫羅蘭、蜜草以及許多普通的苔蘚，灌木叢也及時地擠進新的花園。樹葉光滑且開著紫花的山月桂、北極柳樹、雀麥狀針茅和岩鬚屬等灌木叢一起形成柔軟的編織毯，它們是灌木叢中最美麗的和最寶貴的。現在，昆蟲滿天飛，青蛙在淺灘快樂地尖叫，隨後又出現了黑鶇鳥。如同莎草是在冰川湖邊最早生長的植物一樣，黑鶇鳥是最早光顧冰川湖的鳥類。

歲月荏苒，這些年輕的湖泊變得愈來愈美麗，愈來愈可愛。白楊樹林、耐寒的松樹林和鐵杉樹林成長都很迅速，湖泊已被嚴嚴實實地遮蔽住了。但是，當湖岸變得越來越肥沃，土層卻因不斷堆積而緩慢地往湖裏滑動，湖的面積就開始縮小。於是，較輕的泥砂顆粒也沉澱到湖底，使湖泊不斷變淺，直到它最終消失——一個湖泊也許就這樣在其成熟期永遠地消逝了。如今，曾經匯入它的河流蜿蜒曲折，並沒有在取代它位置的新花園和林區止步。

任一湖泊壽命的長短，通常取決於其流域的容量、流入湖泊的河流流量、河流流過的岩石特性以及該湖泊與其他湖泊的相對位置。假如一連串湖泊的流域處在同一個峽谷，由一條相同的主幹流供水，那麼，最上面的湖泊將最早消失，除非還有其他河流給它補充水量。首先，因為它容納了河流帶來的幾乎所有的沉澱物，而經過最高的湖被沖到下一個湖的，只剩下最細微的泥砂顆粒。接著，下一個次高的湖將接連地被填滿，這樣，最低的湖最後消失。

然而，很多因素都可以影響一個湖泊的持續時間，直接流入較低湖泊的支流發揮了主要作用。儘管許多支流相對較短，在夏末時節水量也不大。但在冰雪融化的春季，它們都變成了強大的急流；不但帶來沙子和松針，而且還帶來了成噸重的大樹幹和大漂石，把它們沖下陡峭的河道，以驚人的能量把它們沖進湖泊。

許多支流利用其經過曾經佔領峽谷的、已經消失的冰川側磧的優勢，以補充自己填充湖泊的水；而主幹河流通常流經乾淨的冰川覆蓋層，那裏幾乎沒有冰磧遺留給它們。這樣，如果河段內有許多鬆散的且可轉移的東西，一條小的湍急的河流幾百年間，就可以填滿廣闊的流域。在乾淨、持久的覆蓋層上終年流動的大主幹河流，儘管通常都大上一百倍，卻可能不會在數千年內始終填滿一個小湖。

大河小溪的注入對湖泊的影響，在默塞德流經的優勝美地山谷表現得很明顯。優勝美地山谷的底部現在是平坦的草地，是種植橡樹和松樹的乾燥的成斜坡的土層。然而，這個底部曾經是一個幾乎跨越山谷的湖泊，是內華達山脈中最美麗的水地。雖然人們再也看不到它的蹤跡，但從地質學上說來，它就像是昨天才消失的。其存在的痕跡還是這麼新，它可以毫不費力地被復原，它的宏偉好像就在我們眼前一樣真實、生動。

現在，我們見到的、充滿這個峽谷的碎石，不是由在這裏匯流的主幹河流從遠方的群山帶來的——不論它們開始出現時是多麼強大，而是完全由局部的小支流造成的，比如印第安峽谷、森蒂納爾和「三兄弟」的支流，以及少數殘留的小冰河。這些冰河遠離山谷的頂點，在主幹冰河消退很久以後，留在峭壁的陰影裏。

如果從前覆蓋著山脈的冰河立刻融化，從山頂到山腳同時裸露地表，那麼，所有的湖泊當然會同時存在。在其他條件相同的情況下，最高的湖與我們已經看到的一樣，將首先消失。但是，因爲冰河從山脈的山腳逐漸地向上融化，地勢較低的湖先見到陽光，也是最先被淹沒的。所以，我不是在山脈的底部看見湖泊，而是在山頂上見到的。在那些現在爲高山風景增添色彩的湖泊誕生之前，大多數地勢較低的湖已消失數千年了。通常，由於冰河從容地向上退卻，地勢最低的現存湖泊也是最古老的湖泊，從年久的林地、草地，一直向上到那些處在最高山峰之間的裸地和剛形成的湖泊，整個地帶的漸進變化很明顯。

處在不利位置的少數小湖泊會由於雪崩的一次襲擊突然消失，因爲雪崩帶著大量的樹木連同這些樹賴以生長的土壤一起滾落下來。其他的湖泊則由於塌方、地震坍塌等而消失，但是與那些由於沉澱物不斷沉積而消失的湖泊相比，這些湖泊的死亡可以稱爲「意外」——它們的命運就像大樹被閃電摧毀一樣。

湖泊線當然還在升高，它目前的高度爲八千英尺左右；由於氣候和冰川退縮的時間差異，它在山脈的南端比這個高度還要略高些，北端則低了些。當然，各處都有不少湖泊要低於這個高度，特別是冰川邊緣那些不受沉積物影響的流域。還有些湖泊的面積存在一些例外。然而，這些數字還不足以使湖泊線產生明顯的不規律。我至今看到的最高的湖泊，位於海拔一萬二千英尺，它離里特峰只有幾英里，在最高頂峰的山腳下，處在一個冰川發源地。也許有廿五或三十個盆地在少數遊移的冰川之下，正處在形成的過程中，等到它們誕生時，同等數量或者更多的冰川可能將會消逝。自從冰川期結束以來，整個山脈的數目或許從來沒有比現在更多。

從業已存在的資料中，可以獲得這些高山湖泊的大概平均持續時間，但是，我不能就此打住轉而詳細介紹這個問題。同時，我也必須超前享受全面討論湖泊流域形成的快樂，因爲這些群山提供的材料清晰，令人信服。除了已經說明的內容之外，我僅發佈一項聲明：內華達山的每一個湖都是冰川湖，它們的流域不但被強大的作用改造和沖刷成，而且首先就是從固體侵蝕開始的。

現在，我必須儘快提供出一些位於不同海拔高度的主要湖泊地帶的有代表性的近景，而不必再去描述每處風景有哪些最典型的特徵。

第四章　默塞德湖

默塞德湖是現存湖泊中，年代最古老和地勢最低的好樣品。它位於優勝美地山谷上方八英里處默塞德河主幹支流上，海拔約七二五〇英尺；它的四處都被懸崖峭壁緊緊地包圍著，沒有人為地踏出來的路，只有野生動物才能從任何方向走下多岩石的湖岸。其原始的長度大約一・五英里，目前它只有半英里長、四分之一英里寬，它的最低部分約九十八英尺深。

水晶般清澈的湖水緊貼著北面和南面巨大花崗岩峭壁的周圍，這些圓頂的山形牆和城垛似的峭壁，是真正的優勝美地風格。它們在南面，從一千五百英尺到二千英尺高度突然伸進了深深的水中。南萊爾冰川從山頂的源泉朝著優勝美地往西強行開出一條路，把堅固的斑狀花崗岩侵蝕成這個宏偉的凹地，湖岸四周裸露的岩石和峭壁上伸出來的岩石，在巨大的冰雪洪水作用下滾落到地上，一個個被磨得光光的。儘管經歷了無數次腐蝕性的暴風雪，它們仍然閃爍著銀光。

該流域的總體結構、峭壁頂端上的冰磧、底部和側面的溝和擦痕，都以最明確的方式表明這條非凡冰河的流向。它竭盡全力，以巨大的深度和能量沖入並沖出流域；因為這部分河道傾斜度更大，所以它承載了更為強大的壓力。於是，這一段河道比其他河段更深，則勢必要形成碗狀的湖泊。

儘管冰雪的特點在我們面前已經展現無遺，但是要徹底瞭解古老的冰川在幾千年前就使湖泊消失，還並非是一件容易的事情。因為，除了已經生長出來的植被以及由於地震所產生的變化之外，現在的流域總體上與它首次出現時的模樣大同小異。可是，湖泊本身卻發生了顯著的變化。人們一眼就能看得出它變老了。三分之二的原始地區現在已經成為覆蓋著草地、松樹林和冷杉林的陸地，延伸到峭壁及峭壁頂端的水平沖積層，始終明顯地向著湖泊的邊緣拓展，最終將會永久地封閉湖泊。

每一個熱愛大自然的人，都會很高興在夏日沿著繁茂的小樹林漫步，而這裏曾是一汪碧水。彎曲的岸邊明顯地留下了一條上面有波痕的白沙地；出了小樹林，到處都是被難以穿越的柳樹阻擋住的闊葉莎草。更遠處是在風中顫動的白楊林，然後是兩葉松的陰暗地帶，中間是到處隱藏著像鳥巢一樣圓形的苔屬植物草地，最後，狹窄的外部邊緣是二百英尺高的銀冷杉。

樹下的地面覆蓋著許許多多肥壯的草，主要是拱到了人的肩膀的、紫色穗狀花序和圓錐花序的小麥屬植物和拂子茅。整個夏天，草地上的絢麗花朵鮮豔奪目。黃花、飛蓬屬植物、白羽扇豆和百合花，構成熊和鹿特別喜歡的藏身與覓食之地。

沿著一排令人難忘的錐形銀冷杉頂端，南面崎嶇的峭壁像羽毛一樣隱約地展開，景色如畫的老杜松妝點著一直延伸到水面邊緣的斷裂懸崖，它們肉桂色的樹皮在中性灰色的花崗岩上顯得非常美。

這些老杜松與幾棵冒險的矮松和雲杉，以不可名狀的野性和無畏的姿態斜立在有裂縫的礦壁和笠石上，或者在多蔭的凹地裏筆直地向後仰立著。此外，開白花的道格拉斯松鼠繡線菊和常青的矮橡樹順著狹窄的接合部，構成優美的邊緣，細小的變化可能影響到全局。蕨類植物也出現在這裏，如在乾燥的裂縫上組成美觀的圓花飾的碎米蕨。精緻的掌葉鐵線蕨和岩蕨隱藏在長滿青苔的岩洞後面，被潺潺流過的小溪淋濕。

在陽光下，遍地橙色的桂竹香舉起鮮豔的圓錐花序，巴伊亞雀稗則成爲金色的指揮官。儘管一切植物都很美麗，但從湖泊望過去的總體印象還是非常嚴峻冷酷，幾乎看不見這些蕨類植物和鮮花，由植物生命遮蓋的地面不到五十分之一。

陽光充足的北面峭壁更斑駁，但是總的色調大致相同。少數平頂的、泥土覆蓋的窪地支撐著密集的雪松和松樹；向上彎曲纏繞的栗樹和槲櫟環繞著根基，在荒蕪的地震坍塌地帶生長。

小溪在它們之間形成瀑布落下，佈滿泡沫的邊緣照亮了鮮豔的報春花和溝酸漿屬植物。靠近這一側的湖岸，有一條妝點著毛茛、雛菊和白色紫羅蘭的多岩石的草地；從斜面的邊沿伸出的頂端爲紫色的草，把葉子浸入了水中。

這個流域較低的邊緣，是被古老的冰川沉重地磨蝕得像水壩一樣隆起的堅固的花崗岩。雖然自從湖泊存在以來，這條河就在不停地流淌，但是至今還沒有被河流的氾濫刻下痕跡。河流在湖邊的出口分成小瀑布，一路快樂地往前流，直到它抵達一英里之外的下一個填沖流域；然後，它那懶洋洋的漩流彎過草地和林區，又重新分成灰白的急流和瀑布，在繁茂的荒野上跳躍、滑行，舞動著進入一個又一個湖泊。於是，經過長時間休整之後，它在著名的內華達瀑布進行了最壯觀的展示。

咆哮的河流在瀑布底部雲狀的浪花中摸索去路，形成了此外一英里的瀑布和急流；在埃默拉爾德池塘休息片刻之後，它俯衝下弗納爾瀑布的大懸崖，雷鳴般地行進，又沖下漂石阻塞的山峽深淵，流入老優勝美地湖泊流域寧靜的河段。

在深秋季節，默塞德湖周邊的色彩之美比人們在這麼生機勃勃和大雪冰封的原始森林希望見到的還要豐富。此時，幾乎每一片葉子都附帶色彩，黃花盛開；而最豐富的色彩，還是成熟的草、柳樹和白楊賦予的。在湖泊的底部，當你站在抖動的白楊樹下，會看到每一片色彩鮮明的樹葉像蝴蝶一樣。

湖岸左右兩邊延伸著一片彎曲的草地，紅色和棕色夾雜著淺黃色，漸變成朦朧的紫色。峭壁也被染上了從暗灰色的花崗岩中閃爍出來的幾點明亮色彩。但是，能夠長時間地吸引你的注意力的，既不是你站著的峭壁邊緣的草地、色彩鮮豔且顫動的林區，也不是波光粼粼的湖泊本身。因爲，在盛產白楊的湖泊頂端有大片的橘黃色，這才是吸引你的根源。那裏的一切色彩都流動，看得人眼花撩亂。

這一大片燦爛輝煌的樹林約三十英尺高，幾乎貫穿了整個流域。如浮雕般的柳樹放射光芒，在柳樹的下方，棕色的草地伸展到水面的邊緣。當濃厚的金色陽光揮灑而下時，綠色的松柏在這整片耀眼的金黃色中起了一種調和的作用。

在這些快樂的、充滿色彩的日子裏，天空沒有烏雲。微風和煦，各處的景色都在安靜地休息，令人難以忘懷。通常會有少數野鴨在湖面上游動，牠們顯然是在消遣，而急流頂端的黑鶇鳥總是在歌唱。這時候，知更鳥、蠟嘴雀和道格拉斯松鼠在林區裏不停忙碌。牠們相處和睦，加深了隱居的快樂，而沒有擾動寧靜、祥和的氣氛。

秋天的美麗通常延續到十一月底，而接下來的日子就不一樣了。冬天的雲在成長壯大，每片葉子和每塊岩石都佈滿了星星般的晶體，所有的色彩像日落一樣消失了。

鹿群聚集在一起，害怕被大雪圍困，沿著牠們自己能夠明白的蹤跡匆忙趕路。暴風雪接著暴風雨，懸崖和草地上都堆積起大量的雪，把細長的松樹壓彎到地面變成拱形——一棵壓著另一棵，像倒伏的小麥一樣聚集交錯在一起。雪崩從傾斜的高處突然而至，發出隆隆聲，堆在結冰的湖上——夏日的一切光輝都被徹底地埋藏了。

然而，在這個親切的冬季中，有時太陽挺暖和的，邀請道格拉斯松鼠到多雪的松樹上蹦蹦跳跳，以暴露牠隱藏的貯存品。而能夠趕跑松雞、小鶲和山雀的惡劣天氣，在這個冬季也從來沒有出現過。

接近五月，湖泊上的冰雪已經融化。炎熱的太陽把無數的河流打發到懸崖上，讓它們帶著泡沫、不息地旋轉奔跑。冰雪慢慢消失不見，草地顯現綠色。然後，春天快速來臨，鮮花和兩翼昆蟲使得空氣和草地變得豐富多彩，如同鳥兒回老巢和鹿返回到高地林區。

我最初於一八七二年秋天，在去往冰河河源的路上發現這個迷人的湖泊。當時我欣喜地看到其華美的色彩，像未開採的黃金一樣，隱藏在壯觀的原始森林中。

年復一年，我走在湖邊，除了印第安人殘留的營火和一隻鹿在尋找配偶時折斷的大腿骨外，還沒有發現其他人的蹤跡。湖泊處在印第安人通常的道路之外，他們喜歡在接近小路的、更容易到達的原野狩獵。他們瞭解鹿的出沒規律，當饑餓的鹿群希望美餐一頓時，到時候，就可能被誘引到這裏來；而在這個湖泊凹地狩獵，就像在圍籬笆的公園狩獵一樣簡單。

我把默塞德湖的美景僅告訴過幾個朋友，並擔心它會像優勝美地一樣被踐踏和「被改善」。最後一次遊覽這裏時，當我沿著水面和草皮之間的一條沙地漫步，辨認生活在這裏的野生動物的足跡時，我對出現人類的足跡感到震驚，發現這些足跡屬於牧羊人。因爲這些腳步和常規的路線成三十五度或四十度角，有些腳印腳後跟部位的痕跡也不明顯，而右邊的一排圓點表明牧羊人手持拐杖——只有牧羊人才能走出這樣的足跡！在追蹤幾分鐘之後，我開始擔心他可能正在尋找牧草，他還能尋找到其他的什麼東西？

從北面往山下走，山的側面已經踏出一條小路，所有的花園和草地都留下遭到有蹄動物破壞的痕跡，像是被大火燃燒過。

第五章　美麗的斯塔金湖

除了那些由大河幹流供水的峽谷大湖泊之外，這裏還有許多完全獨立的湖泊。當然，位於岩石階地頂端的較小湖泊，只能從很有限的範圍獲得水源。由於所處的地理位置不太好，不受雪崩沙礫和強大的冰川邊緣沉積物的影響，它們大多數小而淺，但是，它們通常能夠比其他湖泊持續更長的時間。當它們變得很淺時，夏季結束前就乾涸了。但是，它們的流域處在無縫隙的石頭之下，不會受蒸發的影響而損失水量；而且，很深的積雪一般可以延續到六月份，從而保證了它們的乾涸季節很短暫。

奧蘭治湖是這種階地形式的具體例證。它位於美麗冰川覆蓋層的中間，離默塞德湖的西北方向大約一・五英里，靠近湖泊線較低的邊緣，其圓周只不過約一百碼。一圈成拱形的大葉子苔屬植物緊挨著水面，然後按常規次序，是蓬鬆的環狀越橘灌木叢、有花楸灌木叢的柳樹區，接著是幾棵松樹環繞外部的白楊區。這些區域當然是同心的，與遠處伸展向四面八方的、裸露的、被冰磨光的花崗岩共同構築一道牆，像沙漠中的一排棕櫚樹守護著它的安全。

秋天，當各種顏色變得成熟時，從遠處看，整個圓形的樹林就像放在瓶中保鮮的一大把黃花。儘管流經的河流反覆無常，很淺，仍然非常地美麗。它們也沒有河道，因此可以自由地如同一片薄薄的布一般，鋪在閃光的花崗岩上隨意徘徊。在許多地方，水流的深度不超過四分之一英寸，流動起來後，幾乎看不到任何摩擦。

有時候，它在流動時，既沒有單個的鐘形泡沫和漂流的松針，也沒有任何不規律的形狀出現。然而，當你仔細觀察時，就能看見精巧編織而成的、流暢的花邊網——與大瀑布到處是透明的花邊不同，在它細小的彎曲波紋和漩渦中，可以看出華麗的倒影。春天，當冰雪消融時，碗狀的湖泊盛滿了水，一條相當大的河流就出現了。

它平穩如鏡地往前流大約二百碼左右，當到達八百英尺高的、差不多是垂直的懸崖時，就由此沖入大瀑布。然後，它聚集分散的水，平穩地流過花崗岩地，到達峽谷主幹河流的匯合處。然而，因爲風被擋在外邊，在一年的大部分時間裏，你將聽不見湖泊的源頭或者底部單一的流水聲，甚至連岸邊水波悄悄的濺潑聲也聽不見。但是，偶爾有鳥兒穿過峽谷停下來休息解渴，會打破深山的寂靜。

那些殘留的小支流冰河往往將主幹冰河的大冰川側磧向前推擠，在向外隆起的同心圓環的地方出現。

和奧蘭多湖一樣，斯塔金湖不是被一小圈樹木環繞，而是被包圍在冰磧密林裏。林木如此密集，以致尋找湖泊時，雖然你可能知道它們隱藏在附近的地方，但是，你可能反覆經過這裏卻怎麼也找不到它。

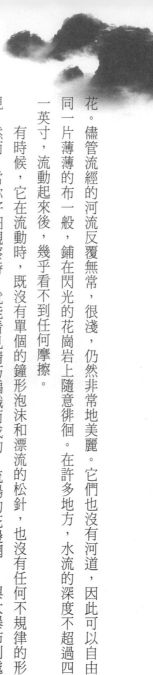

在小優勝美地峽谷的上方、位於火山錐北面的斯塔金湖，是多樣化湖泊的典型代表。黑鶇鳥從這裏路過，野鴨從這裏路過。如果牠們想進去的話，沒有突然而急速地直接飛降下去，也幾乎不可能到達。

然而，像從樹枝上掉下來的果實一樣，這些孤立的寶石也不是完全沒有棲息其上的動物和快樂活潑的參觀者。當然，魚類是不可能進入的，這是山上的每一個冰川湖的真實情況，但是，在這裏，它們充分地繁殖了快樂的青蛙。青蛙第一次是怎麼進入湖泊的呢？或許，鴨子或其他鳥類的腳把青蛙有黏性的卵攜帶進來；另外，牠們的祖先必定曾經激動地遊覽過森林和峽谷側面的上方。

在這些隱秘小湖的下面，你也許會看到無數昆蟲的幼蟲和大量的甲蟲——因爲空中充滿了飛翔的嗡嗡聲，捕蠅鳥在中間不斷飛快地移動。秋天，越橘成熟時，成群結隊的知更鳥和蠟嘴雀來度假。對於自然主義者來說，這是一個令人愉快的小世界。

沿路向上朝著山脈的軸線行進，湖泊越來越多，外表更有朝氣。在海拔九千英尺左右，它們似乎已經到了中年——就是說，它們的流域好像大約一半都被沖積層填滿了，可以看見大片的草地伸展到湖裏。許多地方不夠完美，沼澤地也多，但比起它們下面那些更年久的湖泊要平坦些，湖岸邊的植被當然更多的是高山植物。山月桂、杜香屬和岩鬚屬植物在草地岩石的邊緣生長，枝繁葉茂、隨風搖曳的樹林則是較低湖泊特有的矮松和鐵杉。這些樹林經常很別致地集中在草地周邊邊沿的岩石地頭上，或者長在多岩石小島的頂上，從而產生更顯著的效果。

中年期湖泊周圍的懸崖很少具有優勝美地那種大規模的類型，而是更零零碎碎的，並且也沒那麼險峻——它們通常往後靠，使得湖岸相對寬鬆一些。而那些確實向前傾、直接投入到深水的少數陡峭的岩石，難得超過三百乃至四百英尺高。

我至今還沒有在這類湖泊中遇到過野鴨，而黑鶇鳥從來不待在水流呈季節性變化的地方。草地上偶爾可以看見山羊和鹿，至於熊卻極爲罕見。人們可能在這些崎嶇岸邊露營數周時間，也見不到比土撥鼠更大的動物。那些土撥鼠順著草地的邊緣，在冰川的沉積物下面挖地洞。

所有湖泊中最高的和最新的都坐落在冰河的發源地。一眼望去，它們被封鎖在永久的冰雪中，崎嶇不平的、陰暗的和倒塌的懸崖使得它們黯然失色，完全蒼白的荒蕪似乎是北冰洋的縮影。湖水在最深處呈深藍色，到了岸邊的淺灘呈鮮明的草綠色，小冰山通常在湖泊中漂浮著，露出邊緣。

沿著湖邊可以照射到太陽的地方，偶爾也能看見每晚被霜凍緊裹著的、少數耐寒的莎草草地。當它們的北邊堤岸明顯地向南傾斜時，就會被土壤覆蓋；無論多麼粗糙，都會有花草來爲它們增輝。現在，我想起一個特別的湖，它充分說明了這些冰冷的湖泊在向陽一岸的絢麗色彩。

靠近謝拉馬特峰的陰影下，山脈東邊的斜坡上，有一個海拔高度大約一萬二千英尺的湖泊，它是最冰冷的冰川湖之一。一條邊緣參差不齊的短冰河從南面緩慢地流入，當它完全填滿流域時，冰川形成的一連串的終磧在對岸形成了堤壩。第二個湖在半英里以下，其海拔高度爲一萬一千五百英尺，幾乎像雪晶體一樣寒冷和純潔。水最初經過冰磧水壩汩汩地流入湖裏，第二條河流則直接從東南方向的冰河湧入。

覆蓋著皚皚白雪的懸崖屹立在湖的南面，使得那一側處於永久的冬季；而儘管湖泊只有三百碼寬，湖的另一邊卻如同夏天一般。一八七三年八月廿五日，我在這裏看見一行蜷縮矮小的迷人的鮮花，有著豐富的色彩，溫暖而嬌嫩。在靠近水邊的一窄條鵝卵石路上，有幾叢已經結籽的苔屬植物。往回走一點，是一段傾斜度很大的、位於崩潰壁面底部的多岩石的堤岸，這裏便於吸收輻射並反射大量的太陽光，也是包含了黃色大花朵的繁茂灌木叢園。幾處高山醋栗灌木叢的漿果差不多熟了，有野生的酸味。

一些美觀的草叢，分屬於兩種截然不同的品種：其中一種是黃花，少數是毛茸茸的白羽扇豆——它的藍玫瑰色的花朵在綠色的苔屬植物的襯托下分外鮮明。沿著壁面最溫暖角度的一條狹窄的縫隙，開著一英寸寬的花，形成了一道非常華麗的邊緣，富麗堂皇地擁擠在一起，其色彩是繁殖快的熱帶植物常見的高貴的紫色。最好看的，也是最偉大的，則是完全一株盛開的高貴的薊。它好像生長在蘇格蘭山坡上，直立著，頭和肩膀高過它的同伴，朝氣蓬勃地推出它的矛狀花朵。所有這一切的旁觀者是冰河，在天然的石頭之間勇敢地面對溫暖的花朵。

據我發現，上面提到的這些湖泊在冬季，都被深約三十五至四十英尺的冰雪掩埋了；受雪崩影響最大的湖泊，其深度甚至達到一百英尺以上。當然，這些湖泊最終將被冰雪掩埋。當降雪量異常大時，有些湖泊將被掩埋數年之久，另一些湖在溫暖的季節晚期只能見到其一面。封

閉一邊的雪是粗糙的密集顆粒和凍結成堅硬的層狀塊，彷彿冰河上層的碎粒冰雪。湖中起伏的波浪也逐漸地遭到破壞，被分裂開，類似大塊的冰山。

這些雪覆峭壁從不同的角度反射光線，向外有像珍珠一樣白的突起，在前面漂流的冰山被陽光染得通紅，碧綠的水給它們鑲上一道邊，而深藍色的湖泊則延伸到你的腳下——這就構成了使你的來世都感到豐富多彩和永世不忘的畫面。但是，無論季節和日子多麼完美，你總能敏感地發覺這些新興的湖泊非常寒冷。我們小心翼翼地接近它們，沿著它們水晶般的岸邊悄悄地走過去。我們曾自由地奔跑、自由地哀痛，好像在期待聽到一些可怕的聲音一樣。但是，黑鶇鳥的情歌和雛菊的可愛面容逐漸地使我們安心。這表明在最冰冷、最孤獨的地方也有能夠溫暖人的源泉。

第六章　草地

內華達山的湖泊之後就是冰川草地。它們有絲一樣的草坪，光滑、平坦，位於上面的森林裏、山谷的地面和主分水嶺廣闊的背脊上，其高度高出海平面八千到九千五百英尺。

它們幾乎與湖泊所處的位置持平，平整的地面比較乾燥，沒有堆積的岩石、長青苔的沼澤地和不整齊的排列，沒有葉子粗糙、雜草叢生的灌木植被。草皮稠密、良好、完整，讓你幾乎看不到地面。同時，草地上有色彩鮮豔的花卉和蝴蝶，可稱之爲「花園草地」或者「草地花園」。在許多地方都密集著龍膽屬植物、雛菊和各種的直果草屬植物，幾乎都看不見草的存在；而其他地方的花只是零零散散地分佈著，或者豎在裝飾用的小花壇裏。

對草皮的構成影響最大的是優雅的拂子茅，它長著很好的絲狀葉子和鬆散、婀娜的圓錐花序，像紫色的薄霧漂浮在多花的草坪上方。但是正如我所寫的一樣，除了以優雅的美麗來形容這些「高山地毯」外，當它們平穩地展現在荒山野嶺之中時，我找不到一個適當的詞語來描述它們——什麼華麗的辭彙才能描繪它們？爲什麼我們喜歡它們？

古老西部有多花、平坦的牧場，南部有肥沃的大草原，相比之下，最好的人工草地還顯粗糙。乍一看，人們就可以把它們與精心護理的娛樂場所的草坪進行比較，因爲它們沒有雜草，很平坦，而這裏的情況不盡相同——這些優美的野生草坪沒有留下痛苦的、被拍打和修剪過的痕跡——即使從遠處看，娛樂場所的草坪往往都能看得出被修理過。而且，這裏鮮豔的花卉及草的色彩和組織都要好得多。它們不是平躺著不動像一塊呆板的綠布一樣，而是回應著微風的撫摸，享受純野性的快樂，在生命的亮光中開花結果。

整個內華達山脈的高山地區和亞高山地區到處都是冰川草地，其數量比湖泊還多。在北緯三十六度至北緯三十九度之間，大概有二千五百處至三千處，當然，它們像湖泊一樣，與風景區所有其他的冰川特徵相和諧。

河流的源頭有「大草地」，通常五英里至十英里長。這些草地佔據了古代圖奧米勒冰洋的流域，那裏聚集了許多支流冰河形成大幹流。然而，大多數都比較小，平均長度也許就四分之三英里多一點。

我欣賞過一處最難得的、最好的冰川草地——它隱藏在佈滿兩葉松的大森林裏，距戴納山西邊八英里左右，位於古代圖奧米勒冰洋的流域邊緣。

想像一下，在優勝美地山谷的上面經過一天的旅程，你自己就坐在圖奧米勒河邊休憩。接著，你穿過一望無邊、延綿不斷的森林，向北進發。你剛一進入森林，灰色的山峰以及積雪的山峽和山谷，就都在你眼前消失了。地面上到處都散落著掉下來的樹幹，像被暴風雪吹倒的小麥一樣交叉重疊。

除了稠密的松樹林之外，肥沃的冰磧土壤還盛產帶狀葉子的草——小麥屬植物、拂子茅，它們會把漂亮的穗狀花序和圓錐花序舉到你的腰部以上。經過物產豐富的原始森林，繼續向前——偶爾能夠看見松鼠、烏鴉、鹿或熊——過了一兩個小時之後，就能看見褐色松樹樹幹頂上的直射陽光，表明你正走近開闊地。然後，你迅速離開了叢林，出現在一片像湖泊一樣平坦的紫色草坪上——這就是冰川草地，它大約有一．五英里長、四分之一英里寬。密集的樹木從四周向前擠壓，樹根準確地長在草地的邊緣上，像接受檢閱的士兵一樣保持筆直、嚴肅和有秩序。這樣，大自然畫出獨特的自由曲線，把草地精確地包圍並裝飾起來。

懷著難以形容的愉快心情，你跋涉到長滿野草的太陽湖。從群山嚴峻的現實中撤退，免遭侵擾，你感到自己很安全，在美景中自由自在地暢遊，感覺到自己身處大自然最神聖的場所。景色是如此震撼心靈，你似乎與它融爲一體，但你周圍的一切充滿著溫暖的人間之愛，充實而熟悉。樹脂質的松樹是健康和穩定的象徵，食草皮的知更鳥屬於你孩童時期就知道的那一類鳥。的確，這些雛菊、飛燕草和黃花，是家鄉花園裏非常友好的花卉。蜜蜂在收穫的中午嗡嗡叫，蝴蝶在花叢中舞動；你也像牠們一樣享受著生命的陽光，與牠們一起享受思考的歡樂。

你的眼光反覆細察光輝和美景。沿著那條從東邊默默地迂迴過草地的小溪漫步，特殊的花卉喚醒你久違的鑑別力。草皮往下彎曲到水面的邊緣，形成裝飾的、外突的堤岸，有些地方與倒立的石頭搭接成橋樑。在這裏，你會看見一簇簇不到一英寸高的奇怪的矮柳樹，卻仍然長出眾多灰白色的柔滑的柳絮，而點綴在四周的紫色杯形和鐘形花冠的雀麥狀針茅及石楠科越橘屬，則使人爲之眼前一亮。

到處都是神聖美麗的草坪，彷彿大自然在這一天已經修整過每一株植物。你幾乎感覺不到它們移動的圓錐花序掠過草坪，它們都很出色，沒有一朵花的花桿太高或太硬。你在最明亮的地方能看見三種不同藍色陰影的龍膽屬植物，雛菊像天空一樣純潔，長有柔滑葉子的常春藤開著暖黃色的花朵，還有幾種直果草屬植物，其紅、紫、黃三色的穗狀花序又短又粗，向外凸起。高山的黃花、釣鐘柳和苜蓿，芳香又甜蜜，它們的色彩成塊地混雜在一起。

你與這些草保持距離，觀察得更仔細些，可以查找它們閃光的花柄分枝，注意花朵非凡的朦朧美感，穎苞和縱向線條成精美的錐狀，黃色的雄蕊晃來晃去，雌蕊柔軟如羽毛。在最低的葉子下面，你看見地衣的奇境——灰蘚目植物、曲尾蘚目植物，如細葉飄拂草及許多其他的種類——芽孢萼輕巧地懸在光亮的花莖上，奇妙地罩住或敞開，像桂冠一樣戴在孢蒴齒上。歐龍牙草遍地蔓延，幾種罕見的蘑菇非常小而脆弱，似乎只爲美麗而長。毛蟲、黑甲蟲和螞蟻徜徉在近地世界的荒野中，就像熊在茂密的樹林裏一樣，沿路穿過小樹林和灌木叢。

陽光充足的生命也是多麼有活力啊！葉子和花朵好像頭上長了翅膀。蜻蜓以活潑的之字形穿過飛舞的蜂群和蝴蝶群，爲平常的景致增添一道風景。這些東西在這樣的海拔高度顯得微小，而且至今尚未被科學家認識；但是偶爾也有一種我們熟悉的蛺蝶或鳳蝶飛翔而過。蜂鳥在這裏也相當普遍，沿著河邊或者草皮最淺的地方，總是能看見知更鳥的身影。

有時候，你還能看到——松雞和山鶉帶著牠們珍愛的一窩有絨毛的雛鳥，燕子從一邊到另一邊掠過綠色的湖泊，捕蠅鳥從無光澤的晶石頂上間歇地飛行，而啄木鳥以優美的花彩曲線從一端到另一端急停轉身——鳥類、昆蟲和花卉都以它們各自的方式述說著夏日的極度歡樂。

迄今，人們對純自然的影響知之甚少，人們通常假設這種滲透全身的完全快樂，不適用於學者冷靜的判斷和科學探究式的觀察。但是其實際情況正好相反。它們並沒有如人一樣浪費時間和精力，而是像太陽照射植物一樣，豐富、刺激和開發頭腦。我們在這裏所看到的一切，使我們能夠以更好的眼光看待東邊山峰之間的源泉。在那裏，流動的冰河為周圍森林的土壤打基礎；在草地誕生之前，這裏是一片湖泊，而草地底部的冰磧則是當時的湖壩。在邊緣被往後擠的石頭，在過去漫長的冬季，由於湖泊冰塊的擴充堆成了荒涼的峭壁。沿著河流的兩側，草地上的小洞是湖泊最後消失時留下的印記。

我很樂意邀請我的讀者在這個富饒的原始森林多逗留一會兒，從它最早的冰川開始探索歷史，我們可以瞭解這裏的居民和過客。整個夏天，甚至是在整個冬天，鳥兒是多麼快樂啊！受誹謗的草原狼生活在這裏，多麼傑出和勇敢的一種生命啊！還有鹿和熊！百聞不如一見，我想讓讀者注意其一些簡單的變動情況——牠們的出現有很明顯的季節性。

我們之前描寫的夏季生命將持續到十月，其間也有些中斷。當晚間的霜凍開始有刺痛感時，草就變成青銅色；沿著河邊，遍地蔓延的杜鵑花科植物的葉子變成了紅紫色和深紅色。在多雪的冬天到來之前，除了沒有受傷而繼續開花的黃花和少數雛菊之外，其他鮮花全都不見了。

在寂靜的夜晚，草的圓形花序上和每片葉子及莖上都凝結著霜凍，晨曦照射在上面，霜凍結晶產生耀眼的光彩，變成了折射出彩虹色彩的珍貴鑽石。小溪淺灘上交叉折疊著細長的冰塊，這些冰塊和草的霜凍晶體在中午之前都將融化。儘管草地的海拔很高，每天下午還是很暖和的，受凍的蝴蝶在此時甦醒過來，成群地出來享受晚開的黃花。每天傍晚，神聖的晚霞染紅了周圍的森林，晚霞消盡後，就是以潔白星星爲主的透明夜晚——那些從未走出低地的人難以想像星星的大小及光輝。

秋天明媚陽光的日子時有時無，天空沒有一絲雲彩，一周又一周地持續到十二月份。然後，天氣突然發生變化，奇特的雲彩在藍天上緩慢地蠕動，聚集在一起變成一片，顯示出光滑的邊緣。在每一處像湖泊一樣的雲彩開口閉合之前，天色漸漸地變暗，整個蒼穹被同樣無結構的黑暗所遮蔽。接著，時機成熟，大雪紛飛，草地盛開了花朵，燦爛的花兒就像春天的果園——輕輕地，它們暫住在褐色的草和松樹穗狀的松針上。

日復一日，默默而親切地連續降落——風靜止了——雪花盤旋著到處看看，相互閃動，成片連在一起像雛菊那麼大。於是，乾草、樹木和石頭也同樣開花了。

早在夏季的時候，這裏下起了雷陣雨，觀察透明的大雨滴的印象非常令人難忘。每一滴雨本身就是一個小世界——像星球遨遊太空一樣，雨水從空中自由地投擲下來，形成一個沒有島嶼的完整的海洋。而冬天飄落的雪花更令我激動——群星和冬天的雛菊一起墜落——整個大地像盛開的花園。夏天雨滴在彩虹中燦爛地開花，在草皮上變成花朵；而冬天完整的雪花則直接從黑暗、冰冷的天空飄落下來。

當氣溫很低時，隨後的暴風雪時常伴隨著大風，狂風把晶體撕成單個花瓣和不規則的粉狀碎末。相當少的粉狀碎末會飄在草地上，安全地藏在森林中。從十二月至次年五月，一場暴風雪連著一場暴風雪，直到積雪深達十五至二十英尺，而地面總是像鳥兒的胸脯一樣光滑。

生命現在該靜下來了，這麼晚還在熱烈地跳動。植物入眠了，大多數鳥兒已經飛到了雪線以下，所有飛翔的翅膀都合攏了。然而，太陽燦爛地照耀著仲冬時節許多無雲的日子，斜穿過五光十色的碧空，投下長長的噴槍式的影子。

六月裏，小塊枯死、腐爛的草皮又開始出現生機，並逐漸地擴大，互相連在一起。白天在草皮上積留少量的水，夜晚就成了冰，像從冰川期的黑暗中浮現出來的被碾碎的岩石一樣，看起來沒有希望，也沒有活力。現在就到草地上走一走吧！你再也看不到記憶中的花朵。地面似乎死亡了兩次。不過，每年的復甦即將來臨。給予生命的陽光普照大地，最後的雪環也融化了。無數的生長點急切地擠出熱氣騰騰的模子——鳥兒飛回來了，新翅膀滿天飛，熾熱夏天的生物像波浪一樣湧現，似乎比以前更輝煌。

這是一處完美的草地，幾百年來沒有發生過明顯的變化，一直在有利的條件下生長。不過，它遲早會變老、消失。在寧靜的深秋，幾乎沒有沙粒在堤岸移動；而在水災時期或者暴風雪時期，土壤則向前被沖到草地上，一層層地漸漸地堆積到其傾斜的周邊，並逐漸向中間擴大範圍，使得草地越發乾燥。

在相當長的時期內，草地植被並未因此而受到很大的影響，因爲它也隨著地面的升高而逐漸上升，像水生植物隨波浪升高一樣駐留在表面。然而，草地的海拔最終升得太高，以致土壤相對特殊的草地植物來說太乾燥了，當然，它們就不得不把地方讓給適合新條件的其他物種。在這個海拔高度上，最典型的新物種主要是喜歡日照的菊科植物以及許多森林樹木。自此以後，多種明顯的變化導致被覆蓋的原始湖泊草地顯現出來，但只有地質學者才能看得明白。

一般說來，除非很淺，冰川湖的消失比草地更緩慢，因爲塡滿冰川湖流域需要更大量的東西和更長的時間。此外，由於鄰近的岩石易受風化，更小的能夠被雨水和一般的洪水沖走的東西，在草地期比湖泊期積累得更多。

然而，毫無疑問，處在有利位置的最優良的草地可以存在數千年，如同我們數日子一樣，其消失的過程非常緩慢。這種情況就像我已經描述過的草地所處的環境——環繞在深山野林裏，地面漸漸地升高，離開其四周，所有的樹根像網一樣都連在一起，以防止被傾盆大雨沖垮。但是，就像湖泊一樣，也有例外的情況。坍方、地震雪崩或者特大洪水，都會立即淹沒那些小心謹慎才得以成型的美麗草坪。

在那些取代了曾由弱小河流供水的淺湖的冰川草地上，冰川泥漿和植被的腐殖質大量地進入土壤中。由於這種土壤很薄，在流域的岩石無縫、不透水、不排水的情況下，它們通常就很潮濕，所以長滿了高大的莎草，其粗糙的表面與上文描述的精緻草坪形成了鮮明的對比。由於這些草地的下面埋藏了一些冰磧，再加上有一些岩層凸出來，這些淺土的草地有時還顯得更粗糙和多樣化。在它們上面還生長著樹木和灌木叢，像浮雕一般立在多草水面的島嶼上，又以粗糙的曲線席捲森林，其視覺效果是驚人的。

在較高草地，只要是水份充足、氣溫夠低，且能夠免遭洪澇之災，就會形成漂亮的沼澤。沼澤地上生長著棕黃色的泥炭藓，周邊有成片的山月桂和杜香屬植物，使得秋天大片美麗的顏色顯得更加成熟。在這些冰涼柔軟的沼澤地與乾燥絢麗的草地之間，由於各種條件的相互作用還有許多有趣的變化，爲研究提供了素材。

在冰磧覆蓋的傾斜度最大的山坡上，還存在著另一種與湖泊草地在起源和外觀兩方面，都有很大的差異的、很顯著而又有趣的草地類型。它在岩石堆和岩架間上下波動，彷彿明麗的綠色彩帶一樣裝飾著高高的花卉。它們有相當的數量出現在高山地區和亞高山地區，一般在風景區中絕不會沒有生動之色。

它們的長度經常爲一英里或一英里以上，但從來不是很寬——其寬度通常是三十碼至五十碼。當它們所處的高山或峽谷的側面傾斜到一定的角度，而且其他條件也同時有利時，它就會像小瀑布一樣以流暢的線路下降，從森林線以上延伸到峽谷的底部或者湖泊，在大漂石上砸出浪花或者在凸出的小島的任意一邊分流。

有時候，一條喧鬧的河流嘩嘩地從垂懸的草地上流過，卻幾乎看不見一滴水。然而，不管看見與否，它們的存在都應當歸功於溪流。當一些四季不斷的源泉——比如冰川、雪堤或冰磧泉通過弱小的、徐徐流出的小溪網路——流過崎嶇的土地時，就能找到一些最荒涼的垂懸草地的蹤跡。

這些情況對草地的植被影響很大，植被延伸的根部更是妨礙了溪水的自由流動，往往是在更大範圍的地方把水分散開。這樣好像在水平面上平穩地延伸一樣，更高級的草地植物所需要的冰磧土壤和必要的濕度，有時能夠完美地結合起來。在土壤恰巧由高質量的冰川碎石組成而且水也不過多的地方，通往湖泊草地的路是植被最繁茂的地方。但是更普遍的情況是，在土壤粗糙和佈滿巨礫的地方，植被相對地繁茂。

高大的寬葉草沿著兩側生長，在更潮濕的地方生長的燈芯草和低垂的苔屬植物與那些最美麗的花卉混合在一起——七、八英尺高的橙色的百合花、飛燕草、白羽扇豆、狗舌草等長有色彩鮮明的萼，其他還有各品種的溝酸漿屬植物和釣鐘柳、船形大葉子的藜蘆、花距只有一•五英寸長的華麗的高山耬斗菜。在海拔七千至九千英尺的高度，豔麗的花卉常常構成大多數的植被。於是，懸垂的草地就變成懸垂的花園。

我們所發現高山盆地覆蓋著冰磧土壤，而底部又是完整的，兩側差不多成圓形，以柔和的曲線升高的草地。被環繞的源泉融雪滲透的盆地，形成了不斷向下環行的草地植被，與底部的水平草地優美地結合在一起——如此便形成了一個很大的、平坦的、柔軟的草地山窩。就是在這樣的草地上，山狸才喜歡築巢，牠們在草皮的下面開鑿暖和的房間，挖水道讓地下水從一條水道流向另一條水道，以方便其使用，同時供給植被。

另一類草地或沼澤地出現在密林的山坡，那裏終年不斷流的小河常常被斷倒下來的樹木阻斷。還有一類草地懸垂在光滑、平坦的懸崖上，整片相應傾斜地升上去，最終與懸崖連在一起。

還有三種小壺穴草地：其中一類在主幹河流的岸邊，另一類在多岩石山嶺的頂部，第三類在冰川覆蓋層上——它們的起因及其生長豐富的植物都很有趣。

第二部　群山的主人

沒有一個峽谷對這種小鳥來說會太冷，也沒有一個會讓其太寂寞，只要有充足的洛下的水就行。在清澈河流的任何地方找到一個大瀑布或者小瀑布，或者急流，你就肯定會看見與其相伴的河鳥在浪花中飛來飛去，潛入充滿泡沫的漩渦中，像一片樹葉在鐘形泡沫間旋轉。牠永遠都是精力旺盛、滿腔熱情，但沉默寡言——既不尋找也不避開你的陪伴。

第七章　道格拉斯松鼠

道格拉斯松鼠是迄今為止最有趣和最有影響的加利福尼亞松鼠科動物，其特性、數量和範圍都超過其他種類，牠對所生存的廣闊森林的健康成長和分佈都產生了很大的影響。

在謝拉內華達著名的森林，隨便你走向何處，在較低地帶的巨大松樹和雲杉之間，往上穿過高聳的銀冷杉直至長有被暴風雪壓彎的灌木叢的頂峰，到處都會看見這種以主人姿態出現的小松鼠。雖然身長只有幾英寸，但是牠精力充沛，爆發力驚人。牠活躍於每一個林區，牠鼓動林區裏的其他野生生物，使自己顯得比龐大的熊都更重要——熊只能在牠下面慢吞吞地走過纏結的矮樹林。風都為牠的聲音而焦躁，幾乎每棵樹幹和樹枝都感覺到被牠鋒利的爪子所刺痛——透過這種方法的刺激，樹長高了多少不得而知，但是牠巧妙地處理樹種子的作用卻更值得重視。

大自然已經讓道格拉斯松鼠成為主要的林中動物，並把大多數的結毬果的收穫委託給牠的爪子。或許，內華達山上所有成熟的毬果中，有百分之五十以上被道格拉斯松鼠處埋過了，其中就有那些巨杉百分之九十的毬果。大部分當然是被其作為冬春季節的儲存食物，其中的一部分隱藏在被鬆散遮蓋下的洞穴中，在那裏，有些種子發芽長成大樹。

可以說，內華達山脈只是受道格拉斯松鼠支配的許多領地之一，因爲牠的支配範圍可以延伸到海岸山脈的整個紅杉帶，向北穿過俄勒岡州、華盛頓等遼闊的森林——我急於提到這些事實，說明我認爲道格拉斯松鼠的重要性的基礎是多麼可靠。

道格拉斯松鼠和東部森林裏的紅松鼠或紅毛栗鼠有密切的親緣關係。道格拉斯松鼠可能是這一品種的直系後代，通過北美五大湖和洛磯山脈向西分佈到太平洋，並向南延伸到森林覆蓋的山脈。實際上，道格拉斯松鼠總體上顯得更紅，更像紅松鼠，順著上述的邏輯，其親緣關係還可以追溯得更遠。但是，無論牠們之間的關係和進化力量所產生的作用如何，道格拉斯松鼠現在是比紅松鼠更大和更漂亮的動物。

經測量，從道格拉斯松鼠的鼻子到尾巴的根部，大約有八英寸長，而牠能夠有效地用於表達感情的尾巴長約六英寸。牠的背部呈深深的藍灰色，往下的兩側也是這種顏色，其腹部爲明亮的淺黃色，把上半身和下面的顏色分開的深灰斑紋則接近黑色——其實這種起劃分作用的斑紋不是很明顯。道格拉斯松鼠有很長的鬍鬚，當靠近觀察時則顯得更兇猛，強壯的爪像魚鉤一樣鋒利，明亮的眼睛裏充滿了明顯的揣測。

一位金斯河的印第安人告訴我，他們稱牠爲「Pillillooeet」。當他以第一個音節爲重音，迅速地讀出這個單詞時，就像很激動時爬上一棵樹而發出的快樂的驚歎聲。加利福尼亞的大部分登山者稱之爲松鼠。當我問一位年長的獵人，他是否知道我們的林中小動物，他精神矍鑠地回答說：「哦，是的，我當然知道牠，每個人都知道牠。當我在林中狩獵時，我經常能發現牠對鹿發出吼叫，我稱牠為『閃電松鼠』，因為牠們是如此神速而從容。」

所有真正意義上的松鼠在叫聲和動作方面，都頗似鳥類，而道格拉斯松鼠更是如此，牠擁有松鼠集中表現出來的特有屬性。牠是松鼠中的佼佼者，如同一縷陽光，清新、健康、有光澤，在牠最喜歡的常綠樹上，從一根樹枝跳到另一根樹枝上。給牠雙翼，牠將在飛行速度上超過森林中的所有鳥類。

牠那個頭很大的灰色同類，是一種更自由的動物，看上去輕盈得可以隨風飄動。然而在從一根大樹枝跳到另一根大樹枝，或者從一棵樹梢跳到另一棵樹梢時，有時牠得停下來以增強力量，努力地關注牠不完全感到非常有信心的終點。但是，道格拉斯松鼠有著結實的身體和神奇的力量去跳躍與滑行，看來像山澗的河流一樣，有不願受約束的體力。

牠穿過有穗狀花序的松樹枝，把松針攪動得像沙沙響的微風一樣。牠時而像直箭一般地穿過林間空地，時而以曲線飛奔，以意想不到的「之」字形從一邊到另一邊靈巧地閃現，令人眼花撩亂地環行打轉，繞著多結的樹幹盤旋，進入到似乎是最不可能的地方都毫無危險感。牠一會兒用腰腿，一會兒用頭，其動作仍然十分優美，以點和線的完美停頓，不時中止其最難抑制的爆發力。

毫無例外，道格拉斯松鼠是我所見過的最野的動物——暴躁、劈啪作響，充分享受氧氣和森林的精華。人們幾乎不能想像，這麼一個小動物也像我們一樣依賴氣候和食物。但是不需要太長時間，就能瞭解牠也具有人性的特點，因爲牠也得爲生計而勞作。牠最忙的時間是在深秋。那時，牠像辛勤勞作的農夫一樣收集刺果和榛子，每天連續工作好幾個小時而不說一句話。好像受雇做工一樣，牠以最快的速度收集成熟的松毬，小心謹慎地依次檢查每根樹枝，不放過任何一根。然後，牠從樹上下來，把松毬貯藏在木頭和樹樁的下面，等待冬季痛苦的饑餓日子的到來。它自己本身似乎就是一類針葉果——既是果實，也是花朵——松樹含樹脂的香料遍及它的全身，吃它的肉就像嚼口香糖。

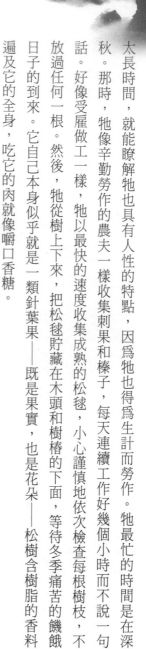

人們絕不會對大自然這種嘰喳聲感到厭倦——道格拉斯松鼠勇敢的聲音在原始森林中叫喊——人們觀察牠的勞動、牠的習慣，傾聽牠的奇怪叫聲——音樂般的，如同松樹絮聒似一般悅耳，又像香脂一樣宜人。儘管牠沒有真正的唱歌天賦，但是牠的一些音調卻像紅雀的歌聲一樣甜美——幾乎像長笛的聲音一樣柔和，相比之下，其他動物的聲音則像薊草一樣刺耳。牠雖是松鼠，卻像鳥兒一樣愛模仿其他動物的聲音，牠像終年不歇的源泉一樣，連續不斷地發出混合的啁啾聲和歌聲——像狗一樣吠，像鷹一樣尖叫，像燕八哥①或麻雀一樣啁啾地叫；當牠身處斷崖時，大膽的吵鬧又很像一隻松鴉。

當從樹幹上下來打算落地時，牠謹慎而安靜，或許是在留心狐狸和野貓。當牠安全地搖擺到松樹梢的巢時，牠的跳躍和喧鬧聲還沒有結束。膽敢冒險踏上道格拉斯松鼠最喜歡的樹上的灰松鼠或花栗鼠的日子不會好過！不管牠們如何狡猾地沿著樹皮的紋路走，道格拉斯松鼠很快就會發覺牠們，並用滑稽而又猛烈的動作把牠們踢下去！而後，牠用那有腮鬚的嘴唇急速地發出狂怒的聲音，聽起來顯然像是在發誓。

牠有時甚至試圖驅趕狗和人，尤其當牠不認識牠們時。第一次看見一個人時，牠會試圖靠得越來越近，在只有幾英尺的距離時，牠就開始發怒，突然向前衝，呲牙瞪眼，好像將要把你吃掉。但是，當發現這龐大的、叉狀尾巴的動物並不害怕牠時，牠就謹慎地撤退，再爬到懸垂樹枝上偵察，細察你所做的每一個可笑而又嚴肅的動作。

牠鼓起勇氣，再次冒險沿著樹幹下來，發出顫鳴聲和啁啾地叫，緊張地上下竄躍，在空中劃出一道道奇怪的圓圈。牠始終注視著你，好像在炫耀自己，要求得到你的讚美。最後，牠平靜下來，以舒服的姿勢停留在水平的樹枝上，居高臨下，用牠的尾巴打出穩定的拍子「別灰心，別灰心」；或者，在不那麼興奮時，又變成了類似「撒尿啊」的聲音。

牠叫喊時，以第一個爲重音節，第一個音節像鷹的尖叫聲一樣拉長——牠慢慢地重複這個音節，先加強語氣，然後漸漸地加快速度，直到每分鐘達到一百五十個單詞的速率。牠通常一直坐著，爪子放在懷裏，以致你能清楚地看出牠發出每個單詞的脈動。然而更令人驚異的是，儘管牠發音清晰，牠大部分時間都閉著嘴，只是透過鼻子發聲。我偶然發現牠在吃美洲杉籽和一點點地吃葉甲科的昆蟲時，也都沒有停止或者以任何方式混淆牠的「撒尿啊！撒尿啊」的叫喊。

當向上爬時，牠的四隻爪子都要活動；但是從樹上下來時，牠主要用後腿來支撐體重。儘管如此，在兩種情況下，牠的運動都不費勁。即使你靠得很近看見牠短短的爪子像熊的前肢一樣鼓脹著，並注意到牠強有力的腳爪緊緊地抓牢了樹皮時，牠也顯得一樣的輕鬆自如。

無論往上爬或向下走，道格拉斯松鼠會根據身體的情況把尾巴完全伸開，除非牠需要調整姿勢。當沿著水平樹枝或者倒下的樹幹奔跑時，牠的尾巴常常往前捲到後背上，輕盈的尖端優美地向上捲曲著。天氣涼爽時，尾巴也起著保暖作用。當牠進食完畢後，你可以看到牠靠近水平樹枝蜷縮著，尾部的遮蓋物整潔地展開，到了耳際，漂亮的毛髮像松針一樣隨風抖動。在潮濕和陰冷的天氣裏，牠就待在窩裏。當牠捲起牠的毛狀尾巴時，足以往前繞過鼻子。然而，天氣很少如此冷，以致牠沒有機會饑餓至去挖取貯藏食物。

有一次，我被暴風雪圍困在沙斯塔山森林線的邊緣，當時溫度接近零度，天空下著大雪。一隻道格拉斯松鼠幾次從我的營地附近的矮松中一個較低的洞穴勇敢地跑出來，面對著大風，牠一點也不膽怯，輕鬆地在粉狀的雪中活蹦亂跳，非常精確地挖出一些隱藏的種子——對於牠來說，厚厚的大雪似乎是透明的玻璃一樣。

在充裕的芳香草料和灌木叢中，我所知的內華達山的動物，沒有一種動物比道格拉斯松鼠吃得更好，甚至鹿、巨角野羊或雜食的熊也比不上牠。牠的食物包括草籽、漿果、榛子、板栗以及針葉樹的堅果和種子——松樹、冷杉、雲杉、紅松和美洲杉——這些牠都喜歡，未成熟或者成熟的，對牠來說都行——沒有牠無法處理的太大的松毬，也沒有哪個松毬因爲太小而逃過牠的視線。牠把鐵杉、道格拉斯雲杉和兩葉松所產的那些較小的松毬摘下來，在樹枝上就吃起來，不會讓這些小果掉到地上。牠吃的時候，先從松毬的底部開始，去掉皮屑，露出籽。牠不像熊那樣憑猜測去咬，而是順著螺旋的排列方向，有條不紊地轉動。

當道格拉斯松鼠這樣吃松毬時，落下來的皮屑、外殼和種翅，以及每隔幾分鐘落下來的被剝開的松毬莖軸，就洩露了牠在樹上的方位。當然，牠還準備好再吃另一個。如果你在觀察，就可以瞥見牠靜靜地滑到樹枝的末端，在檢查松果串，直到牠找到合意的爲止。然後，牠彎下身子，把有彈性的松針扒拉開，用爪子抓住松毬防止掉下來，以極短的時間剪斷，然後伸長上下頷咬住松毬，返回到所選靠近樹幹的位置。

可是，對於糖松這樣長達十五至二十英寸的極大松毬和黃松的傑弗里品種松毬，牠就不得不採用完全不同的方法。牠先切斷松毬，然後下到地面拖拽這些松毬；等有機會滾到樹的背面空曠隆起的地面，牠就從底部開始，沿著皮屑的螺旋到頂端，用同樣的方法把牠們吃掉。

單從一個糖松果，牠可得到約半個榛子大小的二百至四百個籽，所以，牠幾分鐘獲得的松果就足夠牠吃一周的時間。然而，與所有其他的品種相比，牠更喜歡兩種銀弗斯特的毬果。或許，因爲這兩種毬果最容易得到。這兩種毬果成熟時，不必切割，皮屑就掉了，它們都充滿刺鼻的、芬芳的油，使其香氣四溢，而這種油本身就能夠滿足道格拉斯松鼠瞬間活動的能量需求。

你可以很容易地從道格拉斯松鼠發出的聲音來瞭解這種小工匠。在陽面山坡上的大樹周圍，它們成堆地堆著，可用蒲式耳②的筐來裝。新鮮、潔淨，構成了可以想像的最漂亮的廚房內所堆積的垃圾。棕黃色的外皮和果殼，就像海邊的貝殼一樣豐富多彩，而混在其中的美麗的紅色或紫色種子的翼瓣，則使人聯想到無數的蝴蝶。

在松毬成熟很早以前，道格拉斯松鼠就開始享受所有的品種；在把它們收集到庫房之前，牠會聰明地等待這些松毬的成熟。十月和十一月，是牠一年中最忙的時候。各類刺果，無論大小，被切斷後，像陣雨一樣落地，地上很快就鋪滿了毬果。砰砰的撞擊聲持續不斷；有些大一點的松毬偶然落在朽木上，森林裏就響起回音。

其他一樣吃堅果卻不夠勤懇的動物，非常瞭解正在發生的事情，於是趕緊試圖搬走落下來的毬果。但是，無論收穫者多麼忙碌，牠都能很快發現下面的小偷。於是，牠立即停止手中的活，把小偷趕走。有斑紋的小花鼠是道格拉斯松鼠的眼中刺，若是牠不斷地偷竊，道格拉斯鼠也會給牠應有的懲罰。大灰松鼠也來惹麻煩，儘管道格拉斯松鼠被指責曾從牠那兒偷東西；可是，一般說來，事實恰恰相反。

全世界的苗圃人員都非常瞭解內華達山常綠植物的優越性，因此，市場上對內華達山植物的種子有大量的需求。迄今，市場上的大部分種子，就是穿過山脈旁的馬道，在更容易進入的森林裏把樹木砍倒後得到的。原先，紅杉種子爲每磅二十至三十美元，因而人們急切地四處尋找它。一些較小的但果實累累的樹木，在不受政府保護的樹林，尤其是在佛雷斯諾和金斯河的林區裏被大量的砍伐。

然而，美洲杉的數量是如此巨大，以致種子商不得不向道格拉斯松鼠尋求「幫助」，以解決大部分種子的供給問題。道格拉斯松鼠很快就認識到自己不是這些強盜的對手。可是，一旦道格拉斯松鼠看見這些強盜，牠就會非常聰明地暫停勞動，等待機會重新獲得刺果，並且從未失過手。無論何時，這些刺果總是被存放在牠易於接近的地方；而當忙碌的種子商返回營地時，經常發現小道格拉斯松鼠徹底地擾亂了他們這些搶奪者的算盤。我認識一位種子收集者，每次他與松鼠搶奪時，都會在樹下撒些小麥或者大麥作爲「贖罪金」。

內華達山森林裏的許多遊客談到的有價值的生活，在這裏似乎無足輕重。把所有嗡嗡叫的昆蟲、鳥兒和四足動物全部驅逐走，只留下道格拉斯松鼠「閣下」，在我們稱之爲最寂寞的地方，將依然跳動著熱情洋溢的生命。但是，如果你無耐心地走進最茂密的樹林特意去看牠，四處走動在樹枝間尋找，你發現牠的機會將非常小。可是，只要你躺在樹下，牠立即就會出來。因爲，在森林發出的平常聲音之中，如刺果落地的聲音、鷦鷯的叫聲、克拉克烏鴉的尖叫聲、茂密的叢林間鹿和熊的瑟瑟聲中，牠能迅速地察覺到你陌生的腳步聲。只要你一靜下來，牠就趕緊全面地、近距離地對你進行檢查。

首先，你可以聽見牠發出好奇地進行調查的幾個音調，但更可能牠要接近的最初暗示，是牠從你頭頂的樹上下來，足部發出刺啦啦的聲音——剛才牠兇猛的衝撞是要嚇唬你，禁止你出現在附近的松鼠和鳥類面前。如果你保持絕對靜止，牠將走得越來越近；或許牠會蹦跳過你的身體，讓你的肌肉有股刺痛的感覺。

有一次，當我坐在聖華金優勝美地最容易靠近的一棵鐵杉下忙於寫生時，一隻滿不在乎的道格拉斯松鼠從我後面鑽出來，沿著我彎曲的手臂跳到紙上。在一個溫暖的下午，我的一位老朋友在他小屋的庇蔭處正在讀書時，一位道格拉斯松鼠鄰居便從三角牆跳到他的頭上，然後悠然自得地從他的肩膀上跑下來，接著站到他手中拿著的書本上。

我們的道格拉斯松鼠享有一個大社交圈，因爲除了無數的親戚，比如花鼠和道格拉奇松鼠外，牠與吃堅果的鳥類，特別是烏鴉、眾多的啄木鳥以及松鴉都保持親密的關係。兩種歐黃鼠的數量在低地和丘陵地帶驚人的多，但是在道格拉斯松鼠的領地越往高處，牠們的分佈就越來越少——歐黃鼠很少冒險到海拔六千英尺至七千英尺以上的範圍活動。灰松鼠的活動範圍比這個高度略高一些，有斑紋的小花鼠則無處不在。所有的動物都在較低的地帶和中間地帶集會——儘管偶爾也能夠目擊到一些有趣的小衝突，但還算挺和諧，像個幸福之家。在古代冰川所經之地，只要有適合森林生長的土壤留存下來，你就會看見我們的小英雄；而在土壤深度適合且氣候宜人、樹木茂盛的地方，牠們的數量最多。

當然，儘管我不能期望所有的讀者都完全同情我讚美這種小動物，我還是希望沒有人認爲對牠的生命的勾畫太冗長。在這裏我還不能斷定，我在壯觀的荒野中從事研究這麼多年，牠給我孤獨的漫遊帶來多少歡樂，或者我從牠身上發現了多少明確的人性。

舉個例子來說：一個寧靜、奶油色的深秋早晨，當堅果成熟的時候，我紮營在聖華金南面支流上方的松林裏，那裏的松鼠大約與成熟的刺果一樣多。在參加正常的收割工作之前，牠們正在吃早餐。就在我忙於吃早飯時，我聽見兩三個沉重的松毬從靠近我的黃松上「砰」的一聲落下來。我輕輕地溜到約二十英尺的底部去觀察。一會兒，一隻道格拉斯松鼠就從下面鑽出來，把牠切斷的早餐刺果慢慢地從坡地滾到一處灌木叢中。

牠似乎知道這些刺果所在的確切位置，因爲牠顯然沒有搜查馬上就找到了。這些刺果是牠自己本身兩倍的重量，在旋轉到準確的位置之後，牠用長長的、鐮刀似的牙齒緊緊地咬住，設法把刺果拖拽到樹下，在那裏把它們咬開，再往後挪動。於是，牠舒服地坐著，從末端抱緊，底部朝上，很容易就咬開了刺果。

在牠吃到東西以前，要進行大量的啃噬，因爲下面的鱗片裏幾乎沒有種子。牠非常耐心地往上啃到了有籽的地方，在一個鱗片裏找到了兩個堅果。堅果的形狀像修切過的火腿，又像鳥蛋一樣有紫色的斑點。儘管這些刺果滴下柔軟的香液，滿身都是刺，並堅固地連在一起——一個男孩用折疊刀把它們砍開都會覺得有困難；道格拉斯松鼠卻能夠很體面、乾淨地吃完一餐，顯然比一個人從盤中取食還要輕鬆。

吃過早餐，在牠去工作之前，我爲牠吹了一個調子，想看看牠會受到何種影響。牠一直沒有看見我，但是當我開始吹口哨時，牠飛奔到離牠最近的樹上，出現在我對面的一根枯死的小樹枝上，使自己鎮定下來傾聽。我吹了十幾首曲子，隨著音樂的變化，牠的眼睛在閃亮，而且，牠的腦袋迅速地從一邊轉到另一邊，可是，牠並沒有做出其他的反應。

聽到這種「奇怪」的聲音，其他的松鼠，還有花栗鼠和鳥兒，都從四面八方聚攏過來。有一種很漂亮的、胸部有斑點的畫眉，似乎比松鼠對這更感興趣——在一根較低的、枯死的小松樹枝上聽了一會兒之後，牠飛撲到我面前幾英尺的地方，在空中拍翅振翼半分鐘左右，保持牠呼呼撲閃的姿態，就像蜂鳥在鮮花前面嗡嗡叫。我觀察牠的眼睛，看見牠天真好奇的神情。

到現在爲止，我的表演至少已經持續了近半個小時。我或唱或吹，牠們饒有興趣地聽著所有這些歌曲。第一隻道格拉斯松鼠很有耐心地坐著聽完全部的歌曲，牠生動的眼睛注視著我，直到我冒昧地唱出《古老的第一百個》。一聽到這首歌，牠尖叫著牠的印第安名「Pillilooeet」，轉動著尾巴，匆忙地飛奔到樹上，逃離到我看不見的地方——像這種情況，牠的聲音和動作似乎表明我褻瀆了什麼東西；牠好像在說：「如果你讓我聽這麼莊嚴和非松樹的東西，我會上吊的！」松鼠的逃離是整個多毛族全面疏散的一個信號，儘管音樂很合鳥類的胃口，牠們也願意等待進一步的發展情況。

那首最古老的教堂曲調能有什麼呢？我不能想像。這曲調如此地冒犯了鳥類和松鼠。在內華達山「音樂會」一兩年之後的一個好天氣裏，我坐在海岸山脈的小山上，那裏有許多普通的黃鼠。遭受了很多次的獵取後，牠們顯得膽小；可是，在我保持安靜和靜止半小時左右後，牠們開始冒險地走出洞穴，在我周圍吃草籽和薊籽——好像我不比一個樹樁更可怕。於是，我突然想到這是查明牠們是否也不喜歡《古老的第一百個》的好機會。所以，我開始吹差不多我能夠記得的、使內華達山登山者快樂的且同樣熟悉的曲調。這些黃鼠馬上停止進食，筆直地站立著，耐心地傾聽著；直到我唱出《古老的第一百個》，所有的黃鼠都匆忙地衝進各自的洞穴，關上門閂——牠們消失時，飛快的足部在空中閃爍了一會兒。

在瞭解林中動物的人中，沒有人會不讚美道格拉斯松鼠；但是，牠也太過於自力更生和好戰了，以致沒法當作寵物來飼養。

我不知道道格拉斯松鼠的生命有多長。其幼崽像是從樹的節孔中長出來似的，一開始就很成熟，而且生命也像樹一樣持久。確實很難想像，這像濃縮的太陽火一般的生命會變得暗淡或完全熄滅。道格拉斯松鼠很少被獵人捕殺，因爲牠太小，不致引起太多的注意。當牠們在固定的區域被追趕時，也會變得非常膽小，躲在與牠身體顏色相同的最高的樹幹上。然而，印第安男孩以極大的耐心躺在地上，等待著用箭射殺牠們。在較低的地區和中部地帶，少數道格拉斯松鼠會被響尾蛇捕食。有時候，牠也被鷹和野貓等追趕。但總的來說，牠安全地棲息在樹林的內部，是整個快樂族中最受到喜愛的。願牠的族群繁殖更多！

【注釋】

①美國叫燕八哥，英國叫畫眉。

②穀物計量單位，一美國蒲式耳等於三五・一三八升；一英國蒲式耳等於三六・三六八升。

第八章　黑鶇鳥

只有一種鳥經常出入於內華達山的瀑布——這就是黑鶇鳥。牠是一個非常快樂且可愛的小傢伙，大小與知更鳥差不多，穿著藍灰色的、普通的防水套裝，頭部和側翼爲巧克力色調。牠的外觀像已經在壺穴中旋轉過的鵝卵石一樣豐滿和小巧，平滑輪廓的軀幹上長有強大的爪子和細長而扁平的嘴、捲曲的翅膀尖和向上傾斜的像鷦鷯一樣的尾巴。

在內華達山脈十年的探險過程中，我見過無數的瀑布。不論是在冰峰、溫暖的丘陵地帶，或者中部地區深深的優勝美地峽谷，在每一個瀑布都能看見河鳥。沒有一個峽谷對這種小鳥來說會太冷，也沒有一個會讓其太寂寞，只要有充足的落下的水就行。在清澈河流的任何地方找到一個大瀑布或者小瀑布，或者急流，你就肯定會看見與其相伴的河鳥在浪花中飛來飛去，潛入充滿泡沫的漩渦中，像一片樹葉在鐘形泡沫間旋轉。牠永遠都是精力旺盛、滿腔熱情，但沉默寡言——既不尋找也不避開你的陪伴。

如果牠在邊緣淺灘浸泡時受到打擾，牠或者急速旋轉到河流上游或下游其他就食的地方，或者飛落在半淹沒的岩石上，或者停留在水流中的暗礁上——像鷦鷯一樣謙恭地點頭，伴隨許

多其他可笑的優美動作，從一邊到另一邊不停地轉頭，絲毫不放鬆對觀察者的注意。

牠是山川的寵兒，是水花上鳴叫的蜂雀。就像蜜蜂熱愛花兒、百靈鳥熱愛陽光和草地一樣，牠鍾情於多岩石的小湍流波紋和成片的泡沫。在所有的鳥之中，沒有一種鳥像牠那樣，在我孤獨的漫遊中帶給我如此無窮無盡的快樂。在冬夏兩季，牠甜美歡快地歌唱，類似於陽光和愛情不受任何約束，需要的正是牠所棲息的河流上的靈感。當河水歌唱的時候，牠必須跟著唱；不論天氣冷暖，平靜或狂暴，牠的聲音永遠正確合拍。在冬夏乾旱時節，牠保持低調，但決不沉默。

在深秋金色的日子裏，當大部分的冰雪消融之後，山川就變得弱小——一連串的池塘由淺淺的、清澈的水流和帶狀的銀色花邊連在一起——於是，黑鶇鳥的歌聲處在最低潮。一旦冬天裏烏雲滿天，大雪再一次補充山的水庫，河流和黑鶇鳥的聲音的力量和感染力都提高了，一直持續到初夏的漲潮季節。洪流唱出最崇高的讚歌，接著就是漲潮期間我們歌唱家美妙的音樂。

至於天氣，無論昏暗的日子和陽光明媚的日子對牠來說都一樣。大多數鳴鳥的嗓音，無論多麼快樂，都要經歷漫長冬季的等待煎熬。只有黑鶇鳥一年四季甚至在暴風雪中都能歌唱。的確，暴風雪比起牠更樂意棲息其間的瀑布可能還不夠猛烈。無論天氣多麼暗淡，或者是狂風暴雨、下雪、颳風、多雲，牠仍然在歌唱，歌聲中從未有悲傷的音符。沒有必要讓春天的陽光來爲牠的歌曲解凍，因爲牠從未結冰。從牠溫暖的胸懷中，你絕不會聽到任何寒冷的東西。沒有痛苦的吱吱叫聲，沒有悲歡之間顫動的音符，牠圓潤、嘹亮的嗓音永遠處於真正的歡樂調，像公雞報曉一樣沒有沮喪。

值得同情的是，在寒冷的早晨看見山林裏有一隻被霜夾緊的小麻雀在抖動翎毛上的雪，像是渴望快樂地四處跳躍，然後趕緊回到無風的隱匿之所，把羽毛張開到腳趾，在樹葉間平靜下來——既寒冷又沒有早餐。此時，雪繼續在下，沒有天晴的跡象。對此，黑鶇鳥絕不憐憫，不是因爲牠強壯可以忍耐，而是因爲牠似乎過著一種毫無災禍的生活，遠離需要耐力的影響。

一個狂風暴雪的早晨，當強大的暴風雪從西往東橫向掃過優勝美地山谷時，我出發去看我可能瞭解並享受的東西。一種灰暗的、暮色一樣的黑暗籠罩著山谷，看不見巨大的峭壁；一切平常的聲音都使人窒息，甚至連瀑布最大的轟隆聲也不時地被沉重的疾風所遮蓋。草地上鬆散的雪已經超過五英尺深，沒有穿雪鞋就不可能走得更遠。然而，我發現不太難就能走到河上的一處小湍流，那裏正棲息著我的黑鶇鳥。牠在棲息地，忙碌地在邊緣淺灘的鵝卵石之間撿拾牠的早餐，顯然沒有覺察到天氣的異常情況。不久，牠飛到一塊靠著冰冷水流的石頭上，背著風向，像百靈鳥在春天一樣快樂地歌唱。

在與我最喜歡的鳥兒消磨了一兩個小時之後，我向前穿越山谷，穿過沖積物，一路顛簸，盡可能明確地瞭解到其他鳥類是怎樣度過這段時間的。冬季期間，優勝美地的鳥兒很容易被找到，因爲除了黑鶇鳥以外，牠們全都被限制在陽光充足的山谷北面，南面經常被多霜峭壁的大陰影遮蔽。而且，還由於印第安峽谷的林區開口獨特，因而也最暖和，鳥類都聚集在那裏，尤其當天氣惡劣的時候。

我發現大多數知更鳥畏縮在大樹枝背風的一面，雪不會落在牠們身上。這時，有兩三隻更冒險的知更鳥膽怯地攀附在被雪覆蓋著的樹枝下面，像啄木鳥一樣背朝下，正竭盡全力地啄食寄生漿果。牠們不時地搖下一些鬆散的雪，雪紛紛落到牠們身上；牠們尖叫著返回棲息地，坐在同伴之間，像饑餓的孩子一樣渾身顫抖，低聲咕噥，「不平」地嘮叨著。

一些麻雀在大樹下忙於撿拾種子和凍僵的昆蟲，偶爾也有對不能成功地嘗到覆蓋雪下的漿果感到厭煩的知更鳥加入進來。勇敢的啄木鳥依靠營地邊的大樹幹和成拱形的樹枝上無雪的一側，從樹林的一邊到另一邊短距離飛翔，不時地啄牠們貯藏在樹皮裏的橡子，毫無目的地啁啾，好像無法保持安靜——像被暴風雪圍困的旅客待在鄉村酒館裏一樣，顯然是以無聊的方法打發時間。耐勞的以牠們平常勤懇的風格，穿過樹皮的樹紋，發出牠們離奇而有趣的音調，顯然不比牠們的鄰居哀傷。斯泰勒松鴉製造出比其他所有的鳥類合起來還多的噪音和轟動，不停地來來往往，大聲喧嘩。好像每一隻松鴉的喉嚨裏有一塊融化的淤泥，小心翼翼地利用暴風雨提供的有利機會，去偷竊啄木鳥儲存的橡子。

我也注意到在最大的林區外面一個高高的松樹樁上，有一隻孤獨的灰鷹勇敢地面對著暴風雪。牠背對著風，筆直地站立著，一撮雪堆積在牠寬闊的肩膀上——像一座被動忍耐的紀念碑。即便不是真正地憂傷，每隻被雪圍困的鳥兒似乎多少有些不安。暴風雪表現出各種姿態，沒有一個愉快的音符來自這些鳥兒，更不用說曲子了。牠們的畏縮且不高興的忍耐，與黑鶇鳥自然產生且抑制不住的喜悅，形成顯著的對比；黑鶇鳥禁不住唱出的不僅是甜美的歌聲，而且還是玫瑰的芳香。哪怕天塌下來，牠也必須歌唱。

我記起了在一八七二年的強烈地震期間看到的一對憂傷的知更鳥。那時，山谷裏的松樹以奇怪的動作拍打舞動著樹枝，懸垂的岩石雷鳴般地崩落到草地上。在興奮地觀察其他東西的時候，我沒有想到去尋找黑鶇鳥——我不懷疑牠們會一如既往地歌唱，把可怕的岩石的轟隆聲權且當作牠們一貫勇敢面對的轟鳴作響的瀑布。

拿什麼當作黑鶇鳥的特選歌曲，是非常難以描述的，因爲牠們是如此善變同時又如此流暢。雖然我認識這鳥兒已經十年了，而且幾乎每天的大部分時間都在聽牠唱歌，但是，我還能發覺一些音符和歌曲對我來說是新鮮的。幾乎所有牠的音樂都是甜美和溫柔的，像水流過池塘平滑的口邊一樣從牠豐滿的胸脯流出來；然後進一步分成悅耳音符的閃光泡沫，熱情洋溢，沒有過多地表現食米鳥或雲雀那種強烈的、過分的狂喜。

更動人的是那種有悅耳音調的完美的短曲，由完整的、輕快而柔美的音符寫成，飾以精巧的顫音，逐漸減弱並融化在細長的節奏中。一般地說，黑鶇鳥的音樂是優雅的、精神化的河流。瀑布那深沉、急速的音符蘊涵其中，其他如急流的顫音、邊緣漩渦的汩汩聲、水平河段低沉的耳語，以及從苔蘚的末端滲出落入池塘的個別水滴甜蜜的叮咚聲。

黑鶇鳥既不與其他鳥類一起合唱，也不與同類一起合唱，牠只與河流一起合唱。如同在地表下面開放的花兒一樣，我們喜歡的一些發出最動聽聲音的浪花也從未浮到過水面上。我經常觀察黑鶇鳥在浪花的拍打聲中歌唱，牠的音樂完全被淹沒在水的咆哮聲之下——但是透過牠的姿態和嘴的翕動節奏，我知道牠正在歌唱。

據我留意，牠的食物由各種水上昆蟲組成。夏天，沿著淺灘邊緣可以獲得這些昆蟲。此時，牠在周圍涉水，把頭鑽入水中，用嘴靈巧地翻開鵝卵石和落下來的樹葉。牠很少選擇進入必須用翅膀潛水的深水區。

黑鶇鳥似乎特別喜歡幼蟲和蚊子，在水流較淺的光滑岩石溝渠的底部可以找到很多。牠在這些地方覓食時，把頭埋在水下，向上游跋涉，急流常常順著牠的脖子和肩膀的平滑曲線造就了清澈、水晶殼的形狀；這個水晶殼像鐘形玻璃罩正好把牠包圍起來，當牠的頭抬起和浸入水中時，水晶殼破了又重新成形。當牠不時地側身而行、到太強大的水流以致不能控制自己的地方時，那麼，牠就敏捷地張開翅膀到更淺的地方撿拾食物。

在冬季，當河堤上覆蓋著雪，河流本身幾乎到了冰點，這使得在暴風雪天氣紛紛飄落的雪無法完全融化，而在上面形成了一層薄薄的、藍色的淤泥，河水由此變得不透明了——於是，黑鶇鳥只能在主幹河流更深的地方覓食，以便潛入淤泥下面的清澈水中。或者，牠經常去一些開闊的湖泊或貯水池，在這些地方的底部牠可以安全地進食。

當被迫這樣去一個湖泊時，黑鶇鳥不會像野鴨一樣立即跳進水中，而總是順著湖岸，先落到岩石或倒下的松樹上。然後，根據湖底的特點，牠飛出三十碼至四十碼，輕巧地落在水面上，向周圍游動、俯視，最後下決心——隨著翅膀一聲刺耳的拍擊，就不見了牠的蹤跡。在進食兩三分鐘後，牠突然重新出現，翅膀又一次有力地顫動——抖掉身上的水後，牠突然升到空中，像是自下往上升高；而後回到牠的棲木，唱了幾分鐘後，又出去潛水。就這樣來來往往，牠在相同的地方潛水達數小時。

通常，黑鶇鳥總是單獨行動。除了繁殖期，牠們極少成雙成對，三四隻在一起更罕見。我曾經觀察到一群三隻在一起的黑鶇鳥，在海拔七千五百英尺高度上的默塞德的一個小冰川湖上，度過了一個冬天的早晨。早晨晴空萬里、陽光燦爛；夜晚暴風雨來臨，而這個陰涼的湖泊在剛下過的雪的背景下隱約閃現，像鏡子一樣平靜。我的營地碰巧處在水邊幾英尺的地方，對面是一棵倒下的松樹，一些樹枝伸到湖面上。在這裏，三位深受歡迎的「客人」佔據了牠們的位置，立即給寒冷的空氣增添了美妙的旋律，令我格外高興。因為，那個早晨我正經過冰雪阻塞的峽谷往下走到低地，已經有些擔心危險會不期而至。

湖底部分適合動物就食的地方，位於地下十五英尺至二十英尺，覆蓋著剛生長的藻類和其他水生植物——這些是我以前乘救生筏渡過時就確證過的事實。在落到平穩如鏡的水面上之後，牠們有時候沉迷於小遊戲，在小圓圈內迂迴地互相追趕；然後，三隻黑鶇鳥突然一起潛水，接著上岸唱歌。

黑鶇鳥很少在水面上游過幾碼以上，因為沒有蹼足，牠的進度相當緩慢。但是依靠強壯有力的翅膀，牠能在水下神速地游泳或者在天空飛翔，常常可以到達相當遠的距離。牠能夠經得住巨大急流的沖擊，突出證明了牠翅膀力量的強大。下面的情況可以當作半水生動物的飛行力量的一個公平例證。

冬天，一個風雨交加的早晨，默塞德河呈藍綠色，雪還沒有融化。我觀察到一隻黑鶇鳥棲息在急流中的暗礁上，正興高采烈地歌唱，似乎每件事情都合牠的心意。我站在岸上讚賞牠，一會兒，牠突然跳入泥濘的水流，中斷了歌唱。在底部進食一兩分鐘之後，在人們猜想牠必定不可避免地被沖到下游的遠處時，牠從剛才下去的地方浮出來，落在同一處暗礁上，抖掉羽毛上的水珠子，繼續唱牠未完成的歌曲——平靜、悠閒，好像從來沒有被打斷過。

在所有的鳥類中，只有黑鶇鳥敢獨自飛入白色的洪流中。雖然嚴格地說來，牠的整體結構還是適合生活在陸地上，但是沒有其他水鳥像牠這樣與水密不可分。即使是野鴨或者大膽的海洋信天翁、海燕，也不敢獨自闖洪流。野鴨一般在未被擾動的地方完成進食就立即上岸；經常在陸路上從一個湖泊跋涉到另一個湖泊，或者從一片田野走到另一片田野。大多數其他的水鳥也是這樣。

誕生在河邊或者河流中間的暗礁及漂石上的黑鶇鳥，片刻都不離開水。儘管牠經常是處在飛行之中，但牠從來不在陸路上飛，而是沿著迂迴曲折的河流，迅速地、像鵪鶉拍打翅膀一樣呼呼地飛。即使河流相當小，比如說五至十英尺寬，無論多麼急的轉彎，牠都很少穿過轉彎處以縮短飛行距離。假如岸邊有人干擾了牠的行程，牠寧願從他的頭上飛過以避開地面。所以，當牠沿著末端朝前的彎曲河流飛行時，牠會明顯搖擺起來——以閃電的速度描繪每個轉彎處。

黑鶇鳥以嚴格的精確度追蹤最險峻洪流的縱向彎度及角度，猛撲瀑布的斜面，在浪花中垂直落到使人頭暈目眩的瀑布上，而且同樣大膽並輕鬆地往上飛行。牠很少設法在到達瀑布的底部之前想著先上升，來減緩上飛的陡度。即便是幾百英尺的高度，牠都始終保持筆直的狀態，好像頭將要向前地衝入發出轟隆聲的火箭，然後突然向上發射；在落到懸崖頂部休息一會兒之後，牠繼續進食和唱歌。

黑鶇鳥的飛行是連續而猛烈的，翅膀的拍打從不間斷——像滿載而歸的蜜蜂一樣，發出相似的嗡嗡聲。這樣，牠從這個瀑布飛到那個瀑布自由地嗡嗡叫，我聽見牠經常發出一長串速度極快的、未經調整的音符——與牠的歌曲毫無關聯，但是完全符合牠持之以恆的飛行。

如果在一幅地圖上追蹤內華達山脈所有黑鶇鳥的飛行範圍，牠們將顯示古代冰川從冰期開始直至冰期快結束時整個系統的流動方向。因爲黑鶇鳥所嚴格跟隨著的河流——除了一些不太重要的支流以外，全部都是在山脈的兩側被消失的冰川所侵蝕出來的河道上流動——河流順著古代冰川流動，黑鶇鳥沿著河流飛行。

我們還沒有發現其他鳥類或者其他獸類的生活路線，是如此完全地和冰河的環境吻合。熊也時不時地把冰河留下的路當作最容易走的路，但是牠們經常放棄這些路，而寧願在峽谷間穿越。同樣，大多數鳥類在某種程度上也順著冰磧飛行，因爲冰磧上覆蓋著森林；但是，牠們飛越樹林，穿過峽谷，漫遊得更遠，畫出了銳利而複雜的路線。

黑鶇鳥的巢是我見過的最傑出的鳥類建築之一。其設計奇特、新穎，完全時尚、美觀，每一方面都體現出小建築師的天賦。鳥巢的直徑大約一英尺，外觀爲圓形和浮雕裝飾，靠近底部有一個整潔的拱形開口，有點兒像磚砌的老式灶或者霍屯督人①的小屋。它幾乎專用綠色和黃色的苔蘚建成，覆蓋在瀑布附近的岩石和腐朽的漂流木頭上的漂亮的葉狀體灰蘚，成了它使用的主要材料。

這些東西被巧妙地交織在一起，黏結成可愛的小屋。而這些鳥巢的座落方式，也使得外面的苔蘚得以繼續生長，好像從來沒有被打擾過。少數去掉莖的絲狀的草偶爾也與苔蘚交織在一起。但是，除了地表薄薄的一層外，它們出現在這裏只是一種偶然。因爲它們是與苔蘚一起生長的物種，可能只是被順帶著拔出來而已。這座奇妙的宅邸所選的地址，通常靠近瀑布的浪花可以噴濺到的岩架上。所以，至少在高水位期間，它的牆壁保持綠色而且在不斷生長。

正如在適當的位置所看到的一樣，鳥巢的任何部位都沒有出現粗糙的線條。可是當你把它從岩壁上拿開時，會發現鳥巢的背部和底部有時候頂部都會有相當尖銳的角度。這個角度是與其底基所在的岩石上和所倚靠的岩石表面相吻合的，小建築師總是充分利用碰巧出現的微小的裂縫和突出部分，從而使鳥巢和岩石表面吻合一致，牢固地貼在岩壁上。

在選擇建造地點方面，黑鶇鳥似乎不考慮隱蔽處。然而，儘管鳥巢很大並暴露在外，卻不容易被發覺——這主要是因爲它像其他在這裏自然生長的青苔一樣，向外凸出著。在能得到水珠的適當滋潤而鳥巢能經常保持鮮豔的地方，情況更是如此。有時候，在生苔的牆面周圍長出的岩石蕨類植物和各種草，或者在門檻前滴下的晶瑩的水珠，更爲這些浪漫的小屋增添了美麗的色彩。

此外，在白天的某個時刻，當陽光以特定的角度照耀大地，包圍著漂亮鳥巢的整片浪花呈現出燦爛的彩虹色。一些快樂的黑鶇鳥就是這樣透過壯麗的彩虹第一次窺視世界。

黑鶇鳥是所棲息的河流十分重要的部分，牠們使人聯想到河流，像花兒從地上生髮一樣，人們順理成章想到牠們源自於所生存的水。無論什麼原因，直到我認識這些鳥兒一年多以後，我才想到尋找牠們的巢，而且就在我開始搜尋的當天就找到一處。

我從優勝美地前往默塞德河與圖奧米勒河的頂端的冰河，在內華達峽谷一處特別荒涼但浪漫的地方紮營。我以前也曾在這裏棲息過，享受過我最喜歡的鳥兒的陪伴。牠們毫無疑問是被岩架上安全的築巢地點和豐富的食物與落下的水吸引過來的。這條上下延伸數英里長的河流，包含了一連串十英尺至六十英尺高的、與平坦呈羽狀的較大瀑布相連的小瀑布。大瀑布流經被冰川磨光的花崗岩，穿過一個一個的小瀑布，閃耀著光芒，自由奔放，無拘無束。

在一個小瀑布的南面，沐浴著浪花的懸崖部分，出現了一連串小架子和小平面——這是由花崗岩的裂面通過水的作用，順向落下來的東西造成的。「就在這裏，」我曾這樣說過，「找過所有的地方，這裏就是黑鶇鳥築巢最可愛的地點。」透過浪花細察懸崖腐蝕的表面，我終於在瀑布外部褶皺的五六英尺範圍內，注意到小平面的岩石邊緣生長著一處淺黃色的青苔。

除了知道黑鶇鳥生活習慣並認爲黑鶇鳥的巢應該築在那個地方的人，普通人一眼根本看不出巢的外觀，與其他同樣處在四季不斷的浪花之中的岩石苔蘚的凸起部有什麼區別。直到我反覆細察，脫下鞋和襪子，爬過八英尺至十英尺的岩石面，我才敢確定它到底是一個鳥巢還是一個自然生長的東西。

在這些苔蘚小屋裏，放著三四個像泡沫一樣白的鳥蛋。我衷心祝願這些在「水之歌」的音樂聲中孵化出來的小鳥，因爲牠們終生能夠聽到這些歌曲，甚至在牠們出世以前就能聽見。

我經常觀察剛出巢的幼鳥做出的可笑的姿態，像小蜜蜂初次遠行去花地一樣——在巢裏，牠們似乎完全與牠們富有經驗的雙親一樣老道。不管與人們有多麼熟悉，牠們的習慣也絲毫未改——就像你第一次看見一個人的行爲與你以後經常看見這個人的行爲是相同的。

河流的下游建起了磨坊，黑鶇鳥隨著機器的喧囂聲與狗、牛和工人等各種混合嘈雜聲一直歌唱。有一次，一個樵夫在河邊伐木，我觀察到在飛揚的木屑飛濺的地方，有黑鶇鳥歡樂的歌聲。任何一種異常的干擾也不會使牠的情緒變壞，或者嚇得牠不知所措。在經過一處狹窄的山峽時，我曾經在急流間驅趕一隻黑鶇鳥，接連四次干擾牠。在那裏，由於水道太狹窄，牠不能輕易地從我身邊飛過。

大多數的鳥兒在同樣的情況下被追趕會變得不自在，但是黑鶇鳥並沒有緊張不安，而是在做平常的浸水動作，唱出了最寧靜的歌曲。我在幾碼外的距離觀察時，能夠看見牠們的眼睛閃現出非常的溫順和睿智。但是，除非你穿的衣服與岩石和樹木的顏色大致相同，並知道如何保持安靜，你才能走這麼近去觀察。

有一回，當我沿著山上的湖邊漫遊，那兒的鳥——至少在那個季節出生的那些鳥兒——從來沒有見過人。我在靠近水邊的一塊大石頭上坐下來休息，好像黑鶇鳥和磯鷸來這裏覓食時，也有在這塊石頭上落下的習慣。其他鳥類下來沖洗或喝水時，也願意在這兒停留。一隻呼呼地飛著的黑鶇鳥立刻到來，落在我旁邊的石頭上，唾手可及。然後，牠突然注視著我，緊張地彎下身，好像馬上要飛走。但是，因爲我像石頭一樣保持不動，牠就增強了信心，堅定地注視我的臉有一分鐘左右；然後牠平靜地飛到出口，開始唱歌。緊接著到來的是一隻磯鷂，牠用大致與黑鶇鳥相同的眼神凝視著我。最後，一隻斯泰勒松鴉從杉樹外面飛撲下來，大概是想濕潤牠聒噪已久的喉嚨。但是，牠不是像其他來賓那樣信心十足地坐著，而是匆匆忙忙地走了——在混亂狀態中，幾乎栽到湖裏，牠巨大的尖叫聲喚醒了其他的鳥類。

愛好鳴鳥甜美而富有人性的聲音，似乎比愛好花卉更普遍和更可靠。每個人在某種程度上都喜歡花，至少在生活剛剛開始的早晨，就像蜂鳥和蜜蜂一樣本能地被花兒吸引。甚至挖植物根作食物的年輕的印第安人，也非常喜愛那些長在高山上的最鮮豔的花朵，他們把它們收集起來，編織成頭飾。

在我的誘導下，幾個印第安人與我談論了這個話題。我很高興地發現，不管是用作食物或其他用途，他們都給野玫瑰、百合和其他著名的花兒命名。然而，大多數男人，不論是野蠻的或文明的，對只能用作美容裝飾而沒有其他明顯用途的一切植物缺乏興趣。但是很幸運，無論對我們的生活產生什麼樣的影響，一個人對鳴鳥初次本能的愛絕不會全部被遺忘。

我經常很高興地看到，當鳴鳥偶然地落在勤奮的商人和辛苦的老礦工身邊時，他們的臉上也會流露出喜悅之情。不過，想吃鳴鳥胸脯一小口肉的欲望，常常是導致這些鳴鳥死亡的原因，特別是百靈和知更鳥會數百隻地被帶到市場去銷售。幸好，還沒有人如此渴望吃黑鶇鳥的小身體，以致會跟隨牠走進大山幽靜的地方。我從來不知道牠被追趕過，連鷹也從沒有這麼做過。

我的一個熟人，是一位山麓小丘的登山愛好者；他有一隻寵物貓，是一種很大的、懶洋洋的動物，大約與山貓一樣大。冬季時，雪很深，登山者坐在松林間寂寞的小屋裏，抽煙斗，消磨無聊的時間。寵物貓湯姆是他惟一的伴侶，和他共用一張床，坐在他身邊的凳子上，像牠的主人一樣昏昏欲睡。

和藹的單身漢滿足於蘇打餅乾和鹹肉，而這個世界上全心依賴他的惟一動物——湯姆必須要吃鮮肉。因此，他努力設計松鼠夾，扛著槍在積雪的樹林間跋涉，在稀少的冬季鳥類中製造了悲哀的浩劫——不放過知更鳥、麻雀、也不放過小鵪。對於他來說，最大的獎賞就是快樂地看著湯姆吃並長胖。

在一個寒冷的下午沿著河邊打獵時，他注意到一隻普通羽毛的小鳥在淺灘裏跳來蹦去，於是立即舉槍。就在這時候，天真的歌唱家開始唱歌；在聽了牠夏天似的旋律後，著迷的的獵人離開了，留下一句話：「祝福你，小寶貝兒，我不能槍殺你，甚至爲了湯姆也不能。」

即使像冰冷的阿拉斯加一樣遙遠的北部，我仍找到了快樂的歌手。十一月裏的一個寒冷的日子，當我在費爾韋瑟山與斯蒂金河之間探索冰河時，徒勞地嘗試強行穿過蘇杜灣無數的冰山以到其頂端的大冰河。我既疲倦又困惑，坐在獨木舟上休息，最終確信我必須把這部分工作留到第二年去做。然後，在開始形成的新冰將要把獨木舟圍住之前，我著手計劃逃離到開闊的水面上。

我就這樣在不祥的預兆和可怕的冰川之間隨著冰山漂流。我突然聽到熟悉的、黑鶇鳥的翅膀呼呼地飛的聲音；抬頭望去，看見我的小慰問者從岸邊穿過冰飛來。一會兒，牠就跟我在一起了，繞著我的頭頂飛了三圈，高興地「敬禮」，好像在說：「打起精神來！別灰心，老朋友，你瞧，我在這裏，大家都很好。」然後，牠返回岸邊，落在一塊擱淺的冰山的最頂端突出部分，開始點頭和鞠躬，彷彿牠是在陽光明媚的內華達山瀑布中間，並且站在牠最喜歡的那塊漂石上。

黑鶇鳥分佈在從阿拉斯加到墨西哥的沿太平洋海岸的山脈上，往東一直到洛磯山脈。然而，牠們至今還不太被人們瞭解。奧特朋②和威爾遜都沒有見過黑鶇鳥。我認爲斯溫森是第一個描述黑鶇鳥的博物學家，他的標本來自墨西哥。隨後不久，德拉蒙德在北緯五十四度至北緯五十六度之間的阿薩巴斯卡河源頭附近，也獲得了黑鶇鳥的標本；幾乎眾多的探險隊都在美國西部及領地收集標本，因爲牠總是以非常特殊的方式引起博物學家的注意。

這就是我們的小黑鶇鳥，是有幸被瞭解牠的每個人都深愛的小鳥。我們追尋著牠強壯的翅膀，從內華達山脈的一端到另一端，沿著洪流的每個陡峭彎度前行，無所畏懼地跟隨牠們到最黑暗的山峽和最冷的隧道，熟悉了每一個瀑布，以應和著牠們神聖的音樂。黑鶇鳥完美的一生說明，我們所懷疑的、稱之爲洪流和暴風雪的可怕聲音，只是上帝永恆之愛的另一種表現。

【注釋】

①指西南非洲的霍屯督族。

②美國鳥類學家、畫家及博物學家（1785～1851）。

第九章　野綿羊

在內華達山的爬山動物中，野綿羊的數量最多。牠擁有敏銳的視覺、嗅覺和強壯的肢體。牠安全地生活在最高的山峰間、峭壁間以及令人發暈的懸崖前部，牠可以上上下下地跳躍卻不會受到傷害。牠們穿越佈滿泡沫的洪流和結冰的斜坡，面對最猛烈的暴風雪，仍然過著勇敢而溫暖的生活。牠們絕對的力量和完美是代代相傳的。

地球上差不多所有有巍峨的山脈中都生長著野綿羊，由於牠們生存在偏僻和難以接近的地方，其中大多數至今尚無人知曉。不同的生物學家把牠們劃分成五至十個截然不同的種類或品種。最著名的有喜馬拉雅山的岩羊、中亞和東北亞產的盤羊、科西嘉島的摩佛倫羊（南歐野羊）、北非群山的鬣羊和洛磯山脈的巨角岩羊。

內華達山的野綿羊是被最後一個命名的。根據史密森學會貝爾德教授晚年的說法，牠的生長範圍「從密蘇里河和黃石河上游地區，到洛磯山脈以及東部斜坡的鄰近高地，遠至美國和墨西哥之間的格蘭德河。往西延伸到華盛頓州、俄勒岡州和加州的海岸山脈，沿著丘陵地帶直到墨西哥。」東邊以沃薩奇山脈和西邊以內華達山為界，整個遼闊的地區有一百多座從屬山脈和群山，向北和向南，山外有山地不斷延伸，山峰海拔八千英尺至一萬二千英尺。根據我個人的觀測，大概所有這些山脈都有野綿羊生存。

盤羊由於其身體高大、分佈範圍廣，可能是所有野綿羊中最重要的，我們這裏的品種也和牠差不多大小，但是牠們的角不那麼彎曲和岔開。然而更重要的是，牠們在本質上是相同的，部分著名的生物學家主張這兩種野綿羊是一個品種，只是形體不同而已。依照這種觀點，居維葉①推測，中亞可能是野綿羊最早出現的地方，然後才分佈到各地；盤羊可能從亞洲穿越過白令海峽以後，才分佈到這塊陸地的。

這種猜想，乍一看起來不是那麼沒有確實根據。因爲白令海峽只不過大約五十英里寬，被三個島嶼隔斷，幾乎年年冬季都是冰天雪地。此外，東海角鄰近的山脈盛產盤羊，當地的獵人都知道這些地方，我在那裏見過許多羊角。

由於綿羊的繁殖有極端的可變性，人們通常認爲，家畜都源自於少數野生的品種，而整個問題則頗令人費解。根據達爾文②的理論，遠古時期羊就被馴養了，現存的小綿羊與現在人們在瑞士著名的湖邊居民遺址中發現的綿羊品種並不相同。

與同名的家畜相比，我們發現野生品種要大得多，而且像鹿一樣，身上有一層厚厚的外毛，四肢上則是一層質地極好的絨毛。儘管這些羊毛較粗糙，但還是相當柔軟，且富有彈性——把它平滑地展開，好像用梳子和刷子精心地護理過一樣。

野綿羊一年四季中的主要毛色爲褐灰色，秋季變爲藍灰色。其腹部和屁股上有大塊明顯的斑紋則爲白色，像鹿一樣很短的尾巴爲黑色，尾巴的邊沿是微黃色。白色的羊毛以漂亮的螺旋形往下生長，一直到它消失在閃亮的毛中間，就像在玉米稈中間巧妙地攀爬葡萄藤一樣。

公羊的角特別大，直徑爲五英寸至六·五英寸，長度爲二英尺至二·五英尺。像馴養公羊的角一樣，牠們的顏色爲淡黃白而且橫向地凸起。靠近根部的剖面外形有點像三角形，角尖有些平。牠們從頭的頂端開始明顯升高，逐漸地往後並往外，接著又往前往外彎曲，直到圓周的四分之三處爲止，再到變平的鈍尖分開約二至二·五英尺。母羊角的橫向都是平的，比公羊角的彎曲度要小得多，其長度小於一英尺。

除了大小、顏色、毛等差異之外，總的說來，我們可以觀察到已經馴養的家羊總是毫無表情，半死不活的；而野綿羊則像鹿一樣優雅，每一個動作都表現出令人欽佩的力量和性格。馴服的膽小，野生的勇敢；馴服的總是有點兒骯髒，易動怒，而野生的就像牧場的花朵一樣溫和與乾淨。

我能夠找到美洲野綿羊，是得到了皮科洛老人的幫助。一七九七年，他是蒙特雷的一位天主教傳教士。很奇怪，他把野綿羊描寫成「一頭像羊的一種鹿，大約與一兩歲的小牛一般大」。他又補充說：「我吃過這些動物，牠們的肉很嫩，味道鮮美。」摩根謝在北方的旅途中聽說過，印第安人把野綿羊當作「白色的野牛」。而路易斯和克拉克則告訴我們，在密蘇里河源頭的大荒年時期，他們看見過大量的野綿羊，但是他們「太膽小以致不忍心射殺牠們」。

少數精力旺盛的獵特印第安人，每個季節都在內華達山容易到達的一些地方獵捕野綿羊。

在關隘附近的地方，野綿羊由於受到追擊，已經變得非常機警。但是，在聖華金河與金斯河的支流流經的山峰和峽谷，在崎嶇不平的原始森林裏，除了狼之外，野綿羊不必當心獵人——牠比馴養過的同類更率直、更易於接近。

當野綿羊忙於探索牠們樂意漫遊的高山地區時，我對研究牠們的習性情有獨鍾。在十一月和十二月，或許在更長的仲冬時節，公羊和母羊、老羊和小羊，會成群結隊地活動。我曾經看見這支完整的隊伍，數量多達五十多隻。當這支隊伍受到驚嚇後，一隻威嚴的老公羊領著羊群，把羔羊安全地夾在羊群的中間，穿過凸凹不平的熔岩層，迅速地跳著跑了。

春夏季節，發育成熟的公羊組成三隻至二十隻的單獨隊伍。通常人們能夠看見牠們沿著冰川草地的邊緣吃草，或者在高山頂上像城堡一樣的峭壁間休息。不論是靜靜地吃草還是攀登荒涼的懸崖，野綿羊高尚的外形和在運動中體現出來的力量與美感，絕不會不引起觀看者生動的讚美。

野綿羊選擇在陽光充足和視野開闊的地方休息，安全是第一位的。牠們吃草的地方是最漂亮的野花園，花園裏有鮮豔的雛菊和龍膽屬植物，以及成片的紫雀麥狀針茅。牠們往往隱藏在陽光充足的岩石裏或峽谷邊，或者躺在草皮最綠的河邊和湖邊背陰的冰川山谷下面。整個夏季，野綿羊都在這裏享受盛宴，快樂的流浪者正在領略美景，品味可愛的植物。

當冬天的暴風雪來臨時，高山牧場銀裝素裹。於是，野綿羊像鳥兒一樣聚集在一起，去往較低的地帶。牠們通常從山脈的東側下山，前往鄰近的內華達山大盆地，去崎嶇的火山臺地和無樹的山地。無論如何，牠們從不著急，像是從不懼怕暴風雪。許多最強壯的野綿羊從容不迫地往下走到暴露在風中的山嶺，吃灌木叢或成捆的乾草，然後再返回到上面的風雪中。

有一次，我在沙斯塔山樹帶界線往下一點的地方被大雪圍困了三天。那真是暗無天日、風雪交加，讓我真正地飽嘗了登山者的辛酸。大風夾雜著雪夜以繼日地刮著，伴隨著轟隆的山洪爆發的聲音。當風雪最終開始減弱時，我看見一小群野綿羊出現在風雪之中——牠們待在矮松樹叢的背風處，離我的暴風雪庇護所幾碼遠的上方，那裏的雪深達八至十英尺。我靠著岩石，蓋著毯子，吃著麵包，烤著火，身體慢慢地暖和起來。我勇敢的夥伴——那些野綿羊躺在雪中，沒有食物，只有矮樹部分地遮擋著風雪，然而，牠們沒有任何受難或膽怯的跡象。

在五、六月份，野綿羊遠離鷹築巢的岩石上方，在偏遠得難以接近的峭壁上產崽。我經常在海拔一萬二千英尺至一萬三千英尺的高度遇到母羊和羔羊的窩。這些窩就是簡單的橢圓形的洞，在視野開闊的陽面、鬆散的碎石塊和沙子間，用蹄扒成的，部分地擋住了不間斷地橫掃山嶺的大風。

這樣的地方就是登山者小小的搖籃——高高在天上，搖擺在風雨中，門簾是彩雲，牠們就在稀薄冰冷的空氣中入眠。但是，裹著皮毛，有強壯和溫暖的母羊滋養，不受鷹的魔爪和狡猾的草原狼的牙齒的傷害，活潑的羔羊快速長大。牠不久就學會了一點點地咬岩石上的簇狀草和白色繡線菊的葉子，小羊角也開始慢慢長出來。在夏季結束前，原本在搖籃中無助的羔羊受到神聖之愛的百般呵護，牠已經變得強壯和敏捷，可以與羊群一起外出。

內華達山上風塵僕僕的遊客最希望看到動物——他們說，如果沒有鳴鳥，沒有鹿，沒有松鼠，就沒有任何娛樂。但是，如果這些人能夠靜靜地走進原始森林，準備漫步或獨自自然地思考，他們將很快就會瞭解到，這些高山上不是沒有棲息的動物，許多天真而溫柔的動物不會避人。

一八七三年秋天，我往上到荒涼的峽谷追溯聖華金的南福克支流，一直到最遠的冰河源泉。當時正值深秋，太陽親切地照射著。松鼠在松樹上採果，蝴蝶在最後的黃花上盤旋，柳樹叢和楓樹叢變黃了，草地變成褐色，整個陽光照耀的成熟風景，形成最深沉而甜蜜地入眠的紅潤色。

我沿著河流走過冰川磨光的岩石，來到了大約兩英里長、半英里寬的峽谷擴展部分——像優勝美地山谷的那些公園一樣，這裏形成了一個被獨特的花崗岩峭壁包圍的平坦公園。美麗的河流流過公園的中間地帶，在金色的陽光下熠熠生輝，河邊有黃色的林區和帶狀的褐色草地。整個公園因有野生動物而轟動，如果他們跟我在一起，甚至那些最不注意觀察的遊客應當已經見過其中的一些動物。

隨著我往前走，鹿帶著牠們順從的、健康成長的小鹿，從灌木叢中跳來跳去。從褐色的草上飛起來的松雞，翅膀發出很大的呼呼聲，然後落在松樹和白楊樹較低的樹枝上——讓我更近地觀察牠，好像知道我很好奇。

再往前走，一隻肥大的野貓從林區裏走出來展示自己，然後從木頭的防洪柱上過河，猶豫片刻後回頭看。像鳥一樣的花鼠在我的腳邊，在松針和多籽的草叢間到處歡快地蹦跳。鶴跋涉在河流彎曲部的淺灘，翠鳥在棲木間疾走，快樂的黑鶇鳥在每個瀑布的浪花中歌唱。孤獨的流浪者在哪裡能找到一個更有趣的高山居民、人類的伴侶和同道凡人之家？我加入牠們的時候已經是下午了，在我從優美景色的魅力中醒悟過來之前，這些景色開始在黃昏中淡出。

於是，我在河邊尋找營地，準備了一杯茶，在白楊林的黃葉中間一處平坦的地方躺下睡覺。次日，我發現了更壯觀的風景和更偉大的生命。沿著河流，走過巨大隆起的岩石，穿過莊嚴的峽谷，越過無數的小瀑布，周圍風景逐漸變得更荒涼和更高山化。糖松和銀冷杉讓位給更耐寒的雪松和鐵杉。峽谷的峭壁變得更崎嶇和裸露，沿河的帶狀草地和花園裏，龍膽屬的植物和北極區的雛菊長得更多。

到了下午，我來到了另外一個山谷，其面貌明顯地荒涼和原始一些，或許以前從未有人來過此地。至於水平的低窪地區，是優勝美地類型中最小的一種，但它的壁面卻很壯觀，上升到河流上面二千英尺至四千英尺的高度。在山谷的頂點，主峽谷的分岔點與優勝美地的情況一樣。這個峽谷的形成，主要是由兩條位於漢弗萊山和埃默森山的側面，以及南部更遠的群峰之間的大冰河的作用引起的。

被漂石擦傷的灰色河流在整個山谷大聲歌唱，但是在它巨大的咆哮聲上面，我聽見了瀑布的轟鳴——它吸引我急切地往前走去。正當我在出現山谷頂部交錯的小樹林和荊棘灌木叢中時，我看見了位於二千英尺高的花崗岩壁面之間、從多雪的小瀑布的冰河源泉流下來的主幹支流。快樂地發出轟鳴聲的流水，像是要阻擋陡坡順勢而下的勁頭。

然而，在我發現一個岩石的彎曲縫隙之前，我剛剛經過這塊岩石爬到跨越峽谷的臺地邊緣——這個縫隙幾乎把大瀑布一分爲二。在這裏，我坐下來歇口氣，在筆記本上記些東西。同時，我利用超過樹高的有利位置，從山谷往後看到了壯麗景色的中心部分，還不知道這會兒附近是什麼樣的鄰居。

這樣過了幾分鐘之後，我偶然從瀑布上面望去，發現那兒有三隻野綿羊靜靜地看著我。突然出現的山、瀑布，或人類的朋友，從來不會這麼強烈地吸引我的注意力——渴望準確地觀察牠們的心情使我呆若木雞。我急切地記錄下其結實流暢的波動——牠們有強壯的腿、耳朵，眼睛和頭都很優美，脖子滾圓，皮毛色彩柔和，再有牠們的角那向上的高貴曲線。

在我觀察牠們移動的每種姿態時，牠們一點也不因爲我的注意或者瀑布喧囂的轟鳴而驚慌失措，牠們從容地在瀑布的兩邊挨著急流往前走，不時地看看我。不久，牠們來到了險峻的、被冰磨光的斜坡，牠們迅速快捷地跳躍上去，毫不費力地就到達了頂端。這是我目擊過的最驚人的登山壯舉。以技巧而論，如果牠們插翅飛行，我也不會感到更驚訝。在這種地面上，「腳踏實地」的騾子也會倒下，會像鬆開的大石頭一樣滾下去。

許多次在斜坡遠不如這麼陡的地方，我都被迫脫掉鞋子和襪子，把牠們捆在腰帶上，光著腳小心翼翼地爬行。我懷著極大的興趣觀察這些動物登山的進程，爲牠們身上所充分地體現出的創造性、技巧和毅力而陶醉不已。幾分鐘後，我在瀑布的底部附近看見十幾隻的羊群，牠們與我站在河的同一邊，只有廿五碼至三十碼遠——看起來像是剛剛被創造出來的一樣，完美無缺，生氣勃勃。

從我在優勝美地見過的足跡和目前所處的位置來看，當我上峽谷時，牠們正在山谷下一起吃草；然後又急忙趕往高地，這樣，牠們就可以環顧四周以確定自然狀況的分佈。牠們分開了——三隻沿河的一邊往上走，其他的則在河的另一邊。

由一隻有經驗的領頭羊帶領的羊群，現在開始穿過瀑布兩邊湍急的水流。這又是一次激動人心的技藝表演。因爲在登山者的各種經驗中，以穿越驚濤駭浪的洪流最能考驗勇敢者的意志。而這些傑出的傢伙卻勇敢地走到峭岸的邊緣，從一塊漂石跳到另一塊漂石上，在令人天旋地轉和心煩意亂的湧流上保持了鎮定自若，好像牠們並沒有做什麼特別的事。

在這幅畫面的前景裏，有一處被冰擦亮的花崗岩褶皺，上面橫著幾條粗線條，粗線條上面長著岩石蕨類植物和叢生的雀麥狀針茅，兩邊是華麗的凸起的灰色峽谷壁面，裝飾著褐色的雪松和松樹。

遠處是巍峨的山峰，風景區的聲音靈魂就是地面中部積雪的瀑布。邊緣的叢林打著雷鳴般的拍子，勇敢的野綿羊就在牠前面，牠們灰白的外形在浪花中有點黯然失色。但是，牠們巨大的角像枯死的松樹翻過來的根一樣立著，與附近白色的水面形成強烈的反差。在峽谷間流動的一縷晚霞爲美景染上了粉紫色，蔚爲壯觀。

過河之後，由領頭羊帶領的、無所畏懼的「登山者」，立即開始攀登峽谷峭壁。長長的單一的行列，時而向右轉，時而向左轉，在同一的路線中保持適當的距離，按有規律的次序在峭壁間跳躍。牠們一會兒向上走光滑的圓屋頂曲線，一會兒沿著懸崖的邊緣從容地步行，有時停住腳步，從平頂的岩石上歪著頭向下盯我——好像很好奇，也想瞭解我在考慮什麼，或者看我是否會跟隨牠們。在抵達一千五百英尺至二千英尺高的峭壁頂部之後，還可以看見牠們對著天空徘徊，又三三兩兩地往下眺看。

在整個攀登的過程中，牠們始終沒有出現笨拙的步伐或者任何不成功的努力。我常常在山上看見馴養的羊跳過傾斜的岩石面——先膽戰心驚地站上幾秒鐘，然後便是令人迷惑的退卻和猶豫不決。儘管在大多數情況下，舉止稍有差池都將產生致命的結果。這些似乎總是完全依靠牠們的力量和技巧行事，其界限從不顯現出來。

此外，在最有經驗的頭羊的指引下，羊群中的每一隻羊作為一個完美的個體，也需要有獨立攀登的智慧，以便牠們在希望或者被迫離開小集團時能夠獨立生存。與之對應，就像需要無數的小花構成一個完整的向日葵一樣，馴養的羊只是羊群的一小部分，整個羊群必須形成一個整體。

夏天，那些把羊群趕往牧場並夜以繼日地看守著的牧羊人，已經見過羊群被熊和暴風雨驚嚇的場面，就像被風吹散的穀殼一樣——他們將多少能夠瞭解大自然裏野綿羊的自立、力量和高尚的個性。

像攀登高山的歐洲野生山羊一樣，據說野綿羊「登山者」會倒栽蔥地跳下峻峭懸崖，用牠的一對大角落地。我知道的只有兩個獵人聲稱真實地目擊過這一壯舉，我卻從來沒有這麼幸運。他們把這個動作描述成「頭向前的跳水運動」。野綿羊羊角的根部很大，幾乎向下到眼睛的水平，蓋住了頭的上半部，而且其頭骨非常堅硬。我在里特峰上擊打一個變白的老標本，用我的冰斧敲了十幾下也沒打開它。即便如牠最野蠻地跳下岩石，這種頭骨也不會很容易破裂。而用其他的骨頭幾乎不可能進行這樣的表演。

在撞擊到不規則的表面上之後，控制牠們運動方面的機械難度本身就足以表明——即使缺乏這一問題的所有其他證據，這種像漂石一樣行進的方法是行不通的。此外，雖然母羊角是尖的，但是母羊還是會跟隨公羊到任何地方去。我已經發現老公羊的許多對角相當扁，無疑是好鬥的結果。

在目擊了這群羊在聖華金瀑布底部的冰蝕岩上進行的表演之後，我對其中的問題非常感興趣。我獲得了牠們的標本，又檢查了牠們的蹄，一切神秘感都煙消雲散。除了牠們異常強健的肌肉外，其秘密只不過是牠們足底寬大的蹄，不是像馴養的羊和馬那樣磨損掉而變平或變硬，而是像柔軟的橡皮墊或襯墊一樣凸出來——這層墊子不僅很好地貼住平滑的岩石，使其在上面站穩，而且在凹凸不平的地方也能活動自如。牠的蹄邊緣最硬的部位也相當有彈性，而且，牠的蹄尖也容許牠進行大量的橫向或縱向運動，使得蹄本身能更完全地適應不規則的岩石面，與此同時還增加了牠的控制力。

希普羅克的底部是沙斯塔羊群的冬季據點之一，那裏住著一位畜牧業者。每年冬季，他都有近距離地觀察野綿羊活動的優勢。在與他交談羊跳岩石的習慣過程中，他指著前面大約一百五十英尺高的熔岩地，那裏距離垂直面只有八度到十度。

「在那裏，」他說，「我跟著一群羊到岩石那邊的後面，期望把牠們全部捕獲。因爲我想我一定能夠把牠們抓住。在一條狹窄的階地上，我追到牠們背後；這條階地延伸到頂部附近的峭壁的正面就終止了，牠們只有跳下去才能逃脫。但是牠們跳下去以後居然沒事，好像那是牠們經常做的事情。」

「什麼？」我問，「垂直跳下一百五十英尺！你看見牠們跳了嗎？」

「沒有。」他回答說，「我沒看見牠們跳下去，因爲我在牠們的背後，但是我看見牠們從峭崖邊緣上離開……我走下去，發現牠們衝擊底部鬆散廢物上所留下的痕跡，牠們剛剛啓程……是四腳朝天地落地……牠們就是那一類動物，打敗了其他用四條腿走路的動物。」

另一次，被獵人追趕的一群野綿羊撤退到同一座懸崖的另一邊。兩個獵人看見牠們很有秩序地一隻接著一隻地往下跳。因爲這兩個人恰巧身材比較高大，所以他們很清楚地觀察到了羊群從懸崖的頂端跳到底部的過程。母羊和公羊沒有表示任何特別的擔心就跳下去，緊緊地貼住岩石，控制半墜落、半跳躍的速度。在牠們到達底部之前，常常用牠們加墊子的橡膠蹄敲擊小壁架和崎嶇不平的斜面，以減緩下降的速度。牠們「啓航」到自由的空中，然後蹄先著地落下。但是由於牠們的軀體接近垂直，看起來就像跳水。

所以，我們一旦使自己瞭解岩石以及對岩石施加壓力的蹄足和肌肉的性質，就完全可以理解這種「野蠻」的下山方式。

默多克和猶特的印第安人，是我觀察到的在這個地區獵取野綿羊最成功的獵人。我已經在沙斯塔山和默多克的熔岩層洞穴中見過大量的羊頭和羊角。當暴風雪來襲時，印第安人就在這些地方以及歐文山谷對面內華達山脈的峽谷中宴飲享樂。在一些最高的山峰上，我還發現了黑曜岩大箭頭，這說明印第安人狩獵野綿羊已經持續了很長時間。

在延伸到猶他州和內華達州西部的沙漠地區，在更易於通行的山脈，相當數量的印第安人習慣於像狼群一樣結夥打獵。他們完全憑直覺瞭解狩獵場的地形和遊戲的習慣，因此他們相當成功。在我遊覽過的幾乎每一座內華達山脈的頂上，我都能看見用石頭建成的、像鳥巢一樣的小圍籠。後來我瞭解到，當他們的同夥搜尋下面的山嶺時，一個或多個印第安人會躲在圍籠裏等待——因爲他們知道受驚動的綿羊肯定會跑到山頂上來——當羊的氣味逼近時，他們就近距離地把牠們打死了。

還有更大的印第安人隊伍慣於在野綿羊常去的主要山峰上進行廣泛的狩獵，比如在沃克湖西邊和瓦蘇克山脈上的格蘭特山。在羊經常出沒的地方，他們建造了高高的畜欄，長長的導向標從入口處岔開。有時候，他們成功地在圍籠裏操縱遊戲。

當然，這需要大量的印第安人參加，然而，把女人、小孩等全部都計算在內，也達不到他們所需要的人數，於是，他們不得不在預防羊群穿越的山頂成行排列用石頭雕鑿而成的獵人模型。沒有人懷疑這個遊戲的精明，這些假人還的確有效。因爲有少數真的印第安人興奮地在其間穿梭，任何不知底細的人近距離都無法分辨真僞。於是，整個山頂像是有了獵人才熱鬧起來。

可以被公正地當作野綿羊的同伴或對手的惟一動物，是洛磯山脈山羊。牠也是一位吃苦耐勞的登山者，能夠勇敢地穿越最荒涼的山峰，迎著劇烈的暴風雪前進。可是牠毛粗腿短，比起野綿羊的風度要差多了。牠那烏黑發亮的角大約只有五六英寸長，全身覆蓋著的長白毛使牠的腿不明顯。我在內華達山至今還沒有看見過這種羊，或許之前，少數這種羊群可能在沙斯塔山上生存過。

這兩類登山者所攀登的山脈截然不同，牠們看起來彼此差別不大。野綿羊主要局限在乾燥的內陸山脈，山羊或小羚羊則活動在俄勒岡、華盛頓、英屬哥倫比亞和阿拉斯加的西北海岸的潮濕多雪的冰川山脈，大概有二百隻以上生存在雷尼爾山冰冷的火山錐上。當我在探索阿拉斯加的冰川時，我幾乎每一天都看見這些成群的、令人欽佩的登山者，經常跟隨牠們的足跡，穿越令人不知所措的冰河裂隙的曲徑。

加利福尼亞鹿的種類有黑尾鹿、白尾鹿和大耳黑尾鹿。到目前爲止，數量最多的是黑尾鹿。夏季，黑尾鹿偶爾會在很高的冰川草地，沿樹帶界線的邊緣遇到野綿羊。但是，作爲森林動物，牠們一般在茂密的灌木叢中尋求庇護和養育後代，因此幾乎不可能在牠們的棲息地碰到野綿羊。倒是羚羊和野綿羊有機會碰面，儘管羚羊並不是登山能手。冬季，當野綿羊在鼠尾草草原的邊緣吃草，或出現在內華達山東部裸露的火山時，就能遇到羚羊。野綿羊也能常常見到只在山脈東部地區活動的大耳黑尾鹿。而白尾鹿則與野綿羊無緣，牠只在沿海地區活動。

也許，世界上沒有哪個野生動物沒有天敵。但是，高地動物比低地動物的天敵要少。在草長得很高的地方及在灌木叢中轉悠的、狡猾的黑豹會突襲羚羊和鹿，但很少跨越野綿羊那光禿禿的、崎嶇的入口。熊也不能被當作野綿羊的敵人來看待。因爲，儘管牠們偶爾想吃一頓羊肉以改變一下每天都吃堅果和漿果的乏味局面，但是，牠們更喜歡獵取馴養的、無能的羊群。毫無疑問，鷹和草原狼有時能捕獲無保護的羔羊，或者不幸地被困在柔軟的深雪中的野綿羊。但是，這些情況畢竟是意外事故，很少見。

除此之外，還有野綿羊在長時間的暴風雪中死亡；但在我所有的登山活動中，我只看見過五六隻這樣送命的羊。幾年前，我在血腥峽谷發現有三隻被大雪圍困的羊，牠們被碰巧在冬天穿越山脈的登山者用斧頭宰殺了。

人類是其最危險的敵人，但即使這樣，我們勇敢的高山居住者在內華達山偏僻的荒野中也不害怕。最近，薩克拉門托和聖華金金黃色的平原有麋鹿群和羚羊群蜂擁而至。但是，由於那裏很肥沃並且容易到達，人工牧場就建在那裏。鹿吃草的許多地方亦如此——小山、山谷、森林和草地。

指望人類拆除高地上捕獲野綿羊的圍籠，還需要相當長的時間。當我們在這裏感慨高貴動物的全部種類，如麋鹿、駝鹿和野牛是那麼迅速地瀕臨滅絕；所有動物的愛好者將與我一起，爲被岩石安全保護的野綿羊而感到欣慰——牠們是內華達山的登山者中最勇敢的！

【注釋】

①法國自然科學家，比較解剖學的創始者（1769～1832）。

②英國博物學家，進化論創始人（1809～1882）。

第十章　蜜蜂花園

當加利福尼亞還很荒涼時，從多雪的內華達山脈到海洋沿路的南北，一路都是充滿甜蜜的蜜蜂花園。

蜜蜂在原始森林的範圍內可以隨便飛到哪裡——穿過紅杉森林，沿著河邊，沿著面向大海的斷崖和岬角，越過山谷、平原、天然公園林區、樹葉茂盛的深谷，或者往上直到長滿松樹的斜坡——每一個地帶和氣候區都盛開著蜜蜂採蜜的花朵。

在這裏，蜜蜂沒有大片地集中在一起，而是分開散在橫跨幾百英里的寬闊平滑的山坳中——傳授花粉的森林地區、多花的叢林地區、河邊糾纏在一起的懸鉤子屬植物和野玫瑰帶、成片的金黃色的菊科植物以及紫羅蘭、薄荷、雀麥狀針茅和苜蓿花圃等等。其中，某些品種終年開花不斷。

可是，最近這些年來，耕作和綿羊已經嚴重地破壞了這些極好的牧場，像大火一樣摧毀了數萬英畝的多花的土地，把多種最好的蜜源植物驅逐到多岩石的懸崖和用籬笆圍住的角落。另一方面，這種耕作方法至少在品種上，遠沒有達到自然界的豐富性。只有大片的紫花苜蓿在野生牧場延伸了數英里，觀賞玫瑰和金銀花只局限在農舍周圍，一簇簇的野玫瑰退到了小山谷裏，而小塊的方形果園和橘子林則分佈於遼闊的山區叢林地帶。

在三月、四月、五月，加利福尼亞的中央大草原變成了一個平滑的無盡的釀蜜花圃，品種極其豐富，從這一頭走到另一頭有四百多英里的距離。每走一步，你的腳將碰到百十種鮮花。薄荷、喜林草屬植物和無數的菊科植物等非常擁擠地長在一起。即使摘走百分之九十九的花朵，這個草原依然像是加州最茂盛的花園。燦爛的、充滿蜜汁的花冠，重重疊疊，爭著往上長，像日落的天空光芒四射——閃現一片紫色和金色，歡快的薩克拉門托河和聖華金河分別從北南兩面傾瀉其中。這兩條河的許多支流從山上直角延伸過來，把整個草原分成幾部分，其邊緣都生長著一圈樹木。

沿著河往前走，有一條比通常的窪地還低的狹長的低窪地，在朝向丘陵的地帶逐漸變寬。直徑三至八英尺的高大橡樹在開闊得像大牧場的平面上，投下優雅的大塊陰影。靠近水面的邊緣有一片繁茂的熱帶叢林，野玫瑰、荊棘灌木叢和各種攀緣葡萄樹生長其中，柳樹和榿木的樹枝、樹幹盤繞在一起，像巨大的花彩一樣在山頂間搖擺。當乾燥的草原上的鮮花已經凋謝變成種子，此後的很長時間內，野蜂還在這裏的鮮花叢中狂歡。

仲夏時節，當「黑莓」成熟時，印第安人從山上來這裏享受——男人和女人帶著孩子排成長長的嘈雜的一列，鄰近的農夫也常常加入。他們收集這種野果是要品嘗其極佳的口味，而在他們家的果園裏，成熟的桃、杏、油桃和無花果掛滿枝頭，葡萄園裏也是碩果累累。儘管這些肥沃蓬鬆的河床與平坦無樹的草原截然不同，一般說來，它們看起來沒有太明顯的分界線，倒像是一片連續的花園，只是被山脈阻隔了而已。

當我初次看到這個中央花園——這個美國最廣闊和最整齊的蜜蜂牧場時，它像是一整片的黃金，在遠處朦朧地消失，又如同一幅在山腳下延伸的新地圖一樣清晰。

經過層層的白羽扇豆和周圍許多通風良好的小丘及灌木叢的窪地，我從海岸山脈東側的斜坡下山，終於跋涉到中間的路上。整個地面覆蓋的不是青草和綠葉，而是燦爛的花冠緊挨著丘陵地帶，大約到腳踝那麼深；再向外延伸五六英里，花叢則至膝蓋深。這裏有叢生的巴伊亞雀稗、智利向日葵、金菊屬植物和膠草等等，還混雜了紫色的山字草、直果草屬——它們精美的花瓣正在暢飲生命的陽光，卻不反射任何光線。

因爲雨季之後是很長一段的乾旱期，所以，大多數的植被都是一年生植物。它們突然同時長出來，而且在地面上長到一般高時一起開花。釣鐘柳和薄荷之王——鼠尾草都在一般地面的邊上長出來。

在任何方向漫步，每走一步，幾百種快樂的向陽植物拂過我的腳邊，我被它們淹沒了，好像正在蹚過液態的黃金。空氣中芳香四溢，我向前走時，百靈鳥唱著牠們的祝福歌，往空中飛去，然後沉到傳授花粉的草皮上消失了。一會兒，無數的野蜂在低空活動，單調地嗡嗡亂叫——聲音雖然單調，卻像每天的太陽一樣永遠新鮮和甜蜜。

相當數量的野兔和歐黃鼠在淺草地上自我炫耀。我經常看見一小群羚羊從更高一點的地方好奇地盯著我，然後以無與倫比的優雅動作跳著跑開了。我沒有發現任何被壓倒的花朵來標記牠們的足跡，的確也沒有任何野蠻的腳或牙齒的破壞行動，一點兒也沒有。

偉大的日子被無數的植物包圍著，我一路向北方遊蕩；當夜幕降臨時，我就隨便在一處躺下，觀察擠滿我周圍無數種形式的生命。我有多麼燦爛的植物床啊！醒來時，時常發現幾種新物種俯在我的身邊，全神貫注地看著我的臉──於是，我的研究總是在日出之前開始。

大概是五月一日，我穿越圖奧勒米入口和默塞德入口之間的聖華金河，往東面行進。當我抵達內華達山的丘陵地帶時，大部分植被已經變成種子了，像乾草一樣。

大草原的一年四季都很溫和，蜜蜂從來不會徹底缺乏採蜜的花朵。但是，每年復甦的季節──春季受到雨水的支配。雨季通常從十一月中旬或十二月初開始。於是，已經躺在地上六個月、好像被收集到穀倉裏一樣既乾燥又新鮮的種子，馬上顯露出它們珍藏的生命力來。於是，褐紫色的地面和上一年死亡的植被馬上被變綠的苔蘚和歐龍牙草以及無數的嫩葉子替代了。然後，一個物種接著一個物種進入花期，地面逐漸地鋪滿綠色與黃色和紫色的花朵，一直持續到五月份。

「多雨的季節」決不是持續陰暗鬱悶的潮濕期。或許北美的其他任何地方，或許全世界的十二月、一月、二月和三月都沒有充滿這樣溫和的植物生長所需要的陽光。查閱我在一八六八年至一八六九年的冬季和春季的記錄，我發現這兩個季節的每一天，自己都是露天躺在圖奧勒米河與默塞德河之間的草原上的。我發現十二月十八日下了第一場雨；一月只有六天雨天，二月三天，三月五天，四月和五月各三天，然後就結束了所謂的雨季——這只是大約的平均天數。這個地區平常的暴風雨不太冷，也不太猛烈。每年一定時候，來自西北的大風轉向繞到相反的方向，天空中逐漸鋪滿一塊塊均勻的雲朵，雨就不斷地下，通常持續數日，氣溫大約華氏四十五度至五十度。

雖然這些循環的暴風雨是出從東南方向吹過來的大風引起的，但是這個季節全部降雨量的百分之七十五以上來自阿拉斯加、英屬哥倫比亞、華盛頓州和俄勒岡州的西北及東南部海岸。三月廿一日，西北部下了一次極其動人的暴風雨。多花的草原上空烏雲密布，雷聲轟鳴，在陽光的照射下燃燒著白色和紫色的光芒。霎時間，瓢潑大雨傾盆而下，擊打著花朵和蜜蜂，乾涸的水道突然氾濫。但是，過了不到半小時雨就停了，天空中沒有留下任何沉重像山一樣的雲狀痕跡。蜜蜂在飛舞，似乎沒有什麼東西比這場大雨更令它們歡欣鼓舞。

到一月底，有四種植物都開花了，還有五六種地衣已經調整過外萼葉，正值其生長的黃金時段。但是，花朵還沒有大量地盛開以致能夠遮住翠綠的嫩葉。紫羅蘭在二月份的第一周就出頭露面，到二月底草原上氣溫較高的地方，已經出現了傘形花序的菊科植物無數個金黃色的花朵。

這就是整個春季。陽光變得更暖和更充足，每天都有新的植物開花，天空與嗡嗡叫的蜜蜂變得更加和諧，到處花香。螞蟻和黃鼠準備夏天的活兒，個個摩拳擦掌，在門前的穀堆上曬太陽。蜘蛛忙於修補舊網或編織新網。

三月，植被成倍地長高了，顏色也加倍鮮豔了，春美草和兩種喜林草屬植物正在開花，還有一些黃色菊科植物，現在已經長得很高，隨風搖曳。

四月是植物的生長頂峰，整個草原覆蓋著稠密的、柔軟的紫色或金黃色的花冠。到四月底，大部分植物的種子已經成熟，但並沒有腐爛，依然像是在菊科植物的彀殼狀鱗苞輪中和無數花冠一樣的總苞中盛開的花朵。五月，只有在根深蒂固的百合科植物的花朵上才能看見蜜蜂。

六月至九月是休眠的季節——乾燥而炎熱——隨後的十月是一年中最乾燥的時期，花兒第二次爭奇鬥妍。於是，當死亡植物的葉子和莖卷縮在一起，變成了腳下的垃圾以後，一種纖細的、六英寸至三英尺高的不顯眼的小植物，像四月份復甦的花一樣，突然成片地出頭露面，範圍達幾英里。

我統計了三千朵花，發現每一株植物上有八分之五的花朵直徑爲一英寸。它們的葉子和莖桿是如此纖細，在眾多豔麗的花朵中，以致你在距離它幾碼遠的地方都難以發現它。它們傘形和盤狀的花朵都是黃色的，雄蕊爲紫色，傘形花的組織既豐富又柔軟，如同花園裏三色紫羅蘭的花瓣。

由於一年中大部分時候都盛行東南風，所以花兒總是面向西北能注視著我們。依我判斷，這種小植物是一切植物中最有趣的，也是最後一種能給草原增輝的最燦爛的菊科植物。它能盛開到十一月份，與它相伴的是兩三種瘦長結實的、花期能持續到十二月及一月的絨毛屬植物。

這樣，雖然主要的花期和採蜜季節大約只有二個月長，但是在炎熱無雨的月份，不管花兒多麼稀少，植物鏈決不會完全中斷。

沒有人知道各種野蜂在這個蜂蜜花園裏生存了多長時間。大概在冰川期即將結束時，如今的佔據主導地位的植物群就佔領了這片土地，並一直持續到現在。據說，第一批被帶到加利福尼亞的褐色蜜蜂是在一八五三年三月抵達舊金山的。一位名叫謝爾頓的養蜂人從阿斯平沃爾的某人那裏購買了一批來自紐約的十二個蜂群。當抵達舊金山時，所有蜂箱裏的蜜蜂都還是活的，但是最終活著到達聖荷西的只剩下一個蜂箱的蜜蜂了。

從異地移入的小蜜蜂在聖克拉拉山谷豐富的牧場裏迅速繁殖，第一個季節就達到了三個蜂群。不久，蜂群的所有者被殺害了，他的兩個蜂群分別以一百零五美元和一百一十美元被拍賣了。有時，人們也經由巴拿馬地峽進口一些蜜蜂。雖然大家竭盡全力去保障蜜蜂的存活率，但是通常大約有一半蜜蜂死在路上。一八五九年，有四個蜂群被安全地帶到了加利福尼亞草原。他們把蜂箱放在運貨馬車的後部，每天下午，馬車停下來放飛蜜蜂，讓牠們去多花的地方覓食，等到牠們在天黑之前返回來之後就關閉蜂箱。

紐約的第一批蜜蜂來到這裏兩年之後，一八五五年，又有人從聖荷西帶來了一個單獨的蜂群，放飛到中央大草原。雖然中央大草原可供採蜜的花兒極其豐富，而且早些年蜂蜜的價格也相當高，但是養蜂業在這裏從未引起足夠的重視。有些移民者在來到美國之前偶然瞭解到養蜂有利可圖，於是，他們也會在自己居住的地方養一些蜜蜂。但是，養羊、養牛、種植穀物和水果依然是主要的產業，因爲它們不需要太多的技巧和管理，而且利潤也大得多。一八五六年，這裏蜂蜜的售價爲每磅一・五至二美元；十二年之後，其價格滑落到每磅十二・五美分。一八六八年，我與一夥貪婪的剪羊毛的人在聖華金大農場共進晚餐，農場裏有十五個至二十個蜂箱。主人勸我們不要留下他放在桌上的一大鍋蜂蜜，因爲那是他所提供的最便宜的東西。

在我的徒步旅行中，在中央山谷還沒有遇到過一個像美國南部鄉村那樣正規經營的蜜蜂養殖場。在這裏，一隻蜜蜂所釀造的幾磅蜂蜜和蜂蠟被看成是粗糙的農產品，根本不被重視，往往在家就被消耗了。從粗心的所有者那裏逃跑的蜂群，在尋找到合適的家園之前，都有一段感到非常疲倦和困惑的經歷。大多數蜜蜂沿路飛到山麓小丘，或者到河邊排列成行的樹木上安家，因爲在河邊可以找到空心木頭或空心樹幹。

我的一位朋友在聖華金打獵時，在河邊附近看見一個浣熊陷阱隱藏在高高的草中間，他就坐在上面休息。不久，他注意到他頭上有一群憤怒的蜜蜂在飛舞，於是才發覺自己就坐在牠們的蜂房上時，而裏面容納了二百磅蜂蜜。從薩克拉門托河和聖華金河之間廣闊的沼澤三角地飛出來的迷路小蜜蜂，知道在一捆燈芯草或死了的細長的草上建造蜂巢——那裏能略微抵擋一下惡劣的天氣，可每年春季都有被洪水沖走的危險。然而，這裏也並非一無是處，至少它離遼闊的牧場很近。

中央大花園如今的條件與我們已經描述的情形大相徑庭。大約二十年前，當金砂礦被相當徹底地挖盡時，撞大運的人——而不是尋找家園的人——對礦山深感厭惡，便把他們的注意力轉向了肥沃的草原。許多人開始試驗一種野蠻的農業生產。他們把大量的木材拖到很容易找到水的原始森林空曠處，建起簡陋的棚屋。然後，在他們獲得複合犁和每匹相當十至十五美元的十多匹小野馬以後，幾百英畝的草地很快就被「破壞」了——好像這片土地被耕種了多年，根本就沒有彎折不斷的、多年生的樹根。

一個大農場就這樣建成了，以這些煞風景的小木屋作爲廢墟的中心，野花消失的範圍更廣。對草原破壞最甚的是牧羊人，他們帶著成群的牛羊，像火災一樣橫掃大地，踩踏了逃避過犁耕的每一桿土地，好像整個草原是沒有柵欄的別墅小園地。儘管遭到這些破壞，這裏仍然可以放養一千群蜜蜂。每個季節，大部分地方依然覆蓋著受到壓迫的蜜源花朵。因爲大多數品種都是一年生植物，其中的大部分還沒有被牛羊吃掉；在它們被破壞之前，它們的生長速度能夠使種子成熟。所以，草原還是保持芳香，而速度競賽①將永存——然而，這只不過是它之前輝煌期殘存的痕跡罷了。

毋庸置疑，這樣的時候將會來臨，那時，這個山谷的整個地區被翻耕成一個花園，眼下流入大海的高山肥水將流向每一片田野，使得城鎮欣欣向榮、財富大增、藝術繁榮。那麼，我想沒有幾個人甚至包括植物學家會對消失的原始植物群表示痛惜。同時，純垃圾繼續存在，無辜者任意破壞——這是看得見的悲哀場面，而被迫旁觀的太陽也博得了人們極大的同情。

【注釋】

①指人為的和動物的破壞與植物的生長。

第十一章　高山蜜蜂牧場

由於土壤、氣候、濕度和光照等因素的差異，海岸山脈的蜜蜂牧場比大草原的持續時間更長，更加變化多端。有些山脈高達四千英尺，在森林茂密的區域出現了大量的小溪、泉水、泥濘的沼澤等。開放的天然公園裏陽光普照，位於不同海拔高度的山谷都有其特殊的氣候和朝向，擁有各個植物品種和植物群生長的必要條件。

緊挨著草原的，首先是一連串平坦的小山，生長著與草原大同小異的鮮豔的豐富植被——它好像提升了草原的邊緣並彎入平滑的山坳，鮮花在適當的位置盛開，只是不如在草原上開得茂盛。小山上也有一些新品種，如山區的白羽扇豆，薄荷。斜坡上則是姹紫嫣紅，成片的紅色、紫色、藍色、黃色和白色在四周開放，遠遠看去就像一幅彩色地圖。

在這個上面就是天然公園和叢林區域，裏面生長著間距挺大的常綠橡樹，以及從三至十英尺高的開花灌木叢。幾個品種的熊果屬植物和鼠李科美洲茶與鼠李、紫荊、櫻桃、棠棣屬和蓬松交錯混生在一起，而開闊地上有許多品種的苜蓿、美國薄荷屬等植物。

主山脈凸出的橫嶺幾乎和它的軸線平行，圍住了水平的山谷；其中的許多地方相當廣闊，包含大量喜陽的、處在天然狀態的供蜜蜂採蜜的花朵。但是，在很大程度上由於耕作，它們失去了蜜蜂的青睞。

從俄勒岡附近的森林線延伸到聖克魯斯，靠近海岸的是巨大的紅杉林。在這些大樹密密的樹蔭下，長滿了蕨類植物，主要是胎生狗脊蕨以及幾種開花的植物——酢漿草、貝母、菝葜屬和其他喜陰的植物。沿著整個紅杉帶，山坡上有朝南的、陽光充足的開闊地，那裏的參天大樹退到了後面，把地面讓給小向日葵和蜜蜂。在這些小蜜蜂活動範圍內的高高的紅杉牆四周，通常有一圈黧樹、月桂樹和漿果鵑——漿果鵑是其中最美麗的，也是蜜蜂特別喜歡的樹。

最大的樹幹有七八英尺粗，約五十英尺高。樹皮爲紅色或巧克力色，樹葉平整、寬大、有光澤，像木蘭的大葉，花朵是淡黃白，成壇狀，五英寸至十英寸長，屬圓錐花序。當花兒完全盛開時，會有整個蜂房的蜜蜂都到一棵樹上去採蜜。如此眾多的蜜蜂都發出低沉的嗡嗡聲，使得聽眾猜想牠們在從事一項比平凡的採蜜更重要的事情。

這些偏僻的森林「花園」是多麼迷人、多麼讓人關心啊！狹長的景色面向大海，陽光照射鋪滿鮮花的大地，映襯出震顫多變的馬賽克圖案，像樹葉茂盛的牆壁上的光斑隨著微風搖擺打開又關閉——閃閃發光的樹葉和花朵，鳥兒和蜜蜂，與春天和諧交融了。從百萬個源泉裏散發出來的芳香沁人心脾！

在這些溫馨的日子裏，大自然深沉的心跳感覺到了顫動的岩石和樹木，以及相似的萬物。普通的生意和一般的朋友都被忘記了，甚至蜜蜂自然的釀蜜工作、鳥兒關心牠們的幼仔、母親關懷她們的兒女，在這裏似乎都有些不合適。

從洪堡和鄰近的郡向北，整個山坡都覆蓋著杜鵑花屬植物，奏響了春天最輝煌的「蜂之花」的旋律。開花繁盛的西部杜鵑花生長在往南遠至聖路易斯—奧比斯波的林區和樹木的周邊，以及三至八英尺高的茂密灌木叢中，與它相伴的通常是熊果屬植物。而山谷因其濕度和日照的多樣性，則生長著豐富且更小的「蜂之花」，如薄荷屬植物、地筍屬植物、小香薷，還有石楠科越橘屬植物、野草莓、大竺葵和黃花。沿著河邊涼爽的幽谷，在樹木陰影不太深的地方，繡線菊、山茱萸和蠟梅以及許多種類的懸鉤子屬植物，形成了交錯纏繞的狀態，某些地方會連續幾個月持續這樣的狀態。

雖然白人首先入侵海岸地區並定居在那裏，但是從蜜蜂的觀點來看，該地區遭受破壞的程度還沒有其他區域嚴重。首先，無疑是因爲它的地面不平坦，而且，還因爲這裏的土地屬於私人從而得到保護，不易受漫遊的「牧羊人」的羊群的糟蹋。在海岸北部，這種區別尤爲明顯。南方以南，因爲濕度更小樹蔭更少，蜂蜜植物群變化不大。

由於從水平的中央草原到高山的山頂逐漸升高，內華達山地區是美國三個主要養蜂區域最大的，也是小區域變化最有規則的地方。從五月底到冬天的雨季開始之前，丘陵地區差不多與平原一樣乾燥、陽光充足。那裏完全像同一海拔高度的海岸山脈，沒有成蔭的森林和潮濕的幽谷。叢生的菊科植物加上其他幾種植物，構成了海拔一千五百英尺以上高度的植被中草本植物的主體。橡樹和薩賓松無處不在，偶爾才被成片的鼠李和七葉樹遮擋住。

在這兒的上方，也就是林區的下面，有一處淺黑的、像石南的茂密樹叢帶，它們幾乎都是薔薇科植物，有簇生的小圓葉，高五至八英尺，樹枝的末端盛開著圓錐花序的眾多小白花。它在其生長的地方通常會把整個地面都覆蓋住，密不透風，幾英里範圍內連綿不斷。

往上穿過林區，到海拔大約九千英尺的高度，有成片參差不齊叫作鹿野灌木的熊果屬植物，還有叫作加利福尼亞丁香的五六種鼠李科植物。這些是內華達山最重要的產蜜灌木叢。剛剛沒過腳面的小灌木開著像草莓的花兒，在松樹下面形成了漂亮的花毯，蜜蜂似乎很喜歡它們。而松樹本身就能提供無限量的花粉和蜜汁，一棵成熟的松樹每年的花粉足夠整個蜂房的需求。沿著河邊，生長著大量的百合、飛燕草和苜蓿。

高山區包括多花的冰川草地等各處，都有長滿幾種委陵菜屬植物的小花園，花園裏有黃花，層層的雀麥狀針茅和可愛的鐘形花冠的迷人的岩鬚屬植物。甚至山頂上都開滿了花——矮福祿考、花醋栗等等。我已經見過野蜂和蝴蝶在海拔一萬三千英尺的高度覓食，然而，許多飛行到這樣危險高度的野蜂和蝴蝶就再也下不來了。毋庸置疑，一部分是死於暴風雪——我曾在冰川的表面看見過幾千隻凍僵而死的蜜蜂和蝴蝶。牠們或許被白色覆雪的光滑表面所吸引，以爲那是層層盛開的鮮花。

從低地的所有者那裏逃離的蜂群，現在基本上分佈到了海拔高達八千英尺的內華達山。雖然每年冬天的大雪積得很深，但是蜜蜂在這一高度能夠迅速繁殖。甚至比這個高度還更高的地方，在已經砍下的幾棵樹上也發現了蜜蜂築的巢——這些樹上有二百多磅的蜂蜜。

野綿羊對高山牧場的破壞行動像對大草原一樣普遍。由於土質更疏鬆以及其位置傾斜，許多地方被破壞得更徹底。年復一年，羊蹄在冰磧的陡坡上斜戳和向下扒動的動作，掘起並埋葬了許多柔弱的植物，而它們的種了卻尚未成熟。灌木叢也如此，尤其是各種鼠李都被嚴重地咬過。

幸運的是，牛羊都不吃熊果屬植物、繡線菊。這些優良的產蜜灌木要麼太硬太高，要麼就生長在太粗糙的地面和難以接近的地方，所以不至於被蹄子踩踏。同樣，在馴養的羊難以接近的峽谷峭壁和山峽這些地方，四周都長滿了產蜜灌木叢。而且包含幾千個蜜蜂花園，它們隱藏在狹窄的峽谷的側面和被雪崩坍塌物包圍的幽深處，以及平坦的凸出岬角的頂部——只有蜜蜂會想到去尋找這些地方。

但是另一方面，牧羊人放火破壞了沒有被羊踐踏的大部分木本植物。在乾燥的秋天，他們考慮到改善牧場，爲羊群開闢更寬的路，就到處放火，燒掉倒下來的樹幹和矮樹叢。這些爲了羊而點的大火從一端燒到另一端，幾乎燃遍了整個森林地帶——不僅燒毀了矮樹叢，而且也燒掉了決定森林持久性的小樹和樹苗。這一連串的惡行自然會把蜜蜂和養蜂人趕得遠遠的。

從已知的情況來看，耕作還沒有入侵到林區，丘陵地帶也不太多。沿著草原的邊緣，往上到海拔四千英尺的高度，只要是有水的地方，都將建立成千上萬個蜜蜂養殖場。這一海拔高度的氣候容許建造永久的蜂巢。當較低的地方的花期已過，他們就把蜂房移到較高的牧場，使得年產蜂蜜將近增加了一倍。正如我們所看到的一樣，丘陵地帶的牧場大致五月底就沒有花了，叢林帶和較低森林的牧場一般於六月份盛開鮮花，再往上及至高山區的牧場，將依次在七月、八月和九月開花。

在蘇格蘭，當低地的最佳花期過後，人們就用手推車把蜜蜂運往高地，放飛到長滿石南屬植物的山上。法國也是如此，波蘭也不例外——在果園和曠野間，人們把蜜蜂從一個牧場運往另一個牧場，並開著駁船沿著河流收集兩岸植被上的蜂蜜。在埃及，蜜蜂被遠遠地送到尼羅河的上游，然後牠們又沿著河流慢慢地飛回來，人們則按季節沿途在各種原野收集蜂蜜。如果加利福尼亞也沿用同樣的方法，幾乎一年到頭都會有蜂蜜出產。

正像我們看到的一樣，內華達山北半部平均海拔比南半部相對低些，河邊與草地花園所依賴的小溪也較少。在尤巴河、費瑟河和皮茨河的源頭周圍，廣闊的熔岩臺地上稀疏地長著松樹，陽光不太受阻就能照到地面。這裏繁花似錦，有金黃色的麻菀屬、巴伊亞雀稗、山金車花、艾屬及類似的植物。

更涼爽的山坡上則參差不齊地生長著熊果屬植物、櫻桃、李子和荊棘。在中央大草原的盡頭，內華達山和海岸山脈開始拐彎，在山脈和山谷的迷宮中，形成了一個封閉的圓圈，植物群也混生在一起。由於溫和的氣候和豐富的降雨量，北部地區成了蜜蜂的天堂。說來奇怪，那裏幾乎沒有一個正規的蜜蜂養殖場。

在內華達山的所有花園中，沙斯塔是產蜂蜜最多的，其名聲可能還超過了著名的海布拉和海梅塔斯山。依照蜜蜂的觀點，這是座高貴的山，各種氣候盡在其中，從熱帶草原到冰天雪地無一不囊括其中。我們在大雪覆蓋的山頂上看到了第一個五千英尺高的花園，這裏當然像大海一樣沒有蜂蜜存在。這個極爲寒冷的地區的底部，環繞著一圈垂直寬度約一千英尺的破碎的火山岩，夏季，這裏通常沒有積雪。美麗的地衣的鮮豔色彩使得懸崖壁面熠熠生輝，在一些溫暖的隱蔽處有幾叢高山雛菊、桂竹香和鈞鐘柳。

儘管這些植物在夏末自由地開花，該地區總體上還是像覆蓋著冰的山峰一樣，幾乎不出產蜂蜜，而其較低的邊緣倒是可以作爲蜜蜂活動範圍的最後界線。這下面就是林區，覆蓋著茂密的針葉樹，主要是富有花粉和蜜汁的銀冷杉，還有無數的花園，大多數花園都不超過一百碼長。

過了林區和花園，就是整齊連續的蜂蜜大區域，把覆蓋著冰的山峰的面積以及林區和花園區的面積加在一起，都遠遠及不上這個區域的面積——它莊嚴地綿亙整座山，寬度爲六七英里，周長將近一百英里。

正如我們已經看到的一樣，沙斯塔是由火山灰和熔岩堆積而成的一座火山，流過幾個火山口的熔岩，像節外生枝的樹幹一樣，往外、往上蔓延，然後就產生了奇怪的對比。冰冷的冬天來臨後，山上覆蓋了冰，冰緩慢地流向四面八方，彷彿一個巨大的在山頂上發光的圓錐形冰川——在火山口上往下緩慢移動的冰盾，幾百年來不斷活躍地擠壓和碾磨其褐色的燧石熔岩，最終剝蝕並改變了整座山的面貌。

當冰川期即將結束時，冰盾逐漸地開始從底部融化。而且，在其後退並分裂成現在的碎片的過程中，冰磧物質不規則的環形物和堆積物留在了它的兩側。由於冰川侵蝕，沙斯塔大部分的熔岩產生了一些碎屑，這些碎屑包括中等大小的、粗糙的、次稜角形的漂石、多孔礫石以及沙子，當然，這還得歸功於流水的威力。發源於冰雪充足的源泉的洪流，以極大的能量沖過冰川沉積物，把它們分類，並帶下斜坡，在山腳的底部沉積下來，形成平滑的三角形河床。正是這些河床連在一起，才在古老火山周圍形成了蜜蜂活動的主要區域。

這樣，由於敵對和破壞勢力的影響，自然的力量才完成了其有益的設計——時而火災，時而冰災，時而水災，最終有機生命爆炸，一條由雪白的花瓣和翅膀組成的銀河，像雲一樣圍繞著崎嶇不平的山，如同海浪衝破岩石岸邊的花朵一樣，又好像富有生機的陽光射在岩壁上，碎成了植物花朵和蜜蜂的汪洋。

在多花的原始森林裏，蜜蜂在漫遊和狂歡，爲太陽的無限恩寵而歡欣鼓舞；牠們急切地穿過野生黑莓，搖響了熊果屬植物無數的花鐘，一會兒在多花粉的柳樹和冷杉之間，一會兒又停留在毛茛科植物所在的覆蓋著灰的地面上；沒多久，牠們又深入到櫻桃和鼠李的叢中嗡嗡亂叫。牠們想到了百合花，就滾進去了。牠們不必像水能驅動水輪那樣辛苦勞作，而是像百合花一樣依靠太陽能。水輪轉動需要有大量的高壓水，而蜜蜂則需要充足的陽光，兩者都一樣地嗡嗡叫著、顫動著。

夏天陽光燦爛的日子，如果你漫步在沙斯塔的蜜蜂領地上，單從蜜蜂活動的相對精力就可以很容易地推斷一天的時間——在涼爽的早晨，牠們是懶洋洋、慢吞吞的；日出以後，牠們精力開始大增；到了正午時分，蜂群變得群情激昂；最後，隨著夜幕降臨，蜂群終於安靜下來。

當我在冰川間遠足時，偶然也遇到過饑餓的蜜蜂——牠們就像登山者冒險走了太遠的路，等不及救濟隊伍的到達，於是，牠們就像秋天的葉子一樣枯萎、凋謝了。

沙斯塔的蜜蜂或許比內華達山的其他蜜蜂吃得更好。牠們的野外工作就是永久的盛宴。但是，不論陽光多麼令人興奮或者花兒的供給多麼豐富，牠們總是挑剔的吃客。嗡嗡叫的蛾子和蜂雀很少涉足花朵，但是牠們在花朵前飛來飛去，猶豫不決，探頭探腦，似乎正在從吸管裏吮吸花蜜。像牠們一樣挑剔的蜜蜂會滿腔熱情地擁抱所鍾情的花朵，用力把牠們生硬的、多花粉的臉龐貼近花朵，像嬰孩一樣擁入母親的懷抱。自然的力量也以永恆之愛、非常憐愛地以她溫暖的沙斯塔胸膛，摟抱大量的蜜蜂小嬰孩，並哺育牠們。

除了普通的蜜蜂之外，這裏還有許多其他品種的蜜蜂——這些毛絨絨的、健壯的傢伙，在馴養的蜜蜂出現之前，已經被山上的陽光滋養了幾千年。這些野蜂有大黃蜂、石蜂和南美切葉蜂。蝴蝶和大小及形狀各異的蛾子也生活在這裏。有些蛾子的翅膀大得像蝙蝠，牠們緩慢地拍翅，以簡單的曲線飛翔。其他的像紫色小蝴蝶，在靠近花朵的地方以簡短彎曲的飛行搖來晃去，夜以繼日地奢享花蜜。鹿群同樣也樂意生活在蜜蜂牧場的灌木叢中。

熊也願意在芳香的原始森林中漫遊，牠們遲鈍而粗野的外形與樹木及交錯的灌木叢非常協調。儘管形體不一般大小，牠們與蜜蜂卻能和睦相處。熊喜歡各種東西，而且也最大限度地享受著牠們喜歡的東西，但牠們卻有那麼一點兒歧視花朵、葉子、漿果、蜜蜂和牠們釀造的蜂蜜。加州的熊至今沒有與蜜蜂相處的經驗，但是牠們經常能夠成功地獲得大量的蜂蜜，連蜜蜂自己可能都未必能像熊一樣這麼喜好蜂蜜。依靠牠們鋒利的牙齒和有力的腳爪，熊能夠方便地咬破和撕開靠近的任何蜂房。

大多數蜜蜂在尋找地方築巢時，只要有可能，都非常聰明地選擇離地面相當遠的樹窟窿，這樣蜂巢就相當安全。因為，儘管小黑熊和小棕熊能爬得挺高，但牠們也不可能在闖入這樣牢固的蜂房的同時，還能保持自己不墜落到地上。同時，在熊爪把蜂蜜抹乾淨之前，牠還得忍受好鬥的蜜蜂的叮咬。但願地面上苔狀蜂巢裏的黑色大黃蜂能夠超生——隨著巨大腳爪的幾下敲擊，熊輕易地揭開了整個蜂巢——牠們還沒來得及嗡嗡作響，就被熊一大口吃個精光。

沙斯塔植物的花朵特別甜的原因和暴風雨無關——我所說的是在當地的山上形成的暴風雨，它們在山頂上以驚人的速度形成，然後飄落下來——絕對會讓無經驗的低地人驚訝不已。暴風雨通常發生在平靜而熾熱的日子裏，在蜜蜂依然飛行時，你可能會看見遙遠的天空有烏雲像珍珠般鼓起，又像一棵植物那樣默默地長大。不久，像大海怒號一樣，雷聲轟鳴，一陣狂風掠過彎曲的樹木，雨滴、雪花、釀蜜的花、蜜蜂都混雜到了一起。

高山牧場上溫暖的春天更令人難忘。那時萬物復甦，你似乎可以聽到，可以感覺到植物的血液在給予它生命的陽光下流動。植物就在我們眼前生長，樹木在森林中成長，灌木叢和花朵像永不停歇的繁忙廠區。深邃的天空中斑斑點點的，是以不同節奏舞動的各種顏色的翅膀。成群閃耀的青蜂也在優美的節奏中翩翩起舞，金黃色紋的黃蜂、蜻蜓、蝴蝶、刺耳的蟬，和快樂的蚱蜢，都爲這裏增添了光彩。

在晴朗清新的早晨，當陽光照過頭頂，你常常可以從高山的陰影中，觀察到一段觸目驚心的光學效應。當時無論它們自身是何種顏色，每一種昆蟲在光的作用下都被烙上了白色——翅膀像紗似的膜翅目昆蟲，如蚊子和烏黑發亮的甲蟲，都像雪花一樣被美化成純潔而神聖的白色。

第十二章　南加州的蜜蜂

近年來，在蜜蜂養殖的技術引起極大關注的加利福尼亞南部，就植物的數量及其在高山和平原的分佈狀況而論，此地的牧場並不比美國其他受到工業發展影響的地方上的牧場更豐富，或者更富有變化性。屬於薄荷科的、著名的白鼠尾草在這裏長得很繁盛；它們在五月開花，可供蜜蜂生產出大量發白透明的蜂蜜，至今在每個市場都能賣出最好的價格。這種植物主要生長在山谷和低矮的丘陵地區。山上的黑鼠尾草是密集的多刺叢林的一部分，主要有鼠李、熊果屬植物和櫻桃——與內華達山南部的植物大同小異，但是這裏的植物更茂密、連續範圍更廣更高、花期更長。

內華達山和海岸山脈的一大迷人特色就是河邊花園，雖然在南加州沒有那麼多，但是供蜜蜂採蜜的花卻極其豐富。無論哪裡都能發現——溫暖潮濕的幽谷生長著枝葉繁茂的草木樨屬植物、耬斗菜、寇林希草、馬鞭草、野玫瑰、金銀花、山梅花和百合花。夏末時節，在乾燥、沙質的山谷和山上的低斜坡，有大量的不同品種的野蕎麥。這時，柑橙林、紫花苜蓿地和住宅的小花園也為蜜蜂增添了採花的去處。

主要的產蜜月份爲四至八月份，而其他月份的花卉通常也足夠蜜蜂去採蜜。

根據洛杉磯養蜂者協會主席J・T・戈登先生的看法，引進到該郡的第一批蜜蜂在舊金山花了一百五十美元，於一八五四年九月到達。（一八五五年，有十五個蜂箱的義大利蜜蜂被引到洛杉磯，一八七六年又增加到五百個蜂箱。他們聲稱這些蜜蜂比普通的品種有顯著的優越性，引起了人們極大的關注。）次年四月，這個蜂箱放出了兩個蜂群，每個蜂群售價一百美元。從這個開端到一八七三年，蜜蜂逐漸繁殖到大約有三千個蜂群。一八七六年，據估計，該郡已有一萬五千至二萬個蜂群，每個蜂群的蜂蜜年產量大約爲一百磅——在某些特殊情況下，產量更高。

一八七八年，採蜜季節剛剛開始時，聖地牙哥大約有二萬四千個蜂箱，同年，從七月十七日到十一月十日，人們又從聖地牙哥的一個港口運進了一千零七十一桶、一萬五千五百四十四盒、將近九十噸的蜂蜜。最大的蜜蜂養殖場大約有一千個蜂房，這裏技術和管理都很先進，並且採用了各種有價值的科學儀器。然而，幾乎沒有哪個養蜂者能夠擁有五百個蜂房而且能夠專心致力於這個行業。目前，柑橘種植業的繁盛，使其他行業黯然失色。

在洛杉磯和聖地牙哥許多所謂的蜜蜂養殖場，還是採用可以想像得到的、最原始的開墾方法。某個一事無成的人聽到關於利潤的有趣故事就想養蜂，並決定嘗試一下。他購買了幾個蜂群或者以分擔盈虧的方式從蜂群過多的養蜂場得到蜜蜂，把它們送到剛剛開始放牧的峽谷底部，坐在地上，不管是否徵得土地所有者的同意就架起蜂箱——爲自己建造一個幾乎不比蜂箱大的箱式小屋，等待發財。

在美國的南部和中部有時會出現乾旱的年份，這期間，蜜蜂會遭受嚴重的饑荒。如果降雨量只有三四英寸，而不是通常季節的十二至二十英寸，那麼，會有成千上萬的牛羊死亡。除非牠們得到精心餵養或者搬到其他牧場，否則蜜蜂——這些小小的、帶翅膀的生物也會死亡。

人們一直記得雨水異常稀少的一八七七年，遠離河邊的乾燥山谷幾乎沒有一朵花，沒有一塊依賴雨水的穀物成熟。種子只發芽，長出一丁點兒後就枯萎了。牛羊等沿著很淺的河邊咬嚼矮樹叢和雜草，日復一日，牠們變得更瘦。許多河流完全乾涸了，自建國以來，這還是第一次發生這樣的事情。

那年夏天，我在遊覽蒙特雷、聖路易斯—奧比斯波、聖巴巴拉、本圖拉和洛杉磯時，隨時都能見到乾旱所產生的可悲影響——無葉的曠野，死亡或垂死的牲畜，死亡的蜜蜂，還有一些蓬頭垢面、半死不活的人。甚至連鳥類和松鼠都陷入困境，儘管牠們的遭遇比那些可憐的傢伙還強一些。

沿著炎熱天氣下緩緩流動的溪流岸邊，饑荒一個接一個地發生，相對肥胖的數千隻禿鷹在溪流上方飛翔，或者在樹下的地上站著，耐心地等待新鮮的屍體。鵪鶉考慮到時日艱難，便拋棄了求偶的念頭——牠們太可憐了，以致不能成婚。羊群也一年到頭再不敢動養幼崽的念頭。

正如每個農夫所知，松鼠是特別勤勉和有進取心的種類，但牠們也為生計所困。除了樹上的樹葉之外，牠們找不到其他新鮮的葉子或種子了。樹上浮凸的深綠色葉子與其下面蒼白的、光秃秃的土地形成鮮明的對比。松鼠離開牠們慣常就食的地方，前往樹葉茂盛的橡樹，去啃食精明的啄木鳥所貯藏的橡子。可是，後者警惕地注視著牠們的動向；我看到過四隻啄木鳥聯合起來對付一隻松鼠，把可憐的傢伙趕出牠們佔領的橡樹。松鼠繞著樹結從一邊躲到另一邊——在挨餓的情況下，牠還是盡可能地保持了往日的敏捷——只是四處都無法避開啄木鳥鋒利的喙。那一年，蜜蜂的命運似乎最慘。在洛杉磯和聖地牙哥，有二分之一到四分之三的蜜蜂完全餓死了，總數不少於一萬八千隻蜂群死亡，而鄰近郡的死亡率也不會比這少。

那年，甚至連最接近山脈的蜜蜂群都受到了傷害。因爲山丘小麓的小植被也與山谷和平原一樣受到了嚴重的影響，連耐寒的根深蒂固的叢林也只是少量地開花，而大部分花還可望不可及。當蜂群自己的儲備即將耗盡，在牠們變得衰落和氣餒之前，你必須立即爲牠們提供食物或者讓牠們返回到山裏多花叢林的中心，才能挽救整個蜂群。

除了野蜂之外，聖露西亞山脈、聖拉菲爾山脈、聖加布里埃爾山脈、聖哈辛托山脈、聖貝納迪奧諾山脈至今幾乎還未被光顧過。「乾燥年」初始，我遠足到聖加布里埃爾山嶺，總結出了這些山嶺的資源以及將這些資源提供給養蜂者的利弊方面的考慮。這個山嶺包含了剛剛提到的其他山嶺的大部分典型特徵，從北部可以眺望洛杉磯的葡萄園和柑橘林。

一般來說，它比我試圖深入的其他山嶺更加難以接近。這裏斜坡特別陡，腳下也不安全，山嶺上覆蓋著五至十英尺高的荊棘叢。除了一般看不見的小地方之外，整個地面都覆蓋著荊棘叢，聚集著稠密的樹籬，向下適度地延伸到每個山峽和山谷。每個山脊和山頂的樹叢都枝葉繁茂，在半年內，它們比大部分擁擠的苜蓿地提供的蜂蜜還多。但是，從開放的聖加布里埃爾山谷來看，由於乾熱的影響，從山嶺所看到的一切似乎令人生畏。從山嶺的底部到山頂，一切像是灰色的、貧瘠的、寂靜的，茂密的叢林看起來像乾燥的苔蘚一樣，爬過蕭條的、起皺的山脊和山洞。

從帕薩迪納出發，日落時分，我抵達山脈的腳下。由於我是徒步穿越無樹蔭的山谷，全身既疲乏又燥熱，於是我決定紮營過夜。我環顧四周，在伊頓克里克的洪水漂石間尋找營地。這時，我遇到一位膚色黝黑的陌生人，他在砍樹。見到我，他似乎頗感驚訝。於是，我就跟他坐在他砍下的椽木上，說明我在他的寂寞中出現的原因，並說我渴望查明一些有關高山的情況，以便明天早晨前往伊頓河。於是，他爽快地邀請我跟他一起紮營，並帶我到他在山腳下的小屋——那裏的泉水從長滿了野玫瑰的河邊滲出。

晚餐後，天色完全黑了，他說他的蠟燭用完了，所以，我們只有坐在黑暗中。他遞給我一幅他與西班牙人和英國人在一起的生活速寫。他出生在墨西哥，父親是愛爾蘭人，母親是西班牙人。他曾經做過礦工、牧場工人、探礦者和獵人，一直在流浪。但是，他現在將要定居下來。他說：他過去的妻子「不可靠」，但前途是光明的；他將要「掙錢娶一位西班牙女人」。人們為了水和金子在這裏開礦。他在小屋的後面修出一條通往山嘴的隧道。「我的前途很好，」他說，「如果一切順暢，我很快就能掙到五千或一萬美元，可以購買那邊的一塊平地。」他指的是那處面積為兩三英畝的、不規則的地塊，地上都是碎石。這塊地是水災季節由伊頓河沖積而成的——那塊地足夠種植一片柑橘林，小屋後面的淺灘則可作爲葡萄園。

「在澆完我自己的柑橘樹和葡萄樹之後，我將把剩下的水賣給住在山谷下面的鄰居。」然後，他接著說，「我能夠養蜂，也同樣掙錢。因爲，夏天的時候，這裏的山上到處都是蜂蜜。住我下面的一位鄰居說，一開始時，他將以分擔盈虧的方式給我一整批蜂箱。你瞧，我有好事；現在，一切都好了。」

這一切預期的富足存在於那凹陷的、被漂石阻塞的氾濫盆地！放飛不計其數的蜜蜂以後，大多數想發財的人立刻會希望住到沙斯塔山頂上。次日早晨，我動身繼續遠足，在心中祝願那位充滿希望的人交個好運。

從小屋往上走了大約半小時，我來到了瀑布面前，它是聖加布里埃爾山脈最美的瀑布，遠近聞名。它是一處迷人的小瀑布，當它從三十五英尺至四十英尺的短岩架的凹口傾瀉下來進入圓鏡般的池塘時，就像鳥兒一樣以低沉甜美的聲音歌唱。它背面和兩側的壁面有凸起部分，從上面流過的白色水流像天鵝絨盒子裏的銀具閃閃發光。

聖加布里埃爾的少男少女高興地逃離他們常待的棕櫚園和柑橘林，常常來這裏收集蕨類植物，或在炎熱的假日來到這裏玩水。小巧的掌葉鐵線蕨生長在搆得著水花的、有裂縫的岩石上，在池塘前的漂石間生長著寬葉的楓樹和梧桐樹，樹影投到大量的花上。瀑布、鮮花、蜜蜂、長滿蕨類植物的岩石和樹影構成了荒野一首有趣的小詩，而樹影穿越伊頓峽谷崎嶇不平、浪花飛濺的凸岩，延伸到聖安東尼奧山山花爛漫的斜坡上。

我從瀑布的底部，沿著伊頓流域西部邊緣的山脊，到達了海拔五千英尺的一個主峰頂。然後，我向東前進，穿過流域的中部，在許多次山脊中找到一條路。在其東部邊緣的對面，我第一次看到了如此繁密、如此難以滲透的灌木叢。沙斯塔大部分茂密樹叢的葉子都會垂落到地面。在這裏，主莖幹露出三四英尺，穗狀花序間有乾枯的小枝，構成一道牢固的柵欄，甚至連熊都很難穿過。我被迫用四肢爬行了幾英里，在跟隨熊的足跡時，發現之前也想強行通過灌木叢的熊所留下的身上的幾綹毛髮。

瀑布以上一百英尺左右，只有依靠緊貼著岩石的石松才有可能往上攀登。從這兒往上走，山脊風化成幾百碼的、像薄刀片一樣鋒利物，從此地直到山頂都生長著厚密的樹叢。岩石上到處都是小裂口，從耕耘的山谷可以眺望到海洋。這些地方是野生動物最喜歡的休息場所——熊、狼、狐狸、野貓等等都在這裏留下了足跡。它們的數目應當不少，建立蜜蜂養殖場時要考慮到這一點。

在最深處的灌木叢中，我發現了林鼠屬動物的群落。成群四英尺至六英尺高的小屋，用樹枝和樹葉建成，外觀粗糙，像麝鼠的小屋一樣呈錐形。我也注意到這裏有很多蜜蜂，大部分爲野蜂。馴養的蜜蜂似乎沒精打采，翅膀無力，似乎牠們剛從無花的山谷一路飛上來。

抵達山頂之後，我只是走馬觀花似地看了一眼沐浴在金色晚霞中的流域，然後趕緊往下到山谷的支流找水。從一處特別寬的叢林走出來，我發現自己輕鬆地站在萊夫奧克山像公園一樣的美麗林區。林區的地上生長著野薔薇，有光澤的樹葉在我頭頂上形成了封閉的天篷，留下光溜溜的、灰色的分界樹幹，展示其交織成拱形的美麗。

我第一次到達的峽谷底部已經乾涸了，但是谷底一簇深紅色的構酸漿屬植物，說明在不太遠的地方有水。我很快就在岩洞裏找到一桶水。然而，這桶水裏有死蜜蜂、黃蜂、甲蟲和樹葉，而且被浸泡了很長時間。所以，我需要用木炭把水慢慢燒開，過濾後方可使用。沿著乾涸的溝渠走了大約一英里，就到了峽谷較大支流的交匯處。我終於找到了許多清澈見底的滿水的池塘，閃光的小溪把它們連在一起。池塘邊是數量極多的盛開的鮮花，有十英尺高的百合花、飛燕草、耬斗菜和繁茂的蕨類植物——或傾斜著，或成拱形。而古老的萊夫奧克山則向四面八方伸出粗糙的臂狀岩。我就在這裏紮營，把床鋪在光滑的鵝卵石上。

第二天，我經過一條源頭位於聖安東尼奧山的支流河道時，大約發現了十五至二十個花園——這些花園跟我露宿過的那個差不多，每個花園裏都有盛開的百合花。我的第三處營地設在這個盆地的中部地區，在盆地的盡頭有一長串十至二百英尺高的瀑布，它們一個挨著一個沖下陡峭的、難以接近的峽谷，差不多下降了近一千七百英尺。瀑布的上方是主幹流，它流經一連串開闊的、陽光充足的平地，這些平地中面積最大的約有一英畝，野蜂及其同伴正在豔麗的薄荷屬植物上就食。灰松鼠正忙於收穫雲杉的刺果，雲杉是我在該流域見過的惟一的針葉樹。

東斜坡流域類似於我們已經描述過的那些流域，山脈的其他部分也大致相同。從最高山峰往下看，你可看到一個遼闊的蜜蜂牧場和波狀起伏的盛產鮮花的原始森林，小山頂和山脊上露出地面的岩層幾乎沒有使其斷開。

聖貝納迪諾山脈後面是「山艾樹的故鄉」，東邊以科羅拉多河爲界，向北延伸到內華達，在莫諾湖沿著內華達山脈往東部延伸。

包括歐文山谷、死谷和莫哈維的辛科在內的大部分遼闊地區，其面積將近占整個美國的五分之一，人們通常把這些地方視爲沙漠——不是因爲這些地方缺少土壤，而是因爲這裏缺乏雨水和用於灌漑的河流。然而，在蜜蜂的眼裏，只有很小的一部分才是沙漠。

現在，看一看加州現有的牧場，蜜蜂養殖業應該還處於初級階段。即使在更有積極性的南部郡縣也只是在開始時轟轟烈烈，至今已經開發出的蜂蜜資源還不到其面積的十分之一。而在大草原、海岸山脈、謝拉山脈、內華達山脈、沙斯塔山周圍的北部地區，養蜂業已經不復存在。隨著運輸越來越便利和更好的方法出現，我們還真的難以猜測未來的發展可能會有什麼限制。另一方面，因火災和人工砍伐而迅速減少的森林，也使我們無法估量蜜蜂養殖會受到什麼影響。關於羊的罪惡，幾乎不能比現在更多了。簡而言之，儘管每一物種都普遍惡化及遭到破壞，擁有無與倫比的氣候和植物群的加州——據我所知——仍然是世界上最好的養蜂地。

第三部　優勝美地山谷

森林生長在古代圖奧米勒冰川的左側磧，寬廣縱深和伸至遠處的圖奧米勒冰川，對內華達山這一部分的風景產生了巨大的影響。沿著草地一直都有很好的營地，人們可以在整個夏天從一個林區轉移到另一個林區，盡情地享受新鮮的「家園」，找到足夠的東西來滿足每一次漂泊念頭。

第十三章　通往山谷的路

當我終於要動身去加州長途遠足時，我沿著向南的路線前進，從印第安那州獨自徒步到墨西哥灣，就像鳥兒遷徙一樣。我從佛羅里達州西海岸穿越海灣到達古巴。在那裏享受了幾個月的熱帶叢林，我想再到南美洲的最北端。

穿過森林到亞馬遜河的源頭，我一路向前，然後沿著那條大河飄向海洋。但是，我沒有能夠找到駛往南美洲的船隻——或許這是我的運氣，因爲經過這麼長時間的旅行，我的錢已經所剩無幾，而且，我在佛羅里達沼澤染了病，此時還未完全退燒。所以，我決定在加州訪問一兩年，看看那裏奇異的植物群和著名的優勝美地山谷。

整個世界都展現在我眼前，每一天幾乎都是假日。因此對我而言，先到世界的哪一個原始森林，似乎並不太重要。

我從巴拿馬乘汽船抵達加州，在舊金山停留了一天。然後，我就向人詢問哪條路出城最近。「你要上那裏去？」那個人問道。「到野外的任何地方。」我說。這一回答把他嚇壞了，他像是擔心我已經瘋了——所以我得儘快出城。於是，他指引我到奧克蘭渡口。

一八六八年四月一日，我徒步前往優勝美地。當時正是低地和海岸山脈的花季，聖克拉拉山谷的風景沐浴在陽光下，空氣隨著草地百靈鳥的歌聲而顫動，到處山花爛漫，像是描畫的一樣。經過這些美麗的花園，我看見了加州的第一批植物群，我的前進速度的確太慢了。牲畜和耕作至今還沒有給這裏留下創傷，我被長長的搖擺曲線迷惑了。通過袖珍地圖，我瞭解到優勝美地位於東部，我想自己應該一定能夠找得到。

一個晴朗的早晨，從帕切科關隘的頂點向東遠眺，展現在眼前的，是我所見過的最美麗的風景。腳下是加州的中央大山谷，平坦、多花，在陽光下像一個湖泊。

這是一個黃色菊科植物覆蓋著的花園，寬四十至五十英里，長五百英里。在這個巨大的金黃色花圃的東邊，是數英里高的、氣勢磅礴的內華達山脈，高度達數英里。它的色彩是那麼壯麗輝煌，那麼燦爛奪目，就像天國的城牆一般放射出萬道光芒。它似乎不是覆蓋著光芒，而是完全由光芒組成。

順著頂部，伸展出一條路，那是珍珠灰的帶狀雪，下面是帶狀的藍色和紫色，這標誌著森林的延伸範圍；一條玫瑰紫色的寬帶延伸到山脈的底部，從藍天到黃色的山谷，所有這些顏色平滑地混在一起，像彩虹一樣瞬息萬變，形成了一堵不可言喻的光牆。

對我來說，內華達山不應該叫做內華達或雪嶺，而應該稱其爲「光之嶺」。我在山脈的中央地帶度過十年之後，仍爲它燦爛的光芒而欣喜。白色的晨曦流過關隘，正午的光輝照耀在晶瑩的岩石上，晚霞流光溢彩，還有無數瀑布潑濺出彩虹色的浪花，它似乎遠不止是「光之嶺」。

總的看來，山上沒有人類留下的痕跡，也沒有任何東西堪與其巨大的雕塑相比。整個山區也沒有一座覆蓋著森林的山嶺高高升起，炫耀自己的財富。在山中，人們看不到遼闊的山谷、浩渺的湖泊、奔騰的大河，或者任何可作爲獨特畫面而與眾不同的顯著特徵——排成一排、聳立在雲霄中的山峰也顯得相當規整。五百英里長的整個山脈溝渠縱橫，深度達二千英尺至五千英尺；以前山上曾經爲壯觀的冰河所佔據，如今在這裏流動和唱歌的則是歡快的河流。

雖然這些峽谷的深度非常驚人，但是它們卻不是陰冷潮濕、昏暗無光、溝壁凹凸不平而又險峻難達的。到處都有崎嶇不平的通道，也有通往冰雪源泉的小路。

山路生機盎然，遠古冰川刻下的痕跡呈現出豐富多彩的景色——這是在全世界的山岳中已經發現的、最吸引人的風景。許多地方，尤其是在西側的中部，主峽谷延伸到了廣闊的山谷或天然公園裏，像人工花園一樣變化多端，有草地、林區和掛滿鮮花的灌木叢。變幻無窮的巍峨峭壁四周長滿蕨類植物、多種開花的植物和灌木叢，以及在階地和臺地上找到落腳點的、高大的常綠植物和橡樹。這一切與歡快的河流一起，構成一幅生動壯觀的畫面。河流齊聲歌唱，流過懸崖，以千變萬化的瀑布穿過峽谷的側面，匯入到峽谷中靜靜地流淌著的河流。

在這些峽谷流域中，優勝美地是最著名和最容易到達的，也是最大規模地展現出其最鮮明和最莊嚴特徵的峽谷。它坐落在默塞德河流域，海拔高度四千英尺、長約七英里、寬半英里到一英里，山脈側面堅固的花崗岩將近一英里深。人面積的山體彼此間被側面峽谷間隔開，它們的前部非常陡峭，簡潔而和諧地排列在一起。因此，總體看來，山谷像一個從頂部採光照明的巨大的大堂或神殿。

但是，沒有任何神殿可以與優勝美地相媲美。其壁面上的每一塊岩石都煥發出生命的光輝，有些向後傾斜而泰然自若。其他的陡峭岩石，拔地而起數千英尺，往前傾斜，似乎陷入沉思之中。它們歡迎風平浪靜，卻也不懼怕暴風雪；表面看來，它們神志清醒，卻又對周圍的一切無動於衷——莊嚴中帶有柔美，永恆中卻又顯出變幻。

這些堅硬、威嚴、屹立不動的岩石，卻如此溫柔地裝飾著山體，與同伴保持著良好和可靠的關係。它們立足於美麗的林區和草地，崖頂伸向天空，千萬朵花兒信任地倚靠在它們的腳下。隨著時間的流逝，大雪、瀑布、狂風和雲彩盤繞在它們的周圍，發光並歌唱，它們也沐浴在流水和光芒之中。無數小翅膀的動物——鳥兒、蜜蜂、蝴蝶給這裏增添了歡樂的氣氛，那些美妙的音樂在空氣中飄散。

默塞德河——仁慈的河，清澈見底、寧靜、祥和地流經山谷的中部，映出岸邊的百合花、樹木和旁觀的岩石。脆弱和短暫的東西以及各種有耐力的事物都在這裏相會，混合成無數種形態，好像大自然通過這座高山把精選的財富收集進來，吸引她的愛好者與她一起進行親密和信任的交流。

在鐵路建成之前，經由古老的小路從丘陵地帶到優勝美地，應當經過默塞德鎮上的河流，再到達優勝美地公園的邊界。沿途的森林與河流變得更豐富、更寬闊。在海拔六千英尺的高度，銀冷杉有二百英尺高。它的樹枝有條不紊地盤旋在巨大的樹幹周圍，每根樹枝像蕨類植物的葉子一樣呈漂亮的羽狀。

道格拉斯雲杉、黃松、糖松和褐色樹皮雪松的美感與偉大，在這裏發揮得淋漓盡致。針葉樹之王——樹種中最高貴的美洲杉也生長在這裏。這些巨樹出色的美感及其比例，像其高度一樣令人驚奇——一片針葉林已經超過在全世界的森林中所發現的一切。這裏的確就是樹的愛好者的天堂，樹木乾燥，有益健康；而且陽光既不太強，也不太弱，總是半陰半陽。無論夜晚和白天，空氣芳香而甜蜜，令人心曠神怡。茂密的冷杉大樹枝是露營者的床，歌唱的瀑布則伴隨著我們入眠。

在這些古老的路穿越而過的最高山嶺中，銀冷杉形成了樹林的主體，在峽谷最靠近邊緣的兩側遠離山谷到八千英尺至九千英尺的高度，都可見到成排地往前傾斜的銀冷杉。這樣看起來，呈現出裸露花崗岩巨大臉龐的優勝美地，仍然被宏偉的森林掩蓋了。

在山谷裏還可以找到其他主要品種，比如冷杉、雲杉和雪松。但是，在山谷或者其周邊地區都沒有「巨杉」。大約在十至二十英里之外的、位於默塞德河和圖奧米勒河小支流上面的山谷盡頭，才能找到巨杉。

第十四章　新娘面紗

在這些大森林的邊緣，可以看到山谷的第一景——這裏的景色足以使你終生難忘。進入山谷，我們的視線被周圍不計其數的龐然大物淹沒了，或許首先吸引我們注意力的，將是我們右邊的美麗瀑布——新娘面紗。它首先從高出我們九千英尺的絕壁上自由地跳躍下來——裹著面紗似的、經由陽光濾過的浪花，一半是墜落，一半是漂浮，在風中盡情地搖擺歌唱，像有著無限的柔情蜜意。它唱出的讚美詩證明了隱藏在其外衣下面的神聖力量。

新娘面紗從懸崖上面的邊緣以河流固有的速度自由流淌，從瀑布上方的長斜面上降落。在瀑布上方一百英尺左右的西邊因雪崩而坍塌的岩石頂端眺望，可以看得見其拱形水面下的凹槽和細紋。透過岩石和水面之間的拱形可以看見天空，從而產生了一種奇麗的效果。

在正常的天氣條件下，瀑布落到平平的板岩上，在這些平平的板岩之間以各種大動作前後搖擺，從而產生了輕撫的、嘩啦嘩啦的音符以及雷鳴般的爆炸聲。儘管規模更小，但很像優勝美地瀑布的聲音。

這是面紗般的彩虹，或者說，浪花和泡沫產生的「弓」非常美麗。因爲，水撞擊在底部有稜角的花崗岩之間，產生了高質量的、彩虹般效果的浪花。同時瀑布邊上也長滿了茂密的草和掌葉鐵線蕨，下面生長著橡樹、月桂樹和柳樹。

山谷的另一邊，幾乎就在新娘面紗的對面，當冰雪快速融化時，有另外一個比新娘面紗更寬的美麗瀑布。從水衝向空中的懸崖岩頂到岩石塌壘的頂端，其高度在一千英尺以上。水落到塌壘上以後，被分成眾多參差不齊的小瀑布。它被叫做絲帶瀑布，也有人稱它爲「處女的眼淚」。在春天的洪水時期，它是一個尤物。但是，沖擊壁凹處的浪花發出令人窒息的爆炸聲，讓人難以靠近。可是，秋天來臨時，其微弱的水流就像陣雨一樣落下。感情脆弱的旁觀者初次遊覽新娘面紗時，可能會流下傷心的淚水。

就在這壯觀的洪水的那一邊，透過松樹林可以看見被許多人視爲山谷最突出特徵的「酋長石」——它往前突出，不與一般的峭壁爲伍，而且永恆不變，令人歎爲觀止。它高三千三百英尺，花崗岩質地，質樸簡單的表面有冰川侵蝕的痕跡，它是山脈中最簡潔、最持久的象徵物，其高度、寬度和力量都完美無缺。

從這裏穿過山谷，靠近新娘面紗的是美麗的「教堂岩石」，它的高度爲二千七百英尺，高貴而宏偉。它們的成因與「酋長石」一樣，都是在山谷成形的過程中，由優勝美地的大冰川侵蝕而成的。

鄰近「教堂岩石」的南邊，聳立著高度三千英尺以上的「崗哨石」，它是冰川期生動的紀念碑。「崗哨石」的對面，是「三兄弟」巨大的山體集合，它們形成面向山谷的三堵山形牆，一塊壓著另一塊，頂端的山形牆將近四千英尺高。它們是以優勝美地首領，是以老特納亞的三個兒子命名的。一八五二年，優勝美地山谷被發現時正値戰爭，特納亞在這裏被俘獲。

在這些巨大岩石的陪伴下，我穿過草地和林區，向山谷的上面走去。岩石像是跟隨著我的腳步，我凝視著岩石、懷著欽佩的心情，往前尋找新的奇蹟。周圍的一切令人拍案叫絕，優勝美地瀑布的轟鳴聲隱約傳到我們耳邊。當我們到達「崗哨石」前面時，它完全顯露出了自己的峥嶸面目——這個高爲半英里的巨石，好像直接從天空衝向山谷。

但是，此時即便這個世界上最令人驚奇的瀑布，也不能吸引我的注意力了，因爲山谷寬大的上半部分在我們眼前展現出來：左邊是造型優美的「北圓頂」、「皇家拱」和「華盛頓圓柱」，右邊是厚重和華麗的「冰川點」，前面的中部隱約地出現了「半圓頂」——它是優勝美地奇妙的巨石中最美麗和最莊嚴的，它從絢麗的林區和草地中拔地而起，高達四，七五〇英尺。

第十五章　大峽谷

這裏的大峽谷分成三部分：特納亞峽谷、內華達峽谷和伊利洛埃特峽谷，它們往後延伸到內華達山的源泉，沿路的景色都與優勝美地不相上下。

離主山谷一兩英里的南面，是高六百英尺的伊利洛埃特瀑布，它是優勝美地合唱團中最漂亮的一個。但是，由於它崎嶇、陡峭、被漂石所阻塞，至今大多數人都難以接近。它的源頭位於默塞德美麗的群山之間，而在山脈和峽谷之間的開闊流域，則因其美麗的湖泊、森林和莊嚴的冰磧而聲名遠揚。

我們從「北圓頂」和「半圓頂」之間通過，返回山谷，往上到特納亞峽谷的北部。不到半個小時，我們就來到了鏡湖、圓頂瀑布和特納亞瀑布。在瀑布的那邊，峽谷的北部就是壯觀的「酋長石」——像沃特金斯山的岩石。南面是高一英里的克勞斯雷斯特巨大的、波浪形的花崗岩，美麗的特納亞瀑布位於其間，在冰川磨光的平滑的花崗岩褶皺層上展開銀色的羽毛，垂直降落七百英尺左右。

在圓頂瀑布那邊，沃特金斯山的側翼有一條印第安人曾經走過的小路，他們經過此路穿越山脈到莫諾去。但是，從這裏往上，就沒有路的痕跡了。在沃特金斯山和克勞斯雷斯特之間，只有登山者才能進入峽谷。那兒很危險，我奉勸那些急於考驗他們膽量的登山者也不要嘗試從那裏穿過。過了小瀑布之後，就不會遇到太大的困難了。在峽谷底部的波浪形花崗岩之間，一連串迷人的百合花花園和草地出現在沖積而成的湖泊流域。周圍的花崗岩都露出平滑的外觀，許多地方還像玻璃一樣反射出太陽的光芒。由於冰川的作用，峽谷曾經是優勝美地古代冰河主幹支流的一條河道。

從峽谷往上走大約十英里，就來到了美麗的特納亞湖，峽谷到這裏就結束了。從湖泊再往上一兩英里，是龐大的謝拉卡西德勒爾，嵌在岩石上的一塊石頭建築物——有側面、屋頂、山形牆、尖頂和裝飾性的小尖塔，像工藝品一樣時尚，而且非常對稱。它坐落在大約九千英尺高的高原上，彷彿大自然在建造如此精美的建築物時，已經考慮過它應該很好地被展現出來。從每個方向看，其獨特的造型、優雅莊嚴的美感絕對有吸引力。從底部到屋頂的高度大約爲二千五百英尺，在前面裝飾性的小尖塔之間，還可以俯瞰默塞德河與圖奧米勒河上游的壯觀景色。

我們從卡西德勒爾下來，到了寬闊的圖奧米勒山谷。從那裏可以遠足到戴納山、萊爾山、里特峰、康奈斯山和莫諾湖，以及從南面的草地上拔地而起的許多奇特的山峰，以及擁有大量岩石和波濤洶湧的湖水的圖奧米勒大峽谷。所有這些和蘇打斯普林斯附近的草地，一起形成了令人心曠神怡的中心印象。

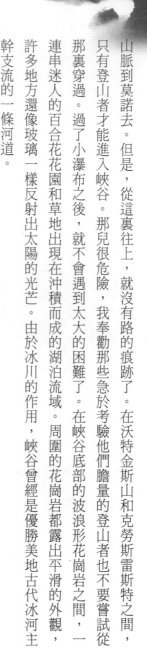

現在，我們返回到優勝美地，從中部或者默塞德河主幹流佔據的、屬於內華達的那部分山谷往上攀登，攀登了幾英里後，我們就到了分別高達四百英尺和六百英尺的弗納爾瀑布和內華達瀑布，它們歡快地在世界上最新奇的岩石中間飛瀉而下。沿著內華達瀑布頂端的河流，我們來到了小優勝美地，它的形狀、雕塑和植被都和大優勝美地的山谷類似。小優勝美地長約三英里，峭壁高一千五百英尺至二千英尺，瀑布從上面流淌下來，被樹木包圍的河段靜靜地流過谷底的草地和林區，永不停歇。

在小優勝美地那邊的大峽谷，還有其他三個小優勝美地。最高的一個位於萊爾山山腳下幾英里的地方，海拔大約爲七千八百英尺。這些地方資源極其豐富，巍峨的山峰聳立其間，此外，它們還是雪崩的發源地以及冰雪源泉的寶庫。要描述這些，一部書也寫不完；我們也不能完整描述這些高山風景區的形成情況——諸如冰川如何把水晶石暴露出來，變成水晶雪，使見過它的人產生神秘的美感。

在上半部分地區所有典型的小冰川湖泊中，除了無數的小池塘之外，位於中部流域的總共有一百一十一個湖泊，湖水在優勝美地歌唱。大山谷的背景是如此壯觀，與廣泛分佈的泉水的關係又是如此的和諧。

同樣的和諧也普遍存在於鄰近的風景中。走出山谷，我們發現峭壁的邊緣地面升高了。從南面到新娘面紗的源頭，這片流域因美麗的草地和宏偉的銀冷杉森林而聞名；往北，經過優勝美地河的流域，往前就到了圖奧米勒峽谷和霍夫曼山脈的分水嶺。

總的看來，在每個發展階段，優勝美地河的流域都密布著穹丘和平滑得如鯨背狀大塊的花崗岩——有些只是露出頂部，另一些則升得很高，比環抱著它的森林還高；還有一些只是一側升高，向外恣意突出，其周邊通常都長滿了灌木叢和樹木，其光亮的表面表明冰川曾經侵蝕過這裏。流域的上半部分已經被沖積成了寬廣的冰磧河床，那裏長滿了茂密的森林。在霍夫曼山上周圍的森林裏和源泉幽深處的後面隱藏著湖泊、草地和小沼澤地，河邊則分佈著千把個花園。

該流域整個寬廣的、扇形的上半部分覆蓋著呈網狀分佈的小河。這些小河快樂地流向山谷的大瀑布，時而在像玻璃一樣薄的光滑覆蓋層上流淌，時而潛入柳樹下沖洗它們的紅樹根。它們從綠色的沼澤地徐徐流出，嘩啦嘩啦地流過小瀑布，從傾斜的瀑布飛舞而下，又一次平靜下來，滑過成片平坦的、長滿了藍色或白色的紫羅蘭、雛菊和高山剪股岩屬植物的冰川草地，被粗糙的漂石和倒下來的樹木阻擋，然後在平靜的池塘裏歇息，直到全部匯合。它們像完全成型的河流一樣，以莊嚴和寧靜的姿態自取滅亡。

在莫諾小路的十字路口，優勝美地瀑布的源頭往上大約兩英里的地方，河流將近四十英尺寬；當冰雪在泉水中迅速融化時，它的深度可以達到四英尺，流速變為每小時二・五英里。當上一年冬天有大量的積雪時，那麼，這些水量就足夠這些小河在五、六月份形成瀑布；但是，每個月的變化都很大。

開口朝南的盆地中的冰雪會迅速消失，而在霍夫曼山陡峭的北斜坡上，只有幾條支流流回位於樹蔭下的圓形凹間終年積雪的源泉。從河流最高處到它與山谷的默塞德河匯合處，落差大約有六千英尺，而距離只有十英里，平均落差爲每英里六百英尺。

最後一英里的流程位於凹陷的穹丘和隆起的花崗岩褶皺之間，這些花崗岩像浮雕式的積雲一樣成群地擠壓在一起。優勝美地河穿過這條閃光的路線，以從容和優美的姿態搖擺著，唱出了最後一支山歌。最後，它到達了令人頭暈目眩的優勝美地的邊緣，飛奔而下二千六百英尺，到達了另外一個世界——那裏的氣候、植被和棲息的動物都和以前大不一樣。

出現在最後一個峽谷的河流，在平坦的、帶子式的褶皺裏流下光滑的斜面，進入了小池塘。在進行大跳躍之前，它先在池塘裏歇息，休整一下；然後，好像離開一個湖泊一樣，它平靜地滑過光亮的池塘口邊，向下到另一個斜面，以彩虹浪花的優美曲線從峭壁的岩頂上流過。

第十六章　優勝美地瀑布

在我追溯這條河流到霍夫曼山的源頭之前很久，我就渴望到達它的盡頭，去看一看它是如何在空中飛舞的。但是，在欣賞了這裏的風景並安全地離開之後，我不建議任何人去跟隨我的行蹤。

河流流程的最後一個斜坡非常險峻而且很光滑，一個人在急流中時必須手腳並用，小心謹慎地向前移動。急流挨著你的頭，使你備感激動。但是爲了看得更清楚些，你還必須往前走過一個峭壁的頂端，到端頭邊緣的岩架子上。由花崗岩褶皺剝落的岩片組成的岩架子大約三英寸寬，只夠支撐一個人的腳後跟。

對於我來說，滑到這個狹窄的立足點，懸靠在令人心慌意亂的急流崖邊，似乎是在考驗膽量。在看過瀑布的閃光容貌並傾聽其莊嚴的聖歌之後，我曾決心不再嘗試靠得更近。但是，儘管我知道自己違背了常理，我仍往前靠。在岩石的裂縫處，我看見了幾簇艾屬植物。我把葉子含在嘴裏，希望它們的苦味能夠幫助自己保持小心謹慎，以防止自己眼花撩亂。

我不顧自身的安全爬到了小壁架上；在站穩了腳後跟後，我又橫著走了二、三十英尺，到了一個水流向外猛沖的地點。這裏倒是一個極佳的觀景之處，往下看去，像彗星一樣流光的、五彩繽紛的河流，又像飄帶一樣飛舞，在峭壁頂端以下兩三百英尺的地方，把整個瀑布分隔開了。

如此壯觀的場景就近在眼前，使你恍若隔世，令人難以忘懷。從瀑布向東四十碼，在懸崖邊緣的裂縫處，看到的景色就沒有那麼驚心動魄了。在春季，你在這裏一直待到中午，你會看見峭壁頂端上跳動的彩虹破碎了，彗星從天空滑過，最後，整個瀑布都被染上虹彩，你再也看不見白色的水。這裏是最好、也是最安全的觀景點。龐大堅固的岩石、飛流的水和彩虹之光，構成了我想像得出的最燦爛輝煌的美景之一。

優勝美地瀑布被中間的一連串大小瀑布分成上下兩部分。但是，若從山谷的底部觀看瀑布的正面，它們仍然像是一個完整的瀑布。

這個恢宏的瀑布從山谷的地面看去，是如此壯麗地彰顯自己，幾乎沒有遊客怕麻煩而不去攀登峭壁以看得更清楚些。在近處看它和在一兩英里之外的距離看它，確有天壤之別。

沿著之字形的小路往上走，瀑布上半部分的景色，就像順著「冰川點」的小路走所見的景觀一樣變化多端，令人印象深刻。林區、草地、長滿蕨類植物的平地和河段新奇而有趣，好像我以前從來沒有見過這類的景觀一樣。

隨著我們攀登得越來越高，風景發生了很大的變化。儘管從山谷的底部看，通過壁面的地震塌壘和水平階地的小路似乎單調而平凡，然而我們每爬幾桿，前面的風景都有令人驚訝的變化。我們依然懷著興奮的心情往上攀登，在陰影下穿過茂密的月桂樹、鼠李、長有光滑樹葉的熊果屬植物和槲櫟。

樹葉茂密的開闊地成爲山谷如畫美景的迷人畫框，從畫框裏可以瞥見遠處的高峰。我們爬得越高，似乎距離巨大的花崗岩壁面就越遠。在這裏，我們經過了凸出的一段扶牆；它表面的凹凸不平告訴了我們一個關於時間流逝的簡單故事——如今允滿陽光的山谷曾經到處都是冰。當最古老的優勝美地冰川像河流一樣從遙遠的源泉流下來，經過這裏時，把它們碾磨、剝蝕得更深，便留下了這些刻板的岩石。

我們又穿過一條白色、扁平、塡充著岩石和積雪的溪谷，再往前，我們就來到了一條滑過岩石正面、帶狀的、在岩架間緩慢流動的河流——它實在是太小了，以致不能將之稱作瀑布——它滴滴答答地往下流，濕淋淋地徐徐流出。幾百年來，在沒有明顯河道的情況下，它一直從山谷邊緣往後一些的丘陵地帶蜿蜒，尋求通往深深的山谷之路。每個涼爽的早晨，它停止了蒸發，增添了力量，像鳥兒一樣開始歡唱。但是，由於白天的到來，陽光照耀著延伸到懸崖上炎熱的淺水流，大部分的水在到達山谷底部之前就消失了。

在通風良好卻難以接近的高處，許多懸垂的花園以其新鮮和成熟的美而令人敬畏，樹蔭隱蔽處是蕨類叢生植物、石長生屬植物、胎生狗脊蕨、岩蕨屬植物等，碎米蕨成行列叢生，搭接得很講究，覆蓋在巨大的懸崖上，表現出溫柔的美。一些精美的葉狀體好像在溫暖潮濕的空中流動，與岩石和河流毫無聯繫。這裏也不缺乏能夠找到依附的、色彩鮮豔的植物。百合、薄荷，深紅色的構酸漿屬植物，金黃色的巴伊亞雀稗的閃光襯映，使得屬於它們的蝴蝶、蜜蜂和所有其他快樂地嗡嗡叫的小小動物更加生動活潑。

在找到小路較低部分的最高點之後，我們沿著小路走到了瀑布的幽深處，看到了這個山谷裏或者是這個世界上最壯麗的飛流。第一眼看到它的時候，它似乎近在咫尺，飛泉的流量和流速是那麼巨大；然而，它距我們將近三分之一英里遠，而且，我們愈往前走，它則似乎愈往後退。儘管和山谷周圍所有其他的懸崖一樣，這個懸崖也被精雕細琢過，但是這個峭壁的體量卻很壯觀，與瀑布的簡樸和厚重相一致。

下午，巨大的陰影投在瀑布前面的高原上——從覆蓋了斜坡和階地的茂密叢林往東，往上直到整個瀑布被覆蓋的地帶，陰影部分和明亮的部分有著明顯的反差。

冰川期結束之後的幾百年間，在「冰冷」這個持續陰影下，有一條殘留的小冰川。它是主幹冰川消失之後，留在山谷陽面的少數冰川之一。它是穿過瀑布西邊狹窄峽谷的一條蜿蜒的長長水流，具有山谷的遠古風景的明顯特徵。巍峨的冰瀑布和水瀑布並排著，然而兩者卻是分開的，而且截然不同。

涼爽的午後陰影和許多似露的浪花，爲高原的蕨類植物、各種草和美麗的杜鵑花灌木叢創造了良好的條件。山谷底部喜暖的灌木叢已經枯萎變成種子，將於九月份在這裏開花。靠近瀑布和它後面的懸崖底部，少數冒險的植物不受能夠晃動岩石的洪流的干擾。

水流直接傾泄到瀑布底部的流域，當它不被風吹動的時候，深約十英尺，直徑約十五至二十英尺。考慮到瀑布的高度和巨大的力量，它顯得不太深倒是令人驚訝。岩石所受到的侵蝕程度可能比它應當遭受到的要小，因爲水流被分散了，降落的幅度還不到一半，在它到達底部之前，大部分的力量已經減弱了——像在彈簧墊上一樣衝向空中，向外受力，分散在超過五十碼寬的平面上。

當水位不高時，易於查看的山體表面很乾淨、很新鮮。它是沒有受到氣候侵擾的高山的新鮮肌膚。在夏天的乾旱季節，當上一年冬天的降雪量較少，此時瀑布會減弱，變成了間或下滴的陣雨，再也沒有令人生畏的浪花了。於是，我們可以安全地返回瀑布，從下面看看晶瑩的陣雨。那每一滴水都在搖擺和震動，閃爍著美麗的色彩，好像穿過空中向前走。但是，像許多其他有趣的事情一樣，這一切在山谷的底部是看不見的。在這裏像在別處一樣，一個人必須爲欣賞美而勞動，就像爲了麵包必須得勞動。

在春季洪水氾濫的時候，從瀑布的底部向上大約四百英尺的高度，在使人眩目的浪花上方以東、覆蓋著蕨類植物的壁架上，是觀看瀑布的最佳地點。從山谷往上攀登大約一千四百英尺左右，都沒有小路可走；但是，對於喜歡爬山的人來說，往上攀登的艱難更加令人愉快。

岩壁的狹窄部分延伸到瀑布的邊沿和後面，使得我們能夠盡可能地靠近它。在瀑布的頂端，這些水流似乎是從跳動的大山心臟裏無規律地迸發出來一樣，偶爾也有其他的水流自由地拋向空中，像梳理過的絲綢一樣，拖著長尾巴獨自飛躍到瀑布的底部。還有的水流成串地往下流，逐漸地混合，逐漸喪失了自己的特性。

當我們從一兩英里的距離外觀察它們時，它們都以令人驚異的速度，有目的地從我們身邊流過，顯示出了它們的力量。這些彗星似的水流的頭部幾乎都是由冰塊組成的，像壓縮的雪一樣呈半透明的白色。急流穿越空中產生了摩擦，其逐漸減弱的部分在白色有光澤的細流與微弱、淺灰色的細線及薄霧之間形成了一條尾巴。更細的水沫浪花在陽光照耀的漩渦中旋轉，全部是珍珠灰的顏色。在瀑布底部，急流的形狀則大同小異，沒有什麼區別。這些飛沫和浪花只是斷斷地或叮噹地向上旋轉、永不停歇，光線就通過這些浪花篩選出灰色或紫色的色調。

有時，當太陽按一定的角度照射，整個荒野變成了燦爛的彩虹色調。瀑布的中間部分是最美的；在較低的地方，水流的各種形態大多都被隱藏起來了；而在較高的地方，水流則相對簡單並且連綿不斷。在瀑布底部，洶湧的浪花也沒有混亂，彩虹的光芒把一切都變得神聖，爲燦爛的美景增添了光榮的力量。這個崇高的瀑布，是所有山谷瀑布中聲音最爲豐富和最有力的。在山峰的峭壁間，其音調從槲櫟有光澤的樹葉中穿梭，發出的尖尖的斷斷聲，一直到松樹溫柔的唏噓聲，以及狂風和雷鳴般的怒號聲，無不囊括其中。

在五、六英里之外，能夠聽得見的低音、轟隆聲及回音，是大量混合著空氣的水流在峭壁正面兩個凸出的壁架上重重地撞擊、爆炸後造成的——這兩個岩壁，一個就在我們的腳下，另一個則在我們的上方大約二百英尺的地方。彗星狀的厚重洪流在漲潮時，爆炸聲、轟隆聲持續不斷地傳來。因爲除非受到風的影響，大量的水流會從懸崖的正面落下，通過它們平常經過的岩壁。偶爾，整個瀑布從懸崖的前面搖擺開，於是就突然對著它衝撞過去變成平坦的一片，或者像鐘擺一樣來回擺動，產生無窮無盡的聲響。

第十七章　三瀑布

內華達瀑布高六百英尺，在山谷的五個主要瀑布中，它僅次於優勝美地瀑布。

經過小優勝美地靜靜的河段，河流在通過山谷的低端時，被冰磧的漂石阻擋，形成了第一段急流。從此，它沿著崎嶇不平的、堅固的岩石河道流到瀑布的頂端，撞擊其邊角，波浪湧起，沖擊著圓丘，洶湧澎湃，一刻也不歇息。這樣，已經形成的泡沫倒轉成漩渦形。它跳入懸崖的邊緣，好像很高興能夠逃脫。但是，在到達底部的中途時，它又撞擊到懸崖的斜坡，噴成霧狀，因而成為山谷所有瀑布中最白的瀑布。總而言之，它是世界上最精彩的瀑布之一。

靠近瀑布頂部的北邊，一大塊花崗岩從邊緣上凸出來，形成了一個好景點。瀑布經過這裏，瘋狂地跳入潔白寬闊的岩面，翻起巨大的浪花，奔騰到達下面很遠之處。它重新積聚起沒有沖勢的水流，再次得意地匆匆流入埃默拉爾德湖。終於，為了流得更遠，它變得平靜下來。

這裏所有的景點都與水的變化有關。正面有「冰川點」的山嶺，任意一側的、由冰川雕塑而成的峽谷峭壁，形成了像深淵一樣的巨大三角形，充滿了河流墜降的轟鳴聲，好像群山就坐落在造物主研磨機中的漏斗裏。

在內華達瀑布下面大約一英里，就是高四百英尺的弗納爾瀑布，它是一個沉靜優美、悠閒有序的瀑布，其運動和姿態都恰到好處，幾乎沒有優勝美地瀑布的熱情洋溢或者內華達瀑布的魯莽衝動。它那成漩渦形的水匆忙流過懸崖，而其深沉的、轟隆的雷鳴聲則在風景區迴盪。不過，它是大多數遊客最喜歡遊覽的地方，無疑是因爲它比其他的瀑布更容易到達，可以更近地欣賞和傾聽。

旁邊有臺階可以登上懸崖頂端水平面的高地，使人能夠沿著埃默拉爾德湖的岸邊安全地漫步，欣賞安然地彎過懸崖岩頂的八英尺寬的水面。水流在衝撞漂石塌壘前，顏色不斷變化，從綠色變成紫灰色和白色。當它從下面雲狀的浪花中流出來，我們看到非常驚險的水流依然沒有停歇，轟鳴的灰色急流沖擊著黑鶇鳥所最喜歡的深淵；它在下面與伊利洛埃特瀑布匯合，逼近山谷平靜水面的頂端，延伸到「半圓頂」山肩的周邊。

從外觀上看，伊利洛埃特瀑布最像內華達瀑布，然而其水量卻不到後者的一半。但是，它們的高度都是六百英尺，河水在同樣多岩石的、不規則的河道上搖晃。所以，它是一個很好的、有細密紋理的瀑布。在春季漲潮的時候，它被懸崖口邊粗糙的岩石部分地分割開了。但是，這種分離只是相當於圓柱上的凹槽，因而倒產生了一種美感。

伊利洛埃特瀑布不像上述的優勝美地瀑布那樣規模宏大，或者像弗納爾瀑布那麼對稱，又或者像新娘面紗那樣輕盈、優美、簡潔；也不像內華達瀑布那樣永遠湧出大量的雪。但是，在流動過程中，伊利洛埃特瀑布精美、豐富的紋理超過了其他所有的瀑布。

我在這個瀑布的岩頂，看到了我曾在優勝美地瀑布和其他地方見過的陽光照射墜落水面時，所產生的最佳效果。在深秋，當樹葉的顏色變深時，巨大的懸崖和穹丘在朦朧的金色空氣中變得更美時，我爬到了凹凸不平的、由山麓的坍塌堆積的峽谷壁上。我時不時地停下來喘氣，回頭欣賞巨大的「半圓頂」的奇景，享受著在靜止不動的池塘中絕對見不著的純淨水；欣賞楓樹、山茱萸、懸鉤子屬植物等多彩的樹葉以及晚開花的黃花和紫苑。

此時，春夏的洪水已經退潮，瀑布的聲音變得很低，成為了涓涓細流。當我到達瀑布的底部時，看見陽光正在它的頂部閃爍，在被其照亮的岩頂上閃耀著一群形狀一致的黃色亮點，像火焰在閃爍飛舞，有時還不停搖擺。然後，它們穩定下來，與流動的水一起升上去、降下來。其間，飛舞的亮點顏色根本沒變。雲彩或花兒、鳥的翅膀或貝殼都無法與之相媲美。它是我曾經見過的最神聖、最美麗的黃色光芒——這是大自然最珍貴的禮物，恐怕一輩子只能偶然見到一次。

山谷裏還有許多相對不大的瀑布和小瀑布，最著名的是特納亞瀑布及其小瀑布群、「皇家拱」瀑布、兩個「崗哨」小瀑布、喀斯喀特瀑布和山谷低端下面一兩英里處的塔馬拉克小溪。塔馬拉克小溪是遊客經常遊覽的地方，其他瀑布則很少被人注意到或者被提及。要是在其他國家，這些瀑布不會如此寂寥，或者至少會被形容為「奇蹟」。

在下優勝美地瀑布的頂端與上優勝美地瀑布的底部之間的山峽，有六個瀑布。這些瀑布被一些深池塘和帶狀的急流分割，西邊三個細長的附屬小瀑布構成一連串瀑布，比山谷的其他地方有明顯的特色。

然而，來山谷的遊客中，極少有人見過或者聽說過這些景觀。雖然沒有觀看全景的立足點，但是從下優勝美地瀑布靠近頂端的懸岩可以看到最佳的景色。在這個角度，還可以看見系列瀑布中最低的兩個以及一個附屬小瀑布。但是在漲潮時，由於浪花的沖擊，岩架很光滑，在下降到最後二、三十英尺時相當危險。當然，如果你碰巧在水位低時滑倒，只是顛簸一兩下，被水濺潑一下而已，不會受到傷害。然而，對小心謹慎的登山者來說，山峽沒有地方是安全的。

雖然這些穿破岩石的水流的歡樂，從來沒有因爲早晨或傍晚紫色的光芒而氾濫；但當正午白色的光芒落下這麼多變化多端的泡沫、呈現出五彩繽紛的顏色時，它真的變得溫暖和歡快起來。的確，光芒中充斥著如此之多的寶貴色彩，甚至有時候都取代了尋常的空氣。月桂樹從散發著芳香，那些大無畏的山地植物——槲櫟佔據了縫隙，它們的小樹枝和明亮閃光的樹葉則往外傾斜。

黑鶇鳥喜歡這個山峽。牠愉快地穿越山峽飛行，或者寧願停下來在泡沫沖刷的凸起岩石上唱歌，而其他鳥類在這裏則找不到立腳點。我曾經看到過一隻灰松鼠繞過波濤翻滾的水邊下到山谷的中央。

當月圓漲潮的時候，我喜歡在夜裏沿著山峽的邊緣散步，看著月亮在浪花裏彎作弓形。

從鏡湖往上大約一英里是平坦的特納亞峽谷，那裏到處都是冷杉、道格拉斯雲杉和雪松，形成了非常好的林區，林區的頂端就是特納亞瀑布。雖然這個瀑布很少有人看過或描寫過，但我認爲它是所有小瀑布中最獨特的一個。再往上走一點，就是特納亞小溪以約十八度的傾角匆匆流下來，泛起白色的泡沫。漲潮時，這片急流整整有七十英尺寬，其流向也因爲有三個平行的河谷而發生明顯的變化。

被裂縫中流出的河水侵蝕的這些溝壑寬度不一，有點彎曲，其狹窄的地方則塡充著大漂石。當然，在迅急的洪流中還產生了一連串複雜的碰撞，在洪流中形成了迂迴和向上的拱形。就在它到達瀑布的頂端之前，水流被分開了——左邊部分在一個浪漫的、樹葉茂盛的多花和多苔的隱蔽處，從大約八十英尺的高度垂直下落，而另一部分水流則形成了崎嶇的小瀑布。

漲潮時，「皇家拱」瀑布是一個宏偉的尤物。瀑布飛奔而下，在拱形的前面形成了一大片裝飾性的水面。當春天的冰雪快速融化時，兩個三千英尺高的「崗哨」瀑布也是盛大的奇觀，但是到了仲夏時節，它們的水量迅速降低，在如此壯觀的環境中，幾乎不引人注意。

第十八章　月光下的瀑布

新娘面紗瀑布和弗納爾瀑布都是因爲它們的彩虹而名聲遠揚的。當太陽以最佳的角度照射在浪花上時，你可以看到它不同尋常的景觀。從不同的瀑布中升起的浪花、泡沫和薄霧都很豐富，只停留一兩天的遊客肯定不會知道變化多端的虹彩蝴蝶結。春夏期間的白天和夜晚，大自然瘋狂地展示其神奇的力量；只要是流水墜落飛舞、歌唱訴說大自然心靈的平和之處，就可以看見這種神聖的光輝。

春天晴朗的早晨，在下優勝美地瀑布的底部，黑色壁面的凹陷處有大量彩虹色的浪花——不僅僅是彩虹橫跨浮華的浪花，而且浪花本身就是彩虹色的。從特定的距離看，整個浪花好像被染上色彩，變幻莫測，與鄰近的樹葉相混合，卻不是彩虹所能解釋的。這也許是山谷裏發現的最大、最像水庫的、閃爍著彩虹色的泉水。

春天漲潮時，也會出現很多月亮彩虹或弓形水霧，其色彩與太陽照射所形成的截然不同。儘管不那麼生動，卻有整齊而明顯的帶狀。在上優勝美地瀑布的底部，晚間可以看到這種情景。無論何時，只要有充足的月光和浪花，都能夠輝煌地照亮黑暗的陰影和雷鳴般的水面——

即使是不那麼顯眼的弓形水霧，有時也能夠看得很清楚。

蕨類植物棲身的壁架是觀看這種景色的最佳地點。有時候，月出之後，漲潮了，月亮彩虹的拱大約有五百英尺的跨度，並且垂直向上——一端在底部洶湧的浪花裏，另一端在瀑布的邊緣。當然，跨度蔓延的很低，隨著月亮的升高，就變得不那麼垂直了。它在如此神秘和夜幕下的巨大房間裏，在波濤洶湧、雷聲震天的瀑布中，閃耀著柔和與勻稱的光輝。這個大拱的色彩在所有高山中是最令人陶醉的。

在上瀑布和下瀑布之間的高地上，可以看到更小的弓形水霧。有一次，臨近午夜時，在上瀑布欣賞了幾個小時的自然美景之後，我沿著山峽的邊緣漫步。只要是安全的地方，我都要駐足瞧一瞧，看看我是否能夠瞭解到在那裏駐紮的小瀑布在夜裏發生的情況。從山峽非常黑的、像陷阱一樣的地方走下來，到了中間瀑布最高處的正下方；月光灑在一個狹窄的開口，我看見一個色彩鮮豔的弓形水霧從一邊到另一邊跨越深淵。在美麗的弓形水霧下面，純白的泡沫波浪像跳舞的幽靈一樣，不斷地從黑暗中跳到月光裏。

一處不太安全的天然景色是由月亮形成的，當月光灑在優勝美地瀑布的邊緣時，一個月亮就出現在瀑布的後面。一次，在欣賞了水面的小夜曲，觀看了彩色弓形水霧的形成之後，月亮來到了圓頂周圍——月光在瘋狂的喧囂聲中，靜靜地傾瀉著它的光輝。

我冒險從蕨類植物棲身的壁架往瀑布後面延伸的狹窄階地走出來，開始讚美月色朦朧中的壯觀景色。由於前面有光線，我能夠看見瀑布薄膜狀的邊界有紗似的細絲；由於希望從瀑布更濃厚的部分看看月亮，我就冒險從它後面爬得更遠一些。此時，階地被風吹得輕輕搖動，風停之後，我沒有充分地想過這個階地往後搖擺的天然效果，然而其效果很迷人——我的上下周圍都響起了優美的原始音樂。

顯然，處在波濤洶湧中的月亮似乎在努力地保持它的位置。由於月亮所照射的水的形式和密度永遠在變化，它時而隱藏在大頭彗星黑暗的急流中，時而又在其尾部的開口處閃現出來。我處在黑暗的峭壁和白亮的水面之間的奇境中，但是我突然覺醒了。因爲，此情此景像蘇格蘭教會的施巫術場面一樣——「在一瞬間，一切都變得黑暗了」。

從下面遞過來少許沖勢不大的的彗星狀水流，在遠處似乎很細，看起來也無害。但是當它們撞擊我的肩膀時，就像石頭一樣硬，如同浪花與沙礫的混合物或者像大冰雹一樣。我本能地跪下來，抓住岩石的一角，像嫩蕨葉一樣蜷縮著，把臉壓到胸部——在雷鳴般的響聲中，我盡可能地保持這種姿勢。更重的水流塊狀物像鵝卵石一樣向我襲來，我的耳邊響起大量的水發出的混亂噪音——聽起來不像音樂的嘶嘶聲、汩汩聲或撞擊聲。

我很快就意識到自己所處的境遇——在壓力之下，一個人的思想轉動得多快呀！我在權衡逃脫的機會。圓柱將從峭壁向外搖擺幾英寸嗎？或者靠得更近些？瀑布在往下流，無法指望它把這塊階地吹得搖擺起來。我的命運似乎要取決於「無用的風」的到來。它開始逐漸地往前移動了，轟鳴聲停止了，我再次瞥見了月亮。但是，我擔心太匆忙的撤退會對自己不利。於是，我沿著階地移動到有一塊冰的地方。我把自己擠在冰塊和峭壁之間，臉朝下，直到充足的光線鼓勵我向上逃脫。

我全身都濕透，而且凍得有點麻木，就燒了一堆篝火取暖。我往回走去，在天亮之前到達了我的小屋。我睡了一兩個小時，醒來時覺得非常暢快和舒服，午夜的意外驚險沒有使我變得沮喪——我的精神更加好了。

第十九章　山谷的冬天

由於山谷往西傾斜且又寬又深，南北兩邊的氣候出現很大的差異——比離得很遠的國家間的差異還大。因爲在冬季，南邊的峭壁都處在陰影之中，而北邊在晴朗日子通常都沐浴在陽光之下。這樣，山谷的一邊處在溫和的春天氣候，而另一邊則受冬天的支配。在北邊的懸崖以上很遠的地方，可以看見太陽直接照射到的凸起岩石的凹處，其一年四季都有鮮花開放。除了暴風雪降臨及其停止之後的幾天之內，在這裏冬季都可以看到蝴蝶。

一月，在下優勝美地瀑布的頂端附近，我看見蟻獅躺在牠們被打開的、溫暖的、沙杯狀的岩石蕨類植物裏。石鬆覆蓋著剛生長出來的植物，月桂花就要綻放，金銀花剛剛萌發出明亮的嫩葉——每一種植物似乎都在思考夏天。即使在山谷的陰面，霜凍從來也不會很刺骨。我曾經觀測過四個冬季的的溫度，發現這裏的最低溫度爲華氏七度。一月份的前廿四天，上午九時的平均溫度爲華氏三十二度，下午三時的最低氣溫爲華氏廿二度；在七千英尺至八千英尺高的峭壁頂部，溫度當然要低得多。

但是，南邊和北邊的氣溫差異取決因素與其說是冬天的陽光，不如說是儲存在岩石裏的上一年夏天的熱度——岩石的熱度可以將雪迅速融化。雖然夏天的太陽熱度也儲存在南邊的岩石裏，但是總量要少得多。因爲即使在夏天，陽光也是傾斜地照在南邊的峭壁上，而與此同時，北邊則差不多是垂直的照射。

優勝美地河流的上游連冬天都被掩埋在厚重的大雪之下，春天一到，它就釋放出巨大的洪流。於是，所有的源泉都水滿爲患，各種生物突然放聲歌唱。在溫暖的陽光下，歡樂的河流在閃光、流動，搖醒萬物，使得整個山脈共唱一支歌。

在林區，每年一般從五月份開始大解凍，內華達山則從六、七月份開始——因時間和適當的天氣以及積雪的深度而有點變化。夏天快要結束時，河流處在最低潮，此時，最洪亮的歌聲也像是耳語。它們在河道的窟窿裏，從一個池塘流到另一個池塘，滑過砂石和漂石層，掀起漣漪，像下雨一樣；它滑過懸崖，一個褶皺疊著一個褶皺，成片地落下。無論它們的歌聲多麼低沉，它的音調總是有說不出的優美，與年年此時寧靜的時光相協調。

第一場雪通常在九月或十月，有時候甚至是在八月下旬，在黃色的深秋之際也會下一場雪。那時，冰川草地的黃花和龍膽屬植物正值全盛期。然而，深秋的雪很快就會融化，受凍的花朵把它們的花瓣伸向太陽，花園與河流煥然一新，好似剛剛下過一場溫暖的陣雨。鋪滿群山、形成當年河流主要源泉的暴風雪，很少在十一月中下旬之前到來。

當高山上的第一場巨大暴風雪停止時，我急忙趕到我在優勝美地的小屋子。我趕到這個小屋子並不是爲了「躲藏」起來，或在白色的月份裏睡大覺。我每天都出去，而且常常是通宵，很少睡覺。我在令人愉快的暴風雪和獨自寧靜中攀登和漫步，研究曾經被展出的所謂奇蹟和普通東西，對我能夠看見或聽見的每一件相同的東西感到欣喜。

在清晨霜凍的白色光芒中，陽光穿過白色的圓頂和峭壁照射到林區盡頭的瀑布，在白霜和浪花裏點燃非凡的彩虹之火。午間，大森林和大山是熟睡的。黃昏降臨以後的晚霞、星星、莊嚴注視的月亮，一個接著一個地勾畫出了龐大的圓頂和山頭。它們像狂熱的觀眾一樣屏住呼吸，在陰影之外閃著白光，而它們腳下的草地就像天空一樣閃爍著星一樣的霜凍。當一切光線都消失，暴風雪降臨時，夜晚就變得異常漆黑，烏雲變成脆弱的雪花。在不斷變化的天氣中，暴風雪、樹木、鳥類、瀑布和雪崩的表現及聲音各不相同。

每一個晴朗、霜凍的早晨，日出之後不久，從山谷的一邊到另一邊，每隔幾分鐘都能聽到很大的轟隆聲和回聲，像雷雨一樣能持續一兩個小時。第一個冬天，我在山谷時，不能辨認出這種噪音的來源。我以爲這是墜落的漂石以及岩石爆破發出的聲音。直到我看到貌似白霜的東西從瀑布的兩側滴下來時，這一問題才得以解釋清楚。

這奇怪的轟隆聲是出形成浪花的墜落冰塊產生的，這些浪花在上優勝美地瀑布扇形兩側的懸崖正面結成冰——一種一兩英尺厚的水晶石膏在陽光的照耀下一塊塊地剝落，像公雞報曉一樣喚醒了整個山谷——通報最佳天氣的到來，大聲呼喊著大自然不畏艱辛創造出來的美景。

凍結的浪花產生了冬天山谷中最有趣的特點之一——瀑布底部四百英尺至五百英尺高的冰圓錐形小冰山。從蕨類植物棲身的壁架立足點，可以看見像火山口一樣的出入口——瀑布從那裏墜落，發出一陣陣像壓縮空氣的爆炸聲。在不是那麼舒服的內部進行充分的攪拌之後，流水從其底部拱形的開口噴出來——它顯然遭受過痛苦，變得疲憊不堪，樂意逃脫那個洞穴。當水猛烈地往外噴時，落下的水流就從出入口向上噴湧，彩虹狀的漂流物轉移到鄰近的岩石和林區。

它是在夜晚和凌晨的幾個小時內形成的，只有在特別冷的陰天裏才會持續一整天。大部分浪花像水晶般的陣雨直接落下，有點像局部小暴風雪。但是，也有相當一部分沿著瀑布的兩側，在懸崖的正面先凍結起來，留在那兒直到它不斷擴大、不規則地裂開時爲止；其中的一部分重達數噸，構成了圓錐形小冰山的一面。

在颳風和霜凍的天氣裏，瀑布從一邊搖擺到另一邊，圓錐形小冰山被淋透，原本不牢固的冰塊和霧塵全都穩固地凍結成整體。於是，在溫和的夜裏像露水一樣靜靜地落下的、絨毛狀漂浮或繚繞的霧塵和小冰山凍在一起，直到日出時它們才融化，變成浪花，增大了瀑布的雷鳴聲。

圓錐形小冰山在霜凍的天氣裏變得更高更寬，看起來像一座光滑的、純白的小山。但是，在春天的時候，它會消耗掉不少冰並裂開，其表面撒滿了帶到瀑布的樹葉、松樹枝、石頭、沙子等等，看起來像雪崩碎石堆。

我渴望能夠瞭解這座奇妙的小山結構，試圖在平靜的天氣中接近它。我帶著斧頭砍臺階，嘗試攀登這座小山。有一次，我幾乎要成功地登上去了。我在底部遇到了幾乎令我窒息的一陣水霧和風，但我仍然努力向上仰著向前，很快就到了小山的斜坡。從那裏，我開始貼近小山表面爬行，令人窒息的氣流從我身邊吹過；我設法徐徐行進，卻發現有點困難——這樣，我幾乎到達了頂部，卻不時被迫止步。

透過令人眼花撩亂的浪花，我窺視被遮掩下的巨大瀑布，傾聽我腳下的轟鳴聲。整座小山的聲音像是由一個巨大的、咚咚作響的鼓敲擊出的。我希望瀑布傾斜地刮，這樣我才能攀登到它的口邊看看其內部情況。但是，一股半是空氣半是水的氣流令我呼吸困難，接著，就是從峭壁的高處落下巨大、冰冷的浪花——我終於氣餒了。整個圓錐形的小冰山被吹得震動起來，一些碎片從我身邊墜落。所以，我匆忙撤退了。此時我已昇全身濕透了，於是，我躺在岩石上讓太陽溫暖我冰冷的身子。

還有一次，我在暴風中看見瀑布不停地被吹向西邊，而乾燥的圓錐形小冰山一點也沒有被觸及到。我跑到蕨類植物棲息的壁架上，希望能夠清楚地看到它的內部。我在正午時分出發，一路往上走；我身邊的狂風的聲音非常大，以致瀑布的聲音都被淹沒了。儘管四處的岩石和灌木叢都被狂風刮過來的水花淋透，我仍然接近了懸崖的邊緣，向下俯瞰圓錐形小冰山的山嘴。雨水和霧塵幾乎使我不能呼吸，我不得不尋求躲避處。

我在壁面上搜查藏身處，以便在適當的時刻可以從那裏往外跑。正如我在以前曾經見過的一樣——當肆虐的瀑布拖曳著旋轉的浪花和彗星尾巴的碎片轉向西邊時，東邊的懸崖就安然無恙；而小冰山就暴露在陽光下，好像爲我預定了特殊的住處一樣。沒有等多長時間，彗星般的巨大氣流就把旋轉的水帷幔擺動到了西邊，讓它保持傾斜近半個小時。瀑布把圓錐形小冰山照亮了，在大部分時間裏，水都是順著圓錐形小冰山的外面一直落到西邊的礁石斜坡上。

瀑布傾瀉的入口，正如我所猜測的那麼近，南北直徑大約一百英尺，東西直徑大約二百英尺。規模與這個季節的正常條件下、處於最佳狀態的瀑布形狀和大小差不多。

像火山口的開口不是一個真正的橢圓形，而更像一張巨大的粗糙的嘴巴。我能夠從入口處向下看約一百英尺，或許更遠些。

瀑布的懸崖垂懸在上方四百英尺的高度。所以，水撞擊底部時離懸崖有點距離，使得瀑布和峭壁之間有空地積累相當多的冰塊。

第二十章　南圓頂

除了幾個尖頂和小尖塔之外，「南圓頂」是山谷周圍惟一的岩石，沒有人工的手段確實難以到達，其難以接近的原因就是很險峻。儘管許多登山者非常羨慕地凝視這一勝地，努力開闢一條通往其頂部的路——結果一切都是徒勞。直到一八七五年，一位大無畏的蘇格蘭人——喬治・安德森採取了冒險的行動。

面向特納亞峽谷的一邊，是絕對垂直的懸崖，從頂部往下的深度爲一千六百英尺；對面也幾乎是垂直的，深度差不多。西南面很陡，從頂部向下延伸的曲線在一千英尺以上。在東北面，它與克勞斯雷斯特山脊相連，人們可以很容易從這裏到達距山頂大約七百英尺的、叫做薩德爾的地方。從薩德爾開始，除了受到花崗岩同心圓的頂層過分傾斜的保護之外，圓頂以優美的曲線升高了幾度——它實在是太陡了，沒有幫助簡直無法攀登上去。

在安德森到達頂點一兩年前，山谷的小路施工能手約翰・康韋和他的小兒子，像蜥蜴一樣登上了光滑的岩石。他們依靠打入岩石接縫處的有眼螺栓，將一條繩索無規則地捆在身上，赤腳爬上了南圓頂大拐彎處。但是，他們發現再往上打眼會更費勁，就放棄了爬上山頂的嘗試，他們為逃離了自己已經到達薩德拉上方三百英尺左右的危險地點而感到高興。

安德森利用康韋留在那裏的舊繩索，毅然地沿路打眼爬到頂部。他每隔五六英尺就插入有眼螺栓，連續地把繩索固定在每顆有眼螺栓上。在他往上打下一個眼時，就把腳放在插入岩壁的最後一顆有眼螺栓上。有時候，無規則的曲線或者小的立足點，使他能夠不用繩索就爬上幾英尺。通過之後，他又開始打眼，這樣，他在幾天之內完成了全部的手工勞動。

他打算以此為開端建造一個堅固的階梯，使得下一年的遊客能夠從此地爬上山頂。但是，他同時又忙於往外運木材、做階梯，夢想著希望從通行稅中得到財富，其結果是他病倒了，孤身死在自己的小屋裏。

十一月十日，從遊覽沙斯塔山返回之後，也就是安德森登頂一兩個月的之後，我匆忙去了「圓頂」。這不僅是為了攀登的樂趣，而且也是去看看我究竟能夠瞭解到什麼。冬天的第一場暴風雲籠罩著天空，山谷周圍的群山和所有的頂點都覆蓋著剛剛下的雪。所以，我有點擔心滑溜的繩索和岩石有危險。

安德森竭力阻止我去嘗試，他絕不相信任何人能夠攀緣他那條被雪裹住的繩索，當時的情況就是這樣。此外，天空佈滿雲彩，大雪像雲彩一樣開始繚繞山頂，這使我想起了自己在冰冷的沙斯塔山的經歷。但是想到我口袋裏有火柴，還可以找到一點木柴——無論烏雲可能帶來什麼，即使萬一暴風雪不幸來臨，我還可以在圓頂過夜，不必遭罪。所以，我努力向前，並且登上了山頂。

介於深秋和冬季之間，這是個雲霧籠罩、易變的日子。樹葉變得暗淡，烏雲像那些沒事找事幹的動物一樣，在懸崖之間來回穿行，一會兒高高地盤旋在上，一會兒非常溫柔地撫摩凹凸不平的岩頂；或者遙遠地徘徊在森林的頂部，用它們柔軟光滑的邊緣觸摸冷杉和松樹的尖頂，彷彿正在通告大雪將臨的好消息。

第一眼看到的景觀非常壯觀，一大塊純珍珠光澤的雲顯然像它下面陰影中的草地和林區一樣固執和平靜，從峭壁到峭壁成拱形跨越山谷，一端停留在「酋長石」的與山的連接處，另一端停留在「教堂石」上。過了一會兒，當我站在巨大的邊緣遠眺鏡湖時，大量雪白的小雲朵從北邊飄過來。它們佈滿絨毛的裙裾拖曳過黑暗森林，以莊嚴得似神的姿態穿過印第安峽谷、「北圓頂」和「皇家拱」進入山谷，它們移動得很快且從容不迫。

雲朵越來越近，在我腳下聚集成塊，充滿了特納亞峽谷。然後陽光普照，照亮了雲海珍珠灰的表面，使之發光。我凝視著，讚賞著，為第一次看到「布羅肯寶光」①這種罕見的光學現象而震驚。我的影子，大約半英里長的清晰輪廓落在潔白的表面上，產生驚人的效果。我來回走動，揮舞雙手做出各種姿勢——每個小動作都被大大地誇張了。儘管我已經從山頂上的各種雲海往下看了很多次，但奇怪的是，這是我第一次看到「布羅肯寶光」。整個內華達山難以找到比這更壯觀的場面和更大的立腳處。

在這次盛大的展示之後，雲海升得更高，盤繞著「圓頂」，瞬間就把它淹沒了；周圍像夜晚一樣漆黑，我開始考慮在矮松叢林中尋找營地。但是，太陽很快又出來了，雲朵下沉得越來越低並逐漸地消失，把山谷留在深秋的色彩裏。

顯然，山頂上完全是光禿禿的，除了僅存的代表三個品種的幾處松樹叢——白皮松、兩葉松和雪松——當然，這些松樹都已被暴風雪壓迫和摧殘過。高山繡線菊也生長在這裏，它與飛蓬屬植物、釣鐘柳、秋麒麟草、一種有趣的洋蔥及莎草一起盛開花朵。除了我在別的地方沒有見過的、奇怪的小窄葉、似蠟的球狀洋蔥之外，這些植物在各方面都與其他山頂上的相同。

滿腔熱情的旅行者到達「圓頂」的頂部，從這個高高的立足點看山谷的景色時，發現倒不如從相對低的其他許多地方看起來那麼驚人。這主要是由於從如此高的高度往下看，產生了透視縮短的效果。「北圓頂」矮小，差不多面目全非；「皇家拱」的大雕塑幾乎不引人注意，尤其是被山谷的正午陽光淹沒的時候，兩側整個行列的峭壁好像相對低些。優勝美地所有風景中最具特色的「圓頂」本身，在你的腳下反而看不見。儘管不如從斯塔金圓錐看得清楚，從這裏看去，小優勝美地的風景仍然很優美。朝向里特峰、萊爾山、戴納山、康奈斯山和默塞德群山的山頂風景，卻給人深刻且完整的印象。

沒有人試圖實施安德森的計劃。儘管慢慢走過「圓頂」，終究不會對它造成太大的損害。對於我來說，我寧願把它留在純粹的原始森林中。如果遊客多了，地面上將扔落易開罐和瓶子，而冬天的大風將把垃圾刮走。雪崩也可能會把將要建造的、任何種類的階梯或梯子弄得支離破碎。藍色的松鴉和克拉克烏鴉一天之中會多次踐踏「圓頂」，甲蟲和花栗鼠也是如此。

當冰川期的冰洪水傾瀉到現在是優勝美地山谷的山脈側面時，它們被迫從斯達金山延伸到

「北圓頂」的圓頂水壩。當冰川期即將結束時，較淺的冰水流被分開了，或許是首次出現「南圓頂」，覆蓋著冰的海面上像鏡子一樣閃光發亮。雖然它遭受自然力的磨損和破壞達好幾萬年之久，但是仍然保留著大冰川作用的明顯遺跡。它的整個表面依然覆蓋著冰川的象形文字，其解釋是報答所有熱誠地研究這些文字的人。

【注釋】

①也叫做布羅肯幽靈，或者娥眉寶光。從山頂上觀測到的與太陽方向相對的，某物體投射在微水滴組成的雲或霧上顯著放大的影子，其周圍有時有彩色光環。

第廿一章　優勝美地國家公園

圖奧米勒山谷的上半部分，是整個內華達山最廣闊最平坦的、在各方面都是最討人歡喜的夏季娛樂公園。自從兩條路況好的小路把它與優勝美地連在一起以來，有一條寬闊的、路況不錯的車道通行於優勝美地和霍夫曼山之間，於是，它的文明程度也隨之提高了。

圖奧米勒山谷位於內華達山的中心，海拔八千五百英尺至九千英尺，是優勝美地全境最容易到達的地方。它距離優勝美地自然保護區的東北邊界不到十英里，西南方向以灰色的、錯落有致的、風景秀麗的卡西德勒爾山脈爲界，該山脈沿著「教堂峰」到萊爾山和里特峰往東南方向伸展，覆蓋著冰的群山到最高峰形成了「內華達山的王冠」；在東北邊，它以同樣的山脈或山嘴分界，最高峰是康奈斯山。

它的東邊則以平坦、宏偉的戴納山、古布斯山、奧德山以及其他在主山脈軸線上但至今尚未命名的山爲界。它的西邊，以凸起的、波狀塊的、冰川磨光的岩石爲界，從上面可以看見高聳入雲的霍夫曼山。晶瑩的圖奧米勒河流經陽光充足的、開闊的水平河谷，清涼的水從位於山峰荒涼幽深處的許多冰川源泉流下來，其中最高處是位於萊爾山和麥克盧爾山的冰川。

沿著河邊，從山谷的低端向頂端延伸著一連串大約十二英里長、間或被隔開的冰川草地。這些草地構成了迷人的可以欣賞壯觀群山的漫步場所，因爲它們正神聖地俯視著排列成行的、覆蓋著群山的森林。窄窄的松樹林穿越整片草地。雪崩從高處擊落在小樹林、冰磧、漂石中間，地面變得有點崎嶇不平。但是，至少還有數英里的地方很平整，可以讓一百位騎師並排地在上面騎馬。

草地較低的主要部分大約四英里長、四分之一至半英里寬，而山谷的平均寬度大約八英里。追溯河流，我們發現它在蘇打斯普林斯上方岔開了一英里，那個地方位於教堂小路終點的對面北岸——主要的分叉轉向南萊爾山，另一個岔口通向東到戴納山和吉布斯山。順著兩個叉口，帶狀的草地幾乎延伸到它們的端頭。草地最漂亮的部分伸展到由河流的堆積物填充起來的湖泊。這種湖泊還有幾個，但是它們現在都很淺，已經瀕臨乾涸。大部分地方的草皮都非常好，像絲一樣，沒有雜草和灌木叢。而迷人的花朵大量盛開其中，尤其是龍膽屬植物、矮雛菊和矮石楠科越橘屬的粉紅色鐘形花朵。

在河流及其支流的岸邊，可以看到岩鬚屬植物和雀麥狀針茅，那裏的草皮蜷縮在凸起岩石裏和成堆的漂石周圍。這些草地的草主要是精美的、葉子很細長的拂子茅。當它開花的時候，地面上像覆蓋著暗紫色的薄霧，小穗狀花的莖幹很纖細，幾乎看不見。從草地上面走過時，沒有一絲摩擦阻力。在松樹下和貫穿山谷的大部分地方，草地的邊緣長滿了高高的帶狀葉子的草，主要是小麥屬植物和剪股岩屬植物。

十月份，夜間下了霜凍。因此，日出時的草地也成了一道很好的風景，每片葉子上都覆蓋了一層晶體。白天溫暖、平靜，通常在十一月底下雪之前，蜜蜂和蝴蝶繼續在晚開的花朵周圍飛舞並嗡嗡叫。一場接著一場的暴風雪連續不斷，把草地掩埋到十英尺至二十英尺的深度。巨大的雪崩從高處穿過森林滾落下來，大堆的雪與連根拔的樹以及漂石混合在一起，在太陽照不到的地方，積雪將持續到六月份。但是，在七月底以前，新季節的植被一般還沒有到花期。或許，遊覽山谷的最佳時間為八月。那時，森林中的雪已經融化，草地乾燥溫暖，陽光明媚，萬物復甦。天空中幾乎沒有烏雲，所下的陣雨只夠清新空氣、噴灑芳香和產生美感。

蘇打斯普林斯附近的林區是特別好的營地。這是出於冰冷的、味道甘美的泉水富含碳酸，而且還因為越過草地就可以看見群山的優美景色——冰川紀念碑、教堂峰、教堂尖頂、獨角獸峰，還有許多無名的山峰從成排的森林上方騰空而起。森林生長在古代圖奧米勒冰川的左側磧，寬廣縱深和伸至遠處的圖奧米勒冰川對內華達山這一部分的風景，產生了巨大的影響。沿著草地一直都有很好的營地，人們可以在整個夏天從一個林區轉移到另一個林區，盡情地享受新鮮的「家園」，找到足夠的東西來滿足每一次漂泊念頭。

從這裏可以出發遠足到四個重要的地方——到戴納山和萊爾山的山峰，穿過血腥峽谷去莫諾湖及其火山，去巨大的圖奧米勒峽谷，到主要瀑布的底部。所有這些地方都極好，充滿樂趣和令人激動的體驗。但是，也許沒有一個地方會讓你在河邊廣闊的天鵝絨一樣的草坪上漫步，與樹木和高山分享純淨的空氣和光芒，獨自獲得大自然的一份安寧等等這些愉快回憶。

遠足到戴納山是一件很容易的事情。儘管這座山高一萬三千英尺，而從西邊攀登卻很緩和、很平坦，以至於人們可以騎著騾子到山頂上。穿過許多繁忙的河流，越過草地，你的腳下處處是鮮花——一切景色都很美，而且很少隱藏在不規則的前景裏。當你逐漸往上攀登的時候，可以看見眾多景色優美的新山脈，峰巒疊嶂，景致各異，周圍是眾多的冰泉。此刻，你的注意力將轉向從群山的山谷和峽谷延伸出來的優美曲線、像鐵路路基一樣井井有條的冰磧、或者從四處綴滿鮮花的草皮上升起的表面，有光滑的波狀起伏和覆蓋層的花崗岩——這些花崗岩一千年前被侵蝕過，現在它依然閃光發亮。

往山脈的底部走，你會注意到樹木變矮，到了一萬一千英尺的高度，你將看到成片堅忍不拔的白皮松。幾百年來的每個冬天，十或者二十英尺的積雪堆在它們身上，把它們壓得這麼扁，以致你可以像走在絨毛毯一樣從它們身上走過。而且，如果你對這種事情感到好奇，你還可以發現這種高不超過四英尺、在地面上的直徑大約有幾英寸長的耐寒樹木樣品，已經生存了二百至四百年，依然勇敢地繼續生長著。在短暫的夏天，它們的長勢最旺，在微風中晃動著它們的針葉，吸收微弱的陽光，以便紫色的毬花成熟——似乎它們要永遠生存下去。

從這裏山頂遠眺到的全景，是所有的山脈中範圍最廣、景色最壯觀的。往東邊，你一眼望穿「大盆地」的熱帶沙漠草原和群山。在遠處，藍色和紫色輪廓的山脈連綿起伏。你下面六千英尺就是莫諾湖，被你所在的山脈遮蔽。該湖泊南北方向的直徑爲十英里，東西方向十四英里——看起來近似一個圓形，像一張拋光的金屬圓盤。雖然它裸露在沒有樹木的沙漠之中，但是來自高山的風暴有時也席捲過來，掀起波浪。湖的南面有一連串淺灰色的火山，現在已經休眠了，其中最高的一個高出湖面將近二千英尺。你可以俯視它們輪廓分明的、像杯子一樣的圓形火山口。不久之前，灰燼和火山渣從火山口大量地噴到周圍由草原和冰川覆蓋的山脈上。

往西的地形由灰色的冰川岩石和山脊構成，這些地方被錯綜複雜的峽谷、暗淡的森林線和廣闊的林區分離了，前景點綴著小湖泊和草地。往北和往南方向，可以看見沿著宏偉的山脈軸線排列的、錯落有致的群峰，有些地方像林區的樹木一樣擁擠在一起，使得風景區變得原始誇張、令人困惑，卻像天空那樣寧靜。

八條冰河就在眼前。其中之一是位於高一千英尺的懸崖底部，山脈東北邊的戴納冰河，在冰河下面一點有一個美麗的淺綠色湖泊。這是內華達山龐大的冰河系統中，許多縮小殘留的小冰河之一。該冰河系統曾經塡滿了群山的山谷和峽谷，覆蓋著緊靠山頂源泉的所有低矮的山嶺；冰川期的冰雪變成豐富的水源，從山脈軸線的左右兩邊分流。

可以沿著河邊的草地騎馬到達萊爾山的底部。在河流分叉的上方向南拐，你將進入山谷的萊爾山支脈。該山谷的深度和寬度足可以令其被稱作峽谷。它約有八英里長、二千英尺至三千英尺深。平坦的草地底部大約二百碼至三百碼寬，其邊緣有一段約五十碼寬的地帶略微帶些弧度，那裏屹立著灰色花崗岩的巨大峭壁，其傾斜度約爲三十三度，峭壁的大部分地方生長著一些松樹，許多地方還有雪崩溝渠。

在峽谷的上端，你可以看到內華達山雄偉的山頂，構成了一幅以峽谷壁面爲外框的既莊嚴又平穩的畫面。這幅畫的前景是生長著柳樹的紫色草地；中間部分是構成主體山脈基礎的、巨大的凸起花崗岩；山脈的邊緣是一圈暗淡的森林，除了秋天之外，森林都被大雪覆蓋著。

往上大約走一英里，河流的東邊有一片很好的營地。一個優美的瀑布生龍活虎般地流過峽谷的壁面，帶來了悅耳的音樂。在靠近頂部的一個地方必須要小心攀登，但這也不是非常危險或困難，一般的登山者完全可以通過。山頂上的風景確實很優美。北邊是馬默斯山、吉布斯山、戴納山、沃倫山、康奈斯山，還有其他很多無名山。東南方向是原始的錯落有致地排列的里特峰和「尖塔」；西南方向，在聖華金和默塞德之間是「方尖碑」，或者說是其和默塞德群峰相連的分水嶺，默塞德河的伊利洛埃特河支流就發源於該群峰；西北方向則伸展著卡西德勒爾的山鼻子。

像不同尋常的山脈一樣，所有這些山鼻子就在你的腳下。從延伸的方向和山峰來看，它們似乎擁擠不堪。而無邊的似圓形的峽谷及其附屬的地方，則分佈有大量的湖泊、冰川、雪地、曲徑和灌木叢。在六月或十月登山，很容易跨越冰河，因爲那時覆蓋的雪比較平坦，或者大部分已經融化掉了。可是，仲夏的時候去登山，卻非常單調乏味，因爲那時候的雪變成奇怪且美麗的刀刃，鋒利而細長，落在傾斜地方的邊緣。這些雪刀在冰川的頂端，直直地豎立著，有序地延伸到冰川最傾斜的方向，頂部間距大約兩三英尺，它們之間的槽深約三英尺。此時登山者的樂趣，不過是在被這樣雕刻和裝飾過的冰川上走上一回。

萊爾冰川大約一英里寬，不到一英里長，然而，它卻具備了所有大冰川的特性——有冰磧、地夾層、裂隙等等。從冰川發源的河流很渾濁，有岩石泥漿，說明了它在河床上曾被碾磨過。更有趣的是，它是圖奧米勒大冰川最高且最持久的殘留冰河，在五十英里外，你還能發現它殘留的痕跡——它對風景區也產生了很大的影響。之前是萊爾河支流的麥克盧爾冰河則要小得多。十八年前，我把一連串的樹樁放到冰河的中間，以確定它在夏末時節的流速，結果，我發現這些樹樁整整廿四小時才移動一英寸多一點。

從蘇打斯普林斯一天就可以旅行到莫諾，但是血腥峽谷更適合於動物。峽谷的風景很原始、很豐富，你可以在湖邊周圍及其島嶼、火山附近待上許多天，而且會有不少收穫。

向下遊覽圖奧米勒大峽谷，可以沿著動物的痕跡，一直走到被森林覆蓋著的草木繁盛的小湖泊流域，該流域位於維吉尼亞河交叉口的下面。從這裏開始，習慣於在峽谷鋪滿茂密叢林的地震漂石上步行的人，能夠在一天之內很容易地走下峽谷，一直到大瀑布然後返回營地。然而，很多人做不到這一點；那麼，從容不迫地漫步，準備隨地紮營，輕輕鬆鬆地欣賞這個地方優美的景色——這樣安排要好得多。

峽谷從低端的草地附近開始，一直延伸到赫奇赫奇山谷，該距離大約十八英里。對於穿過峽谷攀緣的人來說，顯得距離太長。它的深度從一千二百英尺至五千英尺不等，相對狹窄。但是，峽谷裏有幾塊優美的、寬敞的、像公園的開闊地貫穿整個區域，優勝美地的面貌一覽無餘——圓頂、砮長石、山形牆、哨崗石、皇家拱、冰川點、教堂尖頂等等。

在大量的岩石中間，有一個「半圓頂」，儘管它不如優勝美地的「半圓頂」那麼壯觀美麗。它還有無數的大小瀑布與優勝美地和赫奇赫奇的那些瀑布相比，除了早春時節冰雪融化時，險峻瀑布的水量相當小；其中有許多也相當美麗，在其他國家將被視爲偉大的奇蹟。但是，就是主幹河流上的這些小瀑布或斜瀑布，才使得峽谷無比壯觀。而且，這些瀑布的流量、範圍和種類都超過內華達山脈的其他峽谷。大多數最耀眼和最有趣的小瀑布都位於峽谷的上半部分，高於卡西德勒河和霍夫曼河的入口。

一條數英里的河流是原始的、歡樂的、旺盛的、積雪的紫色花朵。它沒有固定的河道，蔓延在冰川花崗岩上，穿過雪崩坍塌物，像銀色的羽毛一樣往前滑行——經過巨大的漂石水壩，洶湧澎湃的漩渦像輪子一樣跳躍到空中，波濤從一側湧向另一側，懷著高山的充沛力量，迂迴、閃爍並歌唱。每一個真正的登山者都應該繼續穿越整個峽谷，最後從赫奇赫奇走出來。沿途一直沒有平緩的臺階，這就是變化多端的優勝美地山谷。

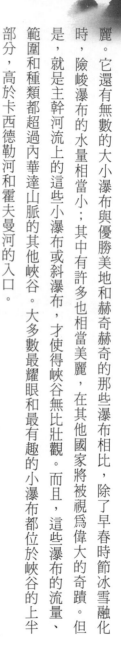

第廿二章　赫奇赫奇山谷

巨大的赫奇赫奇瀑布與新娘面紗位於山谷的同一邊，而且靠得很近，以至於兩個瀑布可以被看作一個景點。它大約一千八百英尺高，雖然相當傾斜，但是當人們站在它面前時，會發現它似乎是垂直的。

它的地理位置與優勝美地瀑布極其相似，但水量卻大得多。一個在樹蔭的山峽裏雷聲轟鳴和擊打，另一個以深沉和低沉的音調吟誦。與那些擁有自己水源的瀑布相比，它的周圍沒有其他的陰影，大部分為淺灰色、紫羅蘭色和粉紅色。一個低聲說「他停留在安詳中」，另一個則發出戰車車輪轉動般的轟鳴聲。雖然許多小瀑布對完美的和諧景致是不可或缺的，但是這崇高的一對是山谷瀑布的主體。

在輪廓感和雕塑性兩方面，赫奇赫奇瀑布上方的峭壁與優勝美地瀑布的峭壁相對一致。靠近優勝美地瀑布的懸崖有兩塊顯著的階地，在山谷上面的沿水平方向分別延伸出五百英尺和一千五百英尺。兩塊階地處於相同的位置，樹木同樣茂盛，而且同樣面對著赫奇赫奇峭壁。

優勝美地的上端靠近巨大的「半圓頂」，赫奇赫奇的上端同樣靠近一塊高山岩石——兩者都佔據著從前已經消失的兩條大冰河匯合形成的地帶。在這塊頂端岩石的前面，河流像優勝美地的默塞德河一樣分叉。右叉是圖奧米勒河流的主幹，它經過萊爾山北邊的冰河，流過大峽谷。我還沒有追溯左叉的最高水源，但是從山嶺的總體趨勢來判斷，它必定靠近卡爾峰。

在左叉或北叉，有五個非常有趣的小瀑布沿著風景秀麗的山峽排列著。我們可以在山峽的邊緣安全地漫步，觀看下面浪花飛舞的優美景色。第一個景點是晶瑩剔透的寬廣的扇形水面，半跳動半滑動地通過陡峭的、拋光的覆蓋岩層。水在覆蓋岩層的底部歇息後，變得清澈而閃亮，最終流入主幹河流。你可以在這個瀑布頂端上方的不遠處看到第二個瀑布，它有與第一個一樣令人難忘的原始美麗——彷彿你就是它的一部分，可以與它一起唱歌。它的邊框是帶有黃色或紅色地衣色彩的、縱深的岩石峭壁，其參差不齊的邊緣長滿了槲櫟和薩賓松。如果你在底部潮濕的隱蔽處，就可以看到蕨類植物、百合花和杜鵑花。

你往更高處走三、四百碼，就看到了五個瀑布中最大的第三合唱隊。它由三個不可分割的小瀑布組成，它們神聖的歌唱使得浪花變成最美麗的彩虹。離這兒不遠處，山峽終止了，無遮蔽的河流失去了固定的河道，在地面上伸展出大約一百五十英尺寬、有銀光的薄片。幾乎貫穿整個區域的水源像折疊的緞帶一樣被拉長，綴了一層厚厚的閃光的鑽石黑玉，使它的外觀顯得豐富而美麗。繼續往前走，你可以聽見甕聲甕氣的轟隆聲；透過樹葉，當你發現了五個瀑布中的最後一個，你會急切地穿過綴滿鮮花的灌木叢去察看——轟隆聲是從被侵蝕成球形突出物的懸崖上發出的，這裏形成了波濤洶湧的水流要衝。

一條低矮的、被冰川磨光的花崗岩將山谷的底部分開。較低的部分大多是草地，其上則為乾燥的沙質地，生長著凱洛格橡樹，其直徑常常達到六、七英尺。在坍塌物堆積的斜坡上，松樹把地面讓給形成了山谷裏範圍最廣林區的高山槲櫟。它們溫暖的黃綠色的樹葉茂密地擠壓在一起，由光溜溜的灰樹幹和多節的樹枝支撐著，構成一件新穎別致的頂篷。

在山谷裏，你還能看見一些糖松和美洲落葉松以及兩種銀冷杉。在某些好土地，道格拉斯雲杉和雪松的長得很高，再往南邊，還可能看見一些有趣的加州榧樹標本。野薔薇與又長又尖的薄荷以及拱形的草成片地出現。草地上長滿了百合花、飛燕草和白羽扇豆，有些地方長得跟人一般高。邊緣有絕美的岩石蕨類植物，從頂端到底部裝飾著峭壁的有碎米蕨等。在有瀑布水霧而生出苔蘚的角落生長著掌葉鐵線蕨。胎生狗脊蕨和鐵角蕨屬是山谷裏長得最高的蕨類植物——其中有些高達六英尺。當我最後一次看見該山谷的時候，它算是一個迷人的花園，只有印第安人的棚屋和一個獨立的小屋點綴其中。

從地圖上可以看出，我已經簡單地介紹了本區域的許多主要特徵，我建議保護該區域，用作人們的娛樂場所。范德維爾先生已經把一項議案提交給國會——出於民眾的信任，國家準備在自然保護區範圍建立一個國家公園。這個新的自然保護區極有可能延伸到地圖指定的界限，不過在議案生效尚需時日。這個地區應當整個保留或者受到整個保護，否則，它遲早要遭到伐木工人和牧羊人的毀壞——這樣，這裏當然不適合用作娛樂場所。

即使在受到保護的最偏遠的地方和難以接近的地方，也已經很難找到足夠的草來餵養野生動物了。那裏的地面已經被侵蝕踐踏成沙漠——當這個地區的森林遭到破壞以後，這個地區就將徹底地毀滅了。甚至連優勝美地也將因此遭受水量變化的影響，清澈的河流將變成泥濘，流域也不再規則。

同時，正如人們在優勝美地所看到的一樣，斧頭和犁、豬和馬已經存在很長時間，現在依然還在優勝美地的花園和林區裏忙碌。我虔誠地希望赫奇赫奇逃脫人爲的破壞。雖然這個地區是惟一受到政府特別保護的地方，但是一些可以到達的地方，正在遭受人爲的毀壞——其速度比在內華達山區的優勝美地更迅速。迄今爲止，大部分遭受破壞的原始森林與隨後的利用毫無比照的價值。

大部分遊覽過優勝美地的人，往往把它看作是一種稀有的創造物，是世界上同類中惟一的特色山谷。然而，大自然沒有東西是孤立存在的，她不會窮到只有惟一的一個。內華達山脈和其他地方的探險家發現，許多優勝美地山谷植物的不同之處，僅僅是同一樹種中的不同種類而已。它們的地理位置相同，同類的岩石以相同的結構組成，而且還有類似的雕塑、瀑布和植被。赫奇赫奇山谷長期就以號稱「圖奧米勒優勝美地」而出名。

赫奇赫奇山谷是一八五〇年由獵人約瑟夫•斯克奇發現的。一八七一年秋天，第一次遊覽它之後，我總是叫它「圖奧米勒優勝美地」。因爲，它與默塞德優勝美地有驚人的相似性，不但有壯觀的岩石和瀑布，而且還包括到處是鮮花、像公園一樣的地上花園、林區和草地。優勝美地的海拔大約四千英尺，赫奇赫奇的海拔大約三千七百英尺。兩個山谷的花崗岩峭壁拔地而起，其風格相同，兩個山谷的每一塊岩石都是一座冰川紀念碑。

赫奇赫奇山谷的南側峭壁巍然屹立著一塊非常別致的岩石，印第安人叫它「科拉納」。最遠端一組二千三百英尺高的岩石與優勝美地的教堂峰岩石相對的位置和形狀都一致。在面對科拉納的山谷對面，是陡升到一千八百英尺高度的「酋長石」。一條河從厚重的岩頂上流過，形成了我所見過的最優美的瀑布。從懸崖的邊緣到地震坍塌物的頂部，瀑布在坍塌的漂石之間分成小瀑布之前，完全自由地在空中流淌了一千英尺。

它在六月份最為壯觀，但是當夏季快要結束時，它就減弱並消失了。我所知道的可以與它相媲美的惟一瀑布，是優勝美地的新娘面紗，而它在高度以及像童話中仙子般的美感和特性方面，甚至超過新娘面紗。

在低地的人往往擔心高山河流以瘋狂的速度經過懸崖時會自己失控，會在水霧和浪花嘈雜的混亂中翻滾。正相反，在它們所流過的每個地方，都表現出更沉著的自制力。設想六月份一個陽光燦爛的日子，你自己到了赫奇赫奇，站在齊腰深的花草叢中（像我經常站過一樣）；松樹夢幻般地搖動，幾乎察覺不到它的運動。

從山谷往北看，你看見了質樸的灰色花崗岩。這裏是圖拉瀑布。它很安靜，隱藏在神聖的靜默之中，寧靜地流到懸崖的底部，就像靜謐的房間裏的羽毛一樣。你可以觀察到各種水源編織的、被陽光照亮的各種清晰的精美織物。它們以從容不迫的方式、姿態萬千地從那塊巨大的灰色花崗岩的正面流下，以至於像你手中拿著的一塊刺繡品，可以隨意檢查它們的紋理、圖案和色調。

向著瀑布的頂端走去，你會看見成群的發出轟隆聲的、像彗星似的水塊，它們結實、白色的頭部被分開了，尾部像梳理過的絲綢交織著精美的灰色或紫色的陰影，不斷地形成並分解，被匆忙穿越空中的摩擦力逐漸耗盡。大部分在頂部下面幾百英里消失，變成各種形式的像雲一樣的帷幕。靠近底部，瀑布的寬度從大約廿五英尺增加到一百英尺。在這裏，它由更加精美的織物組成，依然沒有出現混亂的痕跡——空氣、水和陽光被編織到靈魂可以穿著的織物中。

這麼優美的瀑布似乎足以使任何山谷光彩奪目。可是在這裏，大自然好像毫不節制，圖拉瀑布向東的不遠處，赫奇赫奇瀑布發出隆隆聲和雷鳴般的聲音——這兩個瀑布靠得這麼近，你可以從一個立腳處看到它們的全景。它與優勝美地瀑布極其相似，但是水流量要大得多，其高度大約爲一千七百英尺。它相當傾斜，但看起來近乎垂直，在凸出的岩架和球形突出物上衝撞出巨大的泡沫。沒有兩個瀑布能夠如此更不一樣——伸到陽光下的圖拉瀑布像薊花的冠毛一樣落下，而位於錯落有致且多陰影的山峽中的赫奇赫奇瀑布，卻像地震雪崩一樣，沿路咆哮、劫掠、猛烈撞擊。

除了這一對壯觀的瀑布之外，在山谷頂部上方不遠處的主幹河流上，還有一個大規模的瀑布。其地理位置有點類似於優勝美地的新娘面紗瀑布，雖然它大約只有二十英尺高，但是當它躍入波濤洶湧的鮭魚池的時候，很遠的地方就能聽見它的咆哮聲。與優勝美地特納亞小溪的地理位置相對應的蘭切里亞小溪，就像新娘面紗瀑布與內華達瀑布之間的河流一樣，有一連串的小瀑布。它流過冰川雕刻的水路，華麗地炫耀著，滑行、跳躍、歡呼，在陽光下熠熠生輝。除了這些河流之外，還有一些細小河流遠距離地流過峭壁，唱著類似鳥鳴的歌兒，從一個壁架跳到另一個壁架，澆灌著許多隱藏的絕壁花園和蕨類生長處。它們在這麼豪華的地方，太不起眼了。

赫奇赫奇山谷峭壁主要岩石群的雕塑、自然構造和總體佈局與優勝美地山谷之間的一致性，令每一位觀察家興奮不已並讚不絕口。我們已經瞭解到「酋長石」和「教堂岩石」的地理位置相若。在這兩個山谷中，優勝美地的尖端與「北圓頂」也相似。此外，就在優勝美地瀑布的東邊，優勝美地的北峭壁部分的兩塊階地離地面五百英尺和一千五百英尺處，長滿了金杯橡樹。在赫奇赫奇北峭壁的相應位置，也有兩塊階地，並且出現了同樣的樹木。優勝美地以巨大的「半圓頂」的頂點為界，而赫奇赫奇也同樣以尖端作為它的分界線，只不過其頂端的岩石形狀比較一般。

山谷的底部大約有三‧五英里長，四分之一到半英里寬。較低的部分主要是約一英里長的平坦草地，樹木局限在兩側與河邊。一條較低的冰川磨光的花崗岩部分地把它與上半部草木叢生的地方分開，河流穿過花崗岩形成急流。

這裏主要的樹木是黃松、糖松、沙濱松、香雪松、道格拉斯雲杉、銀冷杉、金杯橡樹、香脂棉白楊、多花的紐托爾榿木、楓樹、月桂樹等。最多並最有影響的是像優勝美地那樣的黃松和銀松，最高的超過了二百英尺。生長在宏偉林區的橡樹樹幹直徑有四英尺至六英尺，挺拔而粗糙，它的頂梢也很寬闊。繁花密布的樹叢和灌木叢主要有熊果屬植物、杜鵑花、繡線菊、野薔薇、鼠李、蠟梅、山梅花屬植物、野黑櫻桃等等。許多豔麗而芳香的草本植物生長在周圍。

在開闊地，分層生長著百合花、馬里波薩鬱金香、卜若地屬植物、蘭花、鳶尾屬植物、寇林希草屬植物、喜林草屬植物、飛燕草、耬斗菜、黃花、向日葵、薄荷和金銀花等。許多優良的蕨類植物也生長在這裏，尤其是美麗且有趣的岩石蕨類植物裝飾著乾燥的岩石堆和壁架。潮濕的地方生長的是約有六、七英尺高的胎生狗脊蕨和鐵角蕨屬植物。精美的掌葉鐵線蕨生長在瀑布旁邊生長苔蘚的隱蔽處，耐寒的、寬側翼的鱗蓋鳳尾蕨覆蓋了橡樹和松樹下面幾乎全是乾燥的地面。

所以，赫奇赫奇山谷看起來和許多人所想像的一樣，遠不是由一片簡單的、普通的岩石限制起來的草地，而是一個盛大的風景花園，是大自然最稀罕和最珍貴的高山神殿之一。像在優勝美地一樣，不論岩石是靜止地向後傾斜，還是以沉思的姿態筆直地站立著，它們都閃耀著生命的光芒——它們歡迎平靜，同樣也歡迎暴風雪。它們頭頂著天空，腳站在林區或長滿鮮花的草地上。而鳥兒、蜜蜂和蝴蝶則幫助河流和瀑布，把所有的空氣都變成音樂——就像在優勝美地一樣，所有脆弱、短暫的東西都在這裏會合，吸引大自然的愛好者與它一起進行親密和信任的交流。

令人難受的是，給人們帶來歡樂安寧與健康的最偉大的自然資源之一、最珍貴和最具莊嚴的優勝美地國家公園正處在危險之中。堤壩將在這裏安家，它將變成水庫，幫助舊金山供水、供電。這樣，水位的提高將把花園和林區淹沒近一、二百英尺深。這項很有破壞性的商業計劃已經制定了很長時間，並得到了推廣（儘管一樣純淨和豐富的水可以從其他公園中獲得）。因爲水壩和土地相對廉價，於是人們就開始尋求它更大的用途，這顯然和一八九〇年建立優勝美地國家公園法案的初衷是不一致的。

建立花園和公園依靠世界文明進步，當它們的價值得到認可時，它們的規模和數量就會增加。人們對美的需求不亞於對麵包的需求。人們需要有地方進行休息和祈禱，讓大自然醫治他們的創傷，喚起他們的歡樂，給他們肉體和靈魂以力量。人們對自然美的渴求隨處可見——從窮人的小窗臺上放著種在破花盆裏的天竺葵，到富人精心護理的玫瑰花園和百合花花園，幾千個大規模的城市公園和植物園，還有我們的國家公園——黃石國家公園、優勝美地國家公園等——全世界都在讚美快樂的大自然奇蹟。

不過，像其他許多有價值的東西一樣，從一開始，無論你如何保護它，它們總是遭到財富掠奪者、居心叵測者及參議員等各種離間者的抨擊。他們急切地把每一樣東西立即商業化，把計劃僞裝成自鳴得意的慈善事業，勤懇且佯裝虔誠地叫喊「保護，保護，全面利用」。人類和野獸可以餵養，親愛的國家可以變得更偉大。

很久以前，一些有膽量的商人把耶路撒冷的寺廟用作做生意的地方，從事貨幣兌換、買賣牛羊和鴿子的商業行爲。更早以前，只有一棵樹的第一個森林保護地也同樣被破壞了。自從優勝美地國家公園建立以來，其邊界周圍的衝突持續不斷。無論其邊界線被剪切掉多少或者其野性美被破壞掉多少，我猜想，這將繼續作爲正確與錯誤之間的普遍戰爭的一部分而存在。

一九〇三年，舊金山行政官員第一次向政府申請開發伊利諾湖和赫奇赫奇山谷的商業用途。同年十二月廿二日，內政部長希契科克先生否決了該申請。他誠實地說，優勝美地國家公園是根據法律建立的，因爲在其邊界範圍內，同樣包括像伊利諾湖這樣美麗的小湖泊及其宏偉的奇蹟——赫奇赫奇山谷和優勝美地山谷。這些是使優勝美地公園成爲風景優美的地方的自然風景特徵的集合。爲了適應造物主，美國國會依照法律切實可行地保護未來——人們以擁有它而自豪，它也是大眾健康娛樂和休息的場所，他們可以在每年的炎熱季節去那裏旅居。

公園裏最好的營地是三個大峽谷——優勝美地、赫奇赫奇和上圖奧米勒，相對於其他的地形——位於河流源頭默塞德峽谷和圖奧米勒峽谷、內華達山區的山峰和冰川等，它們要重要一些。圖奧米勒峽谷的主要部分是四、五英里長的、綴滿鮮花的大草坪，周圍是莊嚴的雪山，其他美麗的草地與其相隔不遠，它們加在一起大約有十二英里長，草地最高的地方延伸到戴納山、吉布斯山、萊爾山和麥克盧爾山的山腳下，海拔大約八千五百英尺，形成了以內華達山區爲中心的大營地。

從那裏可以遠足到眾山脈、圓頂、冰河等，穿越山脈到莫諾湖和火山，從圖奧米勒往下就到了赫奇赫奇。如果赫奇赫奇被淹沒成水庫，不但它會被完全毀壞，而且還會徹底地阻斷了通往內華達山區中心的峽谷之路，這樣作爲城市飲水系統分水嶺的大營地，實質上將向大眾關閉。據我所知，已經見過赫奇赫奇山谷並在那裏尋求安寧的數千人中，幾乎沒有人贊成這個令人憤慨的計劃。

一九〇七年秋天，我又一次與藝術家威廉・基斯遊覽山谷。此時，樹葉的顏色已經成熟了；沉睡中，莊嚴的岩石似乎閃耀著生命的光芒。在它們的魅力驅使下，藝術家日復一日地徘徊在河邊、林區和花園，研究優美的風景。在完成了大約四十幅作品之後，他熱情洋溢地宣佈：雖然它的峭壁在高度、絢麗的美和魅力方面不是那麼出色，但是赫奇赫奇還是勝過優勝美地。

居然有人想破壞這麼一個地方，真是令人難以置信。但是，可悲的歷史表明，有好人做好事，也有壞人幹壞事。水壩計劃的支持者提出許多錯誤的論點，證實他們對人民公園所能做的惟一正當的事，就是一點一點地進行破壞。他們的論點像惡魔狡辯一樣怪異，他們的聲明沒有一點是真實的，一切都是誤導。

他們說：「赫奇赫奇是低地的草地。」正相反，它是一個高地的自然風景花園。

他們說：「像數千個其他的公園一樣，它只是一個普通不過的公園。」正相反，它具有最非凡的特色，是繼優勝美地之後國家公園裏最罕見的，並在許多方面都具有最重要的特色。

他們說：「築壩和淹沒一百七十五英尺深，將提高晶瑩剔透的湖泊的美感。」而風景花園、娛樂和做禮拜的地方從來不會因爲破壞和埋葬而變得更美。再美麗的人造湖泊也只是很醜的東西，就像在內華達山脈看見的許多其他公園一樣，它將成爲風景中一個陰暗的污點。因爲它不是全年都保持在同一水平線上，允許大自然有幾百年的時間去形成新的湖邊。

當然，它只能在冰雪快速融化的春季中一兩個月充滿水；然後，它就逐漸地排水，暴露出泥濘的岸邊和很淺的底部——上游流域的漂流物和垃圾、死亡及腐爛的東西都淤積在這裏，而不是繼續沿著河邊往前流到大自然所埋葬的合適地方。因此，赫奇赫奇的水壩湖將只是在春季的幾個月內成爲天然湖的一件粗糙贋品，而在其他時間裏，它就將成爲一座開放的墳墓。

他們說：「赫奇赫奇的水是內華達山脈最純淨的，未受污染，而且永遠也不會受污染。」正相反，除了優勝美地下面的默塞德河之外，它就不如其他內華達山脈的河流那麼純潔，營地的污水常排到河裏。尤其是每年夏天，幾百個旅遊者和登山者帶著他們的動物來到此地，不久，又會有來自世界各地的數千個旅遊者佔據了圖奥米勒大牧場的營地。

這些神殿的破壞者、摧殘商業主義的獻身者，似乎完全輕視大自然，而且他們根本沒有仰視群山的上帝，只一心盯著萬能的美元。

如果築水壩攔截赫奇赫奇，那同時也將把大教堂的水箱也封住！因爲，已經沒有更神聖的殿堂能被人類的心靈永遠獻祭！

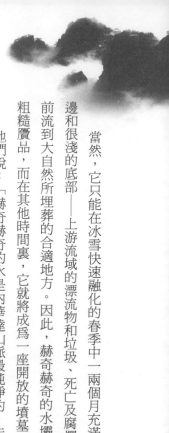

第四部　樹木與花鳥

牠持之以恆地出沒於急流和瀑布，在沐浴著浪花的岩石隙口築巢。牠沒有躊足，仍人膽地潛入波濤洶湧的急流——似乎河流越洶湧澎湃，牠就越高興，總是像森林裏的紅雀一樣快樂與沉著。牠在喧囂的瀑布之間飛來飛去的姿態表現出牠的信心——鳥類與河流是不可分割的一個整體，多麼好的一對！

第廿三章　山谷的樹木

山谷最有影響的樹木是黃松。在坍塌斜坡和表面乾燥、下面水分充足的草地之間，在被水沖刷過的、粗糙的冰磧堆積底層，黃松的生長規模最大。在林區不太擁擠的地方，黃松的樹枝幾乎垂到了地面，形成約高二百英尺至二百二十英尺的大尖頂。

我測量過的最大黃松獨立地生長在「崗哨石」的對面，或者稍微靠西邊一點。它的直徑有八英尺多，高度達二百二十英尺。當它們在暴風中搖動並唱出聖歌時，攀登這些大樹是一種令人非常愉快的體驗。從最低的樹枝上升到頂端，就像步入一片燈火輝煌的臺階，每一根松針在顫動、在閃光，彷彿進入虔誠的忘我境界。

雖然在優勝美地有大量的糖松，遺憾的是，在這個山谷卻很少。香雪松的樹皮是肉桂色的，樹葉是黃綠色的，它是優勝美地的樹木中最奇特的樹種之一。有的高一百五十英尺，直徑約六英尺至十英尺。

當你在黃松的樹林中漫步，不會看不到香雪松。它們亮褐色的樹幹、扁平呈寶塔形的樹枝成為風景區一年四季的顯著特徵。仲冬時節，當大部分樹木休眠時，這種雪松開出數百萬朵花——雌花是淺綠色的，不顯眼；但是綴滿樹枝的嫩黃色雄花，使它們看起來好像是屹立在雪中的巨大黃花樹。

它們伸展著美麗扁平的羽毛狀或葉狀體的樹枝，除了靠近頂部的之外，都優雅地向下和往外延伸。尤其是幼年雪松和中年雪松最下面的樹枝，垂及地面，互相重疊，像屋頂板一樣抵擋著雨雪——這裏成了鳥類和野營者的帳篷。這種樹常常生存一千多年，而且生長在巨松和道格拉斯雲杉旁邊，其位置亦相稱。

我所知道的道格拉斯雲杉最大的兩棵直徑爲八英尺左右，它們生長在內華達瀑布附近的利伯蒂開普的山腳下和伊利洛埃特峽谷中樹木成蔭且殘留著小冰川的終磧上。

除了針葉樹之外，優勝美地的樹木中最重要的就是兩種橡樹。加利福尼亞橡樹，樹幹爲黑色，厚度四至七英尺左右，樹枝寬大，樹葉發亮、有很深的圓齒。它佔據著山谷上端大部分廣闊的沙質平地，盛產印第安人和啄木鳥都高度讚賞的橡子。另一種是高山槲樹，或者叫做金杯橡樹。它是一種耐寒的高山之樹，主要生長在山谷北邊、陽面峭壁的地震塌壘和階地上。它很堅硬，不變形、節疤的強度大，是橡樹之王，也是一種雄偉的大樹。

山谷裏最大和最獨特的橡樹在特納亞瀑布的底部，由於到那兒去會遇到很多麻煩，很少有人見過這個浪漫的景點。它生長在三塊巨大的漂石之上，設法從周圍土壤中汲取足夠的濕度和養料以保持自身健康成長。它的圓周爲二十英尺，大樹枝的直徑爲三四英尺。多節疤的樹幹似乎由峭壁花崗岩的漂石構成，它的樹根和其所生長的環境一致，它的顏色大致與生長苔蘚、蓋滿地衣的漂石相同，而且也與之差不多一樣粗糙。

靠近地面的兩個長有苔蘚的樹洞，一個朝北，一個朝東，成爲獨特、浪漫有趣的中心。最大的主幹樹枝的圓周爲十八・九英尺，有些下垂的長樹枝垂落到飛濺灰色浪花的瀑布底部的河流上。樹葉爲黃綠色，有光澤，不斷地在風中或在瀑布裏擺動。這裏是個做夢的好地方，有大瀑布、小瀑布、成排的冰冷岩石。楓樹、山茱萸、榿木和柳樹，在這裏形成了一大片樹蔭，你的手搆不著的地方，有大量叢生的蹄蓋蕨屬植物，光線在這裏濾過半透明的樹葉，橡樹有五十英尺高。在附近充塡的湖泊流域裏，有八英尺高的百合花，還有最精美的雪松樹林、最高的蕨類植物以及黃花。

在弗納爾瀑布下面的主幹河流峽谷和山谷南邊的樹蔭下，有一些銀冷杉的樹林，在山谷的邊緣周圍是高大樹木的宏偉森林。

在「圓頂」的頂部可以看見耐寒的、能抵抗暴風雪的紅雪松。這裏從來沒有大片的森林，但是紅雪松傲然挺立狂風中。它通過小裂縫與岩石相連，你在這裏看不見一把土，紅雪松似乎主要從雪和空氣中汲取營養；它依靠這些保持健康強壯，至今已經二千多年了。在這一帶，最大的紅雪松的直徑爲五六英尺，高度達五十英尺。

河邊主要的樹木是白楊、榿木、柳樹、寬葉楓樹和多花的紐托爾山茱萸。白楊通常叫做乳香，香味來自其蓓蕾。它是高聳出其他樹木的一種大樹，用樹葉優雅地遮蔽河邊。在秋天時，茂密的樹葉變成嫩黃色，深秋的陽光以令人愉快的色調，穿過樹葉，照在處於最低潮的、潺潺的水面上。

有些多花山茱萸的蒴包的直徑爲六英寸至八英寸，開花時，整棵樹看起來像覆蓋著雪。春天，河水漲潮，它是最白的樹木。到了深秋的時候，樹葉變成鮮豔的深紅色，比花朵顯得更耀眼。

寬葉楓樹和高山楓樹主要生長在山谷頂部涼爽的峽谷，它們的樹枝以美麗的拱形伸展到佈滿泡沫的河流。

其他幾種樹木到處分散，大部分是小樹——高山紅木、櫻桃樹、栗子橡樹和月桂樹。加利福尼亞的肉豆蔻樹是一種紫杉屬的美觀的常綠植物，在山谷底部下面一兩英里附近的小瀑布長成小樹林。

爲了便於遠足到山谷以外深山裏、越來越多的優勝美地遊客使用，簡單地描述一下這裏的樹木概況可能有益。不同的樹種分佈於不同的地域和區域，使得每位觀測者把森林理解爲一個整體。我們發現這些樹種總是受到一些因素的制約。不同海拔高度的不同氣候，每個樹種佔領著相應的高度，旅行者需要瞭解這些關係。在幾百英尺範圍內，僅通過樹木確定他所處的海拔高度將不至於感到困惑。

儘管有些樹木往上排列幾千英尺，或多或少互相趕超；然而垂直排列的那些樹種，正可以用於測量海拔高度——因爲它們呈現出和海拔變化相應的形式。進入到由道格拉斯橡樹和薩賓松樹組成的較低的森林邊緣，你會發現樹木彼此之間離得很遠，以致正午時僅不到二十分之一的地表有樹蔭。往前朝著優勝美地方向走十五英里或二十英里，接著攀登二千英尺至三千英尺之後，你就到達了松林帶較低的邊緣。這裏有巨大的糖松、黃松、香雪松和美洲杉。接著，你將來到宏大的銀冷杉地帶，最後，你到了更上的松樹地帶，該地帶樹木開始變矮，其邊緣一直綿亙到海拔一萬英尺至一萬二千英尺的山峰腳下。

你馬上可以看到植物的分佈受海拔高度的影響，同時又取決於氣候的分佈次序。只有經過觀察和研究之後，才能弄明白其間的奧妙。其中最有趣的就是一些呈長曲線帶狀排列的森林，它們有些地方交織在一起，變成帶子的圖案，然後又以不同的方式展開。這種排列方式其實受到了遠古冰川活動的影響。在冰川流動的地方，樹也隨之生長出來；沿著山谷的兩側，經過山脊和高原，樹木一直遵循著它們的路線。約瑟夫•胡克爵士說，黎巴嫩雪松佔據了遠古冰川的一個冰磧。

內華達山的所有森林都生長在冰磧上，但是，冰磧像形成它們的冰川一樣消失了。每次落到它們上面的暴風雪都在消耗它們，並帶走腐爛的、被分解的東西，把它們變成新的構造物。在有些地方，那些還處在形成過程中的冰磧，由於植被和各種冰河期之後的侵蝕，而變得越來越古老，越來越不明顯。所以，看起來內華達山脈的森林顯示了古代冰磧的範圍和位置，以及它們所形成的氣候帶。

人們辨認北美單針松將不會有困難，因爲它是從西邊攀登山脈的人所遇到的第一種針葉樹，在橡樹和鼠李與熊果屬植物的灌木叢中間，都可以看見它的身影。它的最高生長極限爲

海拔四千英尺，最低大約爲五百英尺至八百英尺——它因其寬鬆、婀娜、張開的樹枝及其淺灰色的樹葉而與眾不同；成年的樹木高四、五十英尺，直徑爲兩三英尺。樹幹通常分出三四根主幹樹枝，離地面大約十五英尺至二十英尺。它們細長的、淺灰色的松針有八英寸至十二英寸長，與堅挺的、黑色的樹幹和樹枝形成對比。我所認識的還沒有其他樹木的樹幹有這麼結實，而樹葉又那麼細薄和透光。它的毬果是深褐色的，有五英寸至八英寸長，也幾乎差不多這樣厚。

也許只有道格拉斯松鼠能夠打開毬果。印第安人像熊一樣爬上樹，打下毬果，或者用短柄小斧魯莽地砍下更多果實的樹枝。他們的妻子收集，烘烤，直到皮屑張開足夠大的口，再把硬殼裏的種子敲出來。稀罕的小窄果松生長海拔一千五百英尺至三千英尺靠近林區的地帶。它非常纖細和優雅，彎曲的樹枝長得很長，與普通樹叢的外觀形成顯著的對比。

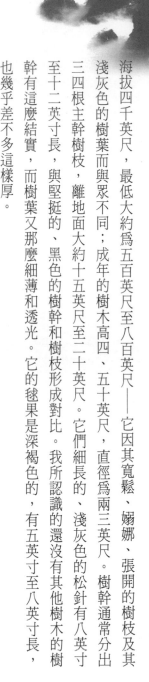

北美單針松的松針與樹幹一樣，也同樣是罕見的灰綠色；它長得比較鬆散，所以樹幹幾乎不會因松針而失色。長到七八年的時候，它開始在莖軸上結輪生長毬果。由於它們從來不會掉落，樹幹很快就綴滿了毬果，樹枝上也很快長滿果實。樹木的高度平均約爲三十英尺至四十英尺，直徑爲十二英寸至十四英寸。毬果大約四英寸長，面上覆蓋著樹脂光澤，使得它們不受濕氣的影響。

沒有研究者會不注意這種稀罕的松樹，它是惟一能夠在火災席捲過的地區生長的樹種。烈火燒焦了樹木，把松果燒得開了口，地面上因而撒播了整個生存期成熟的種子。此後，一片明亮、有希望的樹苗就生長出來了，爲佈滿灰燼的大地增添了許多美感。

第廿四章　松樹之王

在全世界所有的八儿種松樹中，糖松算得上是其中的國王。它不僅在尺寸，而且在貴族似的美感和威嚴方面，都超過其他所有的松樹。在優勝美地地區，它主要生長在海拔三千英尺至七千英尺的高度，最大的樹一般高約二百二十英尺，直徑有六至八英尺。你到處都有可能遇到已經經受了六百年乃至八百年的暴風雪的古老的糖松，其厚度達到十英尺甚至十二英尺，每一根纖維仍然芳香和新鮮。其樹幹非常光滑、豐滿，莖幹爲優美的錐形，好像車床加工的一樣筆直，有規則。

大部分糖松沒有大樹枝。在這個宏偉圓柱的頂端，長樹枝優雅地向外和向下伸展，有時候構成掌狀的樹冠——它的樹冠比我所見過的棕櫚樹冠更動人。它們在風中唱得多棒啊！鬆散地依靠在長樹枝末端，長圓柱形毬果所產生的效果是多麼和諧啊！毬果長約十五英寸至十八英寸，直徑爲三英寸，是綠色的，向陽的一面有暗紫色的陰影。

它們在第二年的九月份或十月份開始成熟，然後，薄而扁平的皮屑裂開口子，種子長出翅膀。空毬果作爲裝飾物更漂亮、更顯眼。因爲皮屑展開以後，它們的直徑幾乎增大了一倍，而且，它們的顏色也變成黃褐色。當它們留在樹上時，每年冬夏都在隨風搖擺。它們落下之後，在地上停留許多年後依然很美麗。

糖松美味芳香，木材紋理很好，爲奶黃色，好像由壓縮的陽光光束組成。我認爲，它被稱爲「糖松」的由來，就是它具有最佳的甜味。這些糖分從木質的中心滲出來，那裏有森林火災或斧頭造成的傷口，形成相當大的、不規則的、易脆的、像糖果的內核，或是有點像一串珠子的東西。當其新鮮的時候，它是白色的；但是因爲所看見的大多數傷口是由火災造成的，樹液被污染過，於是它就變硬，顏色也由奶黃色變成了褐色。印第安人非常喜歡它，可是由於它具有通便的特性，一次只能吃上一點點。

樹木愛好者大概永遠不會忘記他初次見到糖松的情景。大部分松樹的形態都是相同的，多數人往往會認爲它很單調；因爲無論針葉樹典型的螺旋形式有多麼美麗，它也談不上有什麼個性。然而，糖松卻和橡樹一樣沒有一種普遍的形態，沒有兩棵糖松是一樣的。儘管它們以極其誇張的姿態搖擺著巨大的樹枝，但是它們從不會喪失表現沉著的威嚴。它們是松樹的牧師，似乎不斷地向周圍的森林致辭。

在溫暖的山坡上，黃松與它們長在一起；在涼爽的北坡，它們與銀冷杉爲伴。其他這些樹木都很高貴，但是，糖松還是可以被稱作「國王」，因爲它比其他樹木要高大。有時候，它的大樹枝會達到四十英尺長，而且在大樹枝上，除了靠近末端部分以外幾乎沒有分叉。從這些大樹枝周圍伸出來的像流蘇一樣的小樹枝，把整棵糖松變得豐富了。這些莊重的大樹枝對稱地往外伸向周邊，形成了六七十英尺寬的樹冠，優雅地在高貴的樹幹上保持著平衡。

糖松在完全成熟時姿態各異，但是在其生長初期，它和其他的松柏科一樣苗條、筆直。有松針的樹枝保持在適當的位置，每一棵的外觀爲錐形，頂部爲尖塔狀。糖松生長初期的乾淨和整潔，與成熟期的大膽與自由之間的繼承形式值得研究。待糖松生長了五六十年的時候，它害羞的樣子就變了。分化的樹枝外伸展，因長滿大毬果而彎曲，它的個性一年比一年明顯。糖松最恆久的同伴就是黃松。道格拉斯雲杉、雪松、美洲杉和銀冷杉也多少與它有關聯。它通常生長在海拔大約五千英尺的土壤較深的山腰上，在那些地方形成了大片的森林，甚至把凸起和凹陷的地方以及幽深的溝壑都填滿了。

彼此彎曲相互靠近的宏偉樹冠構成了輝煌的天篷，溫暖的陽光從天篷上照射下來，使松針變成銀白色，給巨大的樹幹和長滿鮮花的公園式的地面鍍上了一層金色，使之變成迷人的場景。在陽光最充足的斜坡上，長著白花、芳香四溢的蕨葉屬植物像地毯一樣鋪開。初夏時節，這裏是盛開的野玫瑰、數不清的紫羅蘭。即使在最陰暗的隱蔽處，你也找不到任何凌亂的雜草或骯髒的漆黑角落。

在山脊的北面，樹幹更細長些，地面上主要是榛樹、鼠李和多花山茱萸的叢林。只要它們不是長得太密，就不妨礙旅遊者隨意走動。陽光從來不會穿不過頂上的樹枝，也從來不會與之混爲一體，而喪失它們的個性。

第廿五章　高貴的銀松

銀松，一般叫作黃松，作爲常被砍伐的樹木，在內華達山的松樹中列第二位，在高度和高貴方面可堪與糖松匹敵。由於它具有適應氣候和土壤持續變化的高超能力，所以它在內華達山的生長，比其他針葉樹的範圍更廣。

在西邊的斜坡上，第一次可以見到它在海拔大約二千英尺的高度，幾乎延伸到林木線上面的界限。因此，從最低的關隘穿越山脈，它往下到東邊的底部伸出了相當遠的距離，進入了炎熱的火山平原；它在水分充足的冰磧上或鋪滿礫石的湖泊流域茁壯成長，並且登上了古老的火山，把成熟的毬果灑落在灰燼和火山渣上。

雖然，你還可以很容易找到比之更大的樹種，但是在西斜坡上與糖松一起生長、完全成長後的銀松，平均高度不到二百英尺，直徑也就五、六英尺。在陽光充足、其他條件也有利的地方，它在形態上與糖松形成了鮮明的對比。尖頂對稱、樹幹滾圓、筆直及一再分叉的樹枝，不像優勝美地的松樹外形，大約一半都是樹枝，而它近四分之三或更多的樹幹都是光溜溜的，因而它比森林裏的其他樹木更細長更雅致。

它的樹皮也是大片大片地排列的，其中有些四、五英尺長、十八英寸寬、厚度約三、四英寸。松針的顏色是精美、溫暖的黃綠色，約六英寸至八英寸長，結實且有彈性，擁擠在樹枝那朝上翹起的美觀而發亮的穗狀花序上。黃松的毬果大約三、四英寸長、二•五英寸寬，緊密地生長在松針之間。

這一樹種在充填的湖泊流域，尤其是在更古老優勝美地那些地方，達到了最高貴的形態。正如我們所看到的一樣，形成林區的這一部分是如此傑出，以致我們完全可以稱其爲優勝美地松樹。

在麥克克勞德河與皮特河的寬廣流域，山脈北部的傑佛里樹種長勢最好，那裏的森林幾乎沒有其他的樹木。它的大小與外觀很有特色，樹皮的顏色更紅，樹紋更密，樹葉爲淺綠色。只有普通樹種一半的高度，樹枝較少分叉，毬果也大得多。雖然某些植物學家把它當作一個特殊的品種，但是從直觀上，你又難以把它和其他樹種分辨開。

就是這種美國黃松獨自登上了被風暴破壞的山嶺，徘徊在大盆地的火山之間。在最炎熱或最寒冷的氣候條件下，它像其他樹木一樣，變得矮小、彎曲，長出很多節疤，與我們在前面描述過的莊嚴的外觀完全不一樣。有時候，在海拔七八千英尺的岩石裂縫裏也可以看見它。在這裏，它長出的毬果大概與鳳梨一般大，而它最高的樹枝很少超過一個人的肩膀。

冬天，這些全身披滿雪花、傲然挺立的高貴樹木，是我經常欣賞的美景。當閃光的松針裏掛滿褐色的雄性花蕊，它們在夏天也一樣的動人。在無雲和風暴期間，這些巨大的松樹最美麗。它們像柳樹一樣彎下腰，松針都飄向一個方向。當太陽從適當的角度照在上面時，整個林區放射出光芒，彷彿每根松針都銀光錚亮。熱帶的光線落在掌形的樹冠上，的確是一個輝煌的奇蹟——熾熱的陽光突然出現在有光澤的樹葉上，像高山流水落入熱情的瀑布底部的漂石間。

對於我來說，有些東西比光芒落在這些高貴、銀色的松樹上更令人難忘。它散發出無數的光彩，像是從樹木的心臟中射出來，又彷彿雨水落到肥沃的土地上，被吸收之後，再次露出光芒的花朵。這種樹還發出山風中最佳的音樂。夜間，在山上獨自聆聽這種松樹在風中奏出的音樂，是一種美妙的享受。如果想分辨單根松針的音調，你就需要在微風中爬上一棵樹。每根松針都被精心地調過音，只要頂端沒有大風，它們發出的每個音符都很明確，互不干擾。你還可以查覺一根松針壓著另一根松針時所發出的滴答聲，你很容易把這種聲音和風的沙沙聲區別開來。

當糖松與這種樹一樣大小時，後者看起來更簡單、更生動、更優雅，也更容易獲得人的讚美。另一方面，銀松行爲也沒有那麼威嚴和原始。銀松似乎永遠急於在高處生長，越來越高。即使它在秋天金色的陽光裏呆滯不動時，你還能發覺它有一種向上的渴望。只有糖松，似乎太高貴了，在各方面太完美，所以根本無意向天空展示自己。

第廿六章　道格拉斯雲杉

道格拉斯雲杉是體積最大和樹齡最長的巨樹之一，在生長松林的主要地帶繁茂地生長。其高度通常達到二百英尺左右，直徑六、七英尺。在生長不太密的地方，粗大伸展的樹枝將覆蓋一半以上的樹幹。無數細長、垂落的小樹枝，上面的短樹葉像羽毛一樣美觀。

這種茂盛的樹木永遠美麗，永遠歡迎山上的風雪或夏日之光。它歷經滄桑，仍持著青春活力。六、七月份的時候，它的外觀最美。那時，小樹枝末端的蓓蕾鼓起來，露出嫩葉，最初爲嫩黃色，使得樹木看起來像覆蓋著一層鮮豔的花朵。三、四英寸長的下垂的苞葉毬果，像貝殼一樣的翅瓣，這是它不變的裝飾物。

小樹通常按群屬生長，每棵小樹苗都非常勻稱。主幹樹枝有規律地盤旋在莖軸周圍，一般爲五根。每一根都披掛著長長的、輕軟的小樹枝，像落下來的水一樣，自由且優美地成排垂落下來。

在俄勒岡州和華盛頓州，道格拉斯雲杉形成了無邊的森林。樹木都像桅桿一樣長到了三百英尺。作爲一種砍伐的樹木，它得到了很高的評價。但在這裏，它分散在其他的樹木中間或者形成小片林區，很少生長在海拔五千五百英尺以上的高度，也從來沒有形成我們所說的森林。它對土壤的選擇沒有特別的要求，無論潮濕或乾燥、平坦或多岩石，它都能設法生長得很好。我們在優勝美地見過兩棵最大的道格拉斯雲杉，其中之一的直徑爲八英尺，生長在冰磧上；另一棵，差不多一樣大，卻生長在有傾斜角度的花崗岩石塊上。內華達山脈沒有其他的樹木能夠這麼舒適地生長在地震造成的塌壘上，道格拉斯雲杉幾乎獨佔了這些巨大的漂石斜坡。

同樣，香雪松分佈在整個松林帶，沒有獨佔任何大區域或者形成大片林區。在較溫暖的山坡上，它在五千英尺左右的海拔高度生長。對它而言，最適宜的氣候在海拔四千英尺的高度上，它在這裏的各種土壤中繁茂地生長。除了美洲杉之外，香雪松比其他任何樹種都能夠承受樹根周圍更大的濕度。

把你的眼光從山頂投向一般的森林，單從暖黃的尖頂顏色就能夠把它分辨出來。從小樹到七八十年樹齡的大樹，沒有任何一種樹像香雪松那樣從頂部到底部形成這麼精確的錐形。當它變得更老的時候，它的形態明顯地變得不規則了。大樹枝直直地伸到樹幹外面上，其上又抽出了幾乎與中軸線平行的嫩枝。

很老的樹通常先從樹頂開始枯死。香雪松芳香而扁平的羽狀部特別漂亮，沒有哪種搖擺的蕨類植物體的外觀和組織比它更精美了；在最茂盛的時候，整棵樹頂都覆蓋滿了。但是，如果你想看最茂盛的雪松，你必須在仲冬時節到森林去。那時，它綴滿了無數麥粒大小的黃花，成熟的毬果長四分之三英寸左右，生長在羽狀小枝的末端，爲冬天增添了一份色彩。

第廿七章　紫色的銀冷杉

現在，我們來到種植最有規則、劃分最清楚的森林地帶，這裏幾乎只有兩種銀冷杉——科州冷杉和加州冷杉，它們在海拔五千英尺至九千英尺的高度上延伸了四百五十英里，中間偶爾有點中斷。

小的銀冷杉很迷人，勻稱、羽狀的扁平樹枝在白灰色的莖軸周圍排列成有規則的輪生體，莖軸在肥壯的、生氣勃勃的、像勸告的手指一樣，直指頂點的新梢上終止了。樹葉成兩排，水平地生長在小樹枝上。銀冷杉毬果成熟時爲灰綠色，圓柱形，長三、四英寸，寬一・五英寸至二英寸，直立在上面的水平樹枝上。

在有利條件下，成年的樹木通常高爲二百英尺左右，直徑有五、六英尺。樹齡長的稍微有些變形，粗糙的樹皮變得更粗糙、更蒼白。樹枝喪失了原來的規則形狀，很多被大雪壓彎的樹枝折斷了。其莖軸經常變成兩倍粗，或者由於末端的蓓蕾或者嫩枝發生其他事故而變形。不過，經過三、四百年的各種枯榮，無論發生什麼，該樹種從未喪失崇高與莊嚴。

宏偉的銀冷杉或者加利福尼亞紫果冷杉，是內華達山脈的巨樹中最勻稱的，在這方面遠遠超過它的同伴，而且易於從紫紅色的樹皮把它和其他樹種區分出來。它比白冷杉的樹紋更密，毬果更大，比其他渦狀的或葉狀的樹枝更有規律。樹葉更短，所有的樹枝向上立著，而不是成兩排水平地排列。大多數樹枝從紅紫色的筆直樹身水平地伸出來，老樹的樹枝則下垂，每根樹枝像蕨類植物體一樣成有規則的羽狀，外觀非常豪華。

六月中旬大約是銀冷杉花期最旺盛的時候，雄花爲紅色，被大量地擠到樹枝下面，向所有的樹木呈現它鮮豔的色彩；雌花爲綠黃色和淡淡的粉色，筆直地立在頂端樹枝的上面。叢生的嫩葉與道格拉斯雲杉一樣鮮豔，也成爲一道別致的風景。成熟的毬果大約六英寸至八英寸長、三英寸至四英寸寬，直立在頂端的樹枝上，它的表面覆蓋著精美的灰色絨毛，上面有斑條紋，並且冒出透明的香脂珠子。

如果有可能，你會發現毬果的內部更漂亮。鱗苞和托葉爲粉紅色，種子翼瓣爲紫色與鮮豔的彩虹色。當它們周圍的條件都很有利時，這兩種銀冷杉能夠生長兩三百年。一些古老的老樹飽經風霜，至尊無比地聳立在年輕一代之上，小樹苗擠靠在它的樹根周圍，每棵樹都受到了愛的呵護。

其他樹群也很繁茂，精細地排列著，好像是大自然已經從其餘的樹木中精選出來的。就是這種被伐木工人叫作「紫果冷杉」的樹，如果登山者能幸運地碰到它，就可以砍下它的樹枝當作睡覺的床。攤開兩三排豪華的葉狀體樹枝，把中間重疊，月牙形的小羽狀與蕨類植物及花朵混合作爲枕頭，這就成了你可以想像得到的最好的床。樹葉的香氣好像充滿了身體的每個毛孔，落下來的水滴使人心情平靜，你可以通過大尖頂之間的開口仰望滿天的星星，由此進入夢鄉。

冷杉林是散步的佳處，而在冷杉林中散步的最佳季節則是在秋天。那時，高貴的樹木在朦朧的光線下顯得平靜，樹幹滴下一滴滴的香液，飛花、旋轉的種子逃離成熟的毬果，使天空像成群的蝴蝶一樣斑駁。在這些至高無上的森林最豐富的地方，有許多高貴的樹木值得欽佩。我情願逗留在冷杉林間，並一再地稱讚它們的美，彷彿今後世界上再沒有其他樹需要得到我們的愛。就是在這些樹林中，拔地而起的、巨大的花崗岩圓頂成了內華達山典型的特徵。最好的花園草地上開滿了百合花。從銀冷杉邊緣往後一點的乾燥地方，百合花花園成了最佳的營地——尤其是朝東的斜坡，順著山頂可以看見遠處的山峰。

就像營火之光吸引遊客前往一樣，高高的百合花最能吸引遊客來到這裏。在你身邊，樹木像大百合花聳立在你的上方；從花園的開口處看見的天空，就好像是一大片綴滿百合花的草地。

第廿八章　兩葉松

在銀冷杉地帶上面，兩葉松成了海拔八千英尺至九千五百英尺高度的主要的高山森林，它在冰磧上長勢很旺盛。與較低地區的巨杉相比，這是一種小樹，很少超過九十英尺的高度。我曾經測量過的最大的兩葉松樹高爲九十英尺，直徑有六英尺多。而整個林帶，成熟期的兩葉松樹木的平均高度可能不過五、六十英尺，直徑也就二英尺。它很勻稱，相當美觀，樹皮爲灰褐色，有點彎曲，多叉的樹枝覆蓋了大部分的樹幹，但是還沒有密到你看不見樹幹的程度。

像多數生長在多雪區域的針葉樹一樣，兩葉松較低的樹枝向下彎曲，大約在樹幹一半以上的地方逐漸轉向水平位置，然後，它就越來越渴望到達頂點。在強壯的、向上彎曲的樹枝上，比較長的圓柱形穗狀花序上排列著兩個短短的硬松針。松毬長二英寸左右，生長在成串的松針間，沒有給人留下明顯的印象。只是在它們很小的時候，花朵爲鮮豔的深紅色，整棵樹看起來像是點綴著燦爛的花朵。由於雄花量大而更顯眼，常常使得整棵樹變成了紅黃的色調，空氣中充滿花粉。山區其他松樹沒有像兩葉松這樣位於高高岩石的山谷兩邊的冰磧上、這麼有規則地生長著，可以延伸數英里而不間斷。

所以，兩葉松比其他的樹更易於遭受火災的毀滅打擊。在強風期間，廣闊的森林受到破壞，火焰在連續不斷的森林帶從一棵樹燒到另一棵樹，像大草原的火災那樣，在彎曲的樹木上向前燃燒。在平靜的深秋季節，火災靜悄悄地在地上蔓延，吞噬了松針和松果，到達樹下——含樹脂的樹皮被點燃，熱氣流上升，速度越來越快，火勢蔓延到樹上。然後樹葉著火，在邊緣上形成了美麗的尖塔，變成玫瑰紫的色調，形成巨大的圓柱形火焰，火焰會衝到樹頂以上三、四十英尺的高處，在夜間，這是一個巨大的奇觀。然而，它持續了幾秒鐘，就神奇地消失了。

沿著火災最前線，其他火苗時斷時續地燃燒，一棵樹接著一棵樹，火焰往上閃爍，速度極快，樹幹和樹枝的燃燒幾乎沒有留下痕跡。然而，熱氣足以毀掉整棵樹——幾年內，樹皮將枯萎並脫落。幾英里範圍的森林就這樣毀掉了，只留下光禿禿的樹枝。樹皮剝落以後，樹就變得僵硬；後來，樹枝也落下來，森林裏只留下白色樹幹；最終，根部腐爛了——絕望的樹幹在暴風雨中被刮倒，一根壓著另一根；在乾燥和風乾以前，它將成爲地面的妨礙物，除非另一場火災把它們消滅，留出地面以種植新的農作物。

在隱蔽的湖泊山谷的衝擊層上，兩葉松與普通樹的外觀有很大的不同，以至於它經常被認爲是一種獨特生長在潮濕草皮上的樹種。它的高度爲四十英尺至八十英尺，比森林中的其他樹木更樂意向微風低頭，在旋風中旋轉。我常見到的兩葉松差不多高五十英尺，直徑小於五英寸——這麼細長，同時又有覆蓋著樹葉的大樹枝，當蓋滿柔軟的雪的時候，它經常被壓彎甚至壓低到地面。於是就形成了優美的裝飾拱形，這種狀況要持續到春天冰雪消融的時候。

高山陸均松是高山地區最高貴的樹木——耐寒、壽命長，高高地聳立在其同伴之上。在其他樹種開始蜷縮和消失的地方，它更強大、更壯觀。長勢最好時，它通常高約九十英尺，直徑有五、六英尺。它與橡樹一樣魁梧，易誘發聯想，具有持久的力量。其大約三分之二的樹幹沒有大樹枝，但是它茂密的、穗狀叢生的小樹枝幾乎都快垂到地面。樹皮的上限暴露出樹的顏色爲深紅褐色，而且樹紋相當深，大樹紋差不多彼此平行，老樹有明顯交叉的樹紋連在一起。松果有四至八英寸長，是光滑而細長的圓柱形，有點彎曲。它們由三個或六七個一串長在一起，隨著重量的增加樹枝就往下垂。

雖然兩葉松只有糖松一半的高度，但是它卻與其有密切的關係。在銀冷杉地帶上面的邊緣先見到一棵兩葉松時，看起來像是一種偶然；繼續往前走，就看到了兩葉松林——不過，你對總體森林還沒有留下什麼印象。在往前，在海拔大約一萬英尺的高度，它開始顯露出最明顯的特徵。在嚴寒的空氣中，它伸出頑強卻又相當細長的樹枝，迎接暴風雪的到來，並以此爲食。它或許能長到一千多年。

第廿九章　高山鐵杉

檜柏或紅松是一種卓越的岩石樹木，在七千英尺至九千五百英尺高度的銀冷杉林區和高山地區，它佔據著最光禿禿的圓頂及其覆蓋層上。在這種情況下，植根於幾近無土的裂縫或裂溝裏，它的直徑通常達八英尺以上，高度也差不多就是這個尺寸。

老樹的頂部幾乎總是枯死，頑固的大樹枝從水平方向伸出來，大部分最終都斷裂、死亡，但卻茂密地覆疊著，埋藏在叢生和堆起的、灰綠色的鱗狀樹葉中。有些樹木被暴風雪摧殘後，只留下與長度一樣寬的樹樁，還有幾片樹葉的小樹枝——使人想起老城堡崩潰的塔，上面稀疏地掛著幾根常春藤。它似乎為了防火，總是選擇光溜溜、貧瘠的圓頂和山頂作為生長地。

因此，在寸草不生的孤立的沙堆或沙礫中，經常看見長到四十英尺至六十英尺的檜柏——但它沒有留下受傷如斷裂樹枝的痕跡。它從來形不成森林，甚至也很少成為林區。通常，它分開並獨立生長，與岩石的小接縫相連，主要依靠雪和稀薄的空氣生存，壽命在二千年以上。它所具有的特徵和姿態表現出堅定頑強的意志。樹皮為明亮的肉桂色，通常為美觀的辮狀或網狀；剝落下來薄薄的、發亮的帶狀樹皮，有時被印第安人用作帳篷編席的原料。

藝術家非常欣賞其精美的色彩及其如畫的感覺，但是對於我來說，檜柏是一種異常沉默寡言的奇怪樹木。我與它一起度過了許多日日夜夜，總是發現它很沉默和嚴肅。它似乎是古代樹種的殘存者，完全不認識鄰居。當然，風吹是不可能搖動它的大樹樁的，但也不是這種堅如磐石的強硬才形成其沉默的性格。在風和日麗的時候，糖松像一位鼓吹者，連一片樹葉都不動就進行大肆鼓吹；而在平坦的岩石上，檜柏會站著死去，像花崗岩一樣麻木不仁地消亡。

我已經花了大量的時間，想確定這些令人驚奇的樹木的樹齡。但是，由於很老的樹木都呈乾枯的蜂窩結構，我從未能夠完整地計算最大的樹木。雖然它們在冰磧深土壤上長得與有些松樹一樣快，但是在光禿禿的覆蓋層和圓頂地區光滑的冰蝕山嶺上，它們卻長得很緩慢，有些樹齡毫無疑問已經超過了二千歲。四十年前，在斯塔金山上，直徑只有二・一一英尺的樹木都生長了一千一百四十年。同一座山嶺上的另外一棵樹直徑僅有一・七五英尺，但樹齡已經達到了八百三十四年。在特納亞北邊的覆蓋層上，直徑爲六英尺的中等大小的樹木，樹皮在十五英寸厚時，就有八百五十九層木質。由於乾枯和疤痕，其餘的層數還無法統計。

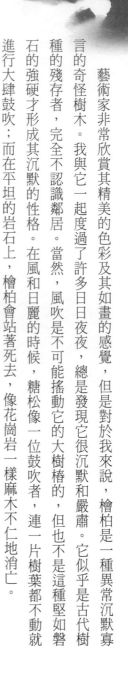

我所知道的檜柏，最大樹木的周長爲三十三英尺或者直徑將近十英尺。雖然我無法進行完整的計算，但是我確信大多數生長在覆蓋層上，厚度八英尺或十英尺的樹木都超過二千年。若無意外，在我看來，它們將永遠活下去。即使被雪崩推翻，它們都拒絕躺下休息，而是依賴著大樹枝，固執地斜靠著，好像盼望有朝一日能夠再站起來。

檜柏是優勝美地地區最頑固、最不可動搖的樹木，而高山鐵杉是最優美、最順從、最敏感的樹木。直到它長到五、六十英尺，下垂的樹枝才會覆蓋到地面上。這些樹枝被一再分成搖晃著的小樹枝，成群結隊，美妙無比，裝飾著豐富的褐色的小毬果，它的花兒也特別美麗顯眼——雌花為暗紫色，雄花是優美純潔的藍色——高山最蔚藍的天空似乎濃縮在了花朵裏！

雖然高山鐵杉是高山樹木中最精緻和最嬌柔的，但是，它在海拔九千英尺至九千五百英尺的高山和山嶺北斜坡山谷裏積雪最深的地方長勢最旺。可是，無論它身處的環境如何，在避開了大風或嚴寒的地方，或是在海拔一萬零五百英尺的最高極限，以及它必須蜷縮和擁擠在低矮的灌木叢無可掩蔽的山頂上，它仍然設法完美地伸展它的樹枝。而在潮濕、排水良好的冰磧上，它完美地展示了熱帶植物茂盛的樹葉、花朵和果實。

初冬的雪通常比較軟，會留在樹葉密集的樹枝上，把樹枝一點點地往下壓——隨著重量的增加，樹枝彎得越來越低；最終樹枝到達地面，形成一個裝飾性的拱形。然後，由於暴風雪接連不斷，雪堆得很高，整棵樹終於被掩埋了——在六、七月的春天解凍之前，你將再也看不見樹葉與樹枝的移動。

不僅小樹被這樣謹慎地覆蓋起來、在一年中最白的白床上睡上五、六個月，而且三十英尺高或更高的樹木也一樣被掩蓋起來。從四月到五月，當反覆融化並凍結的雪變得很結實時，你可以在被降伏的樹林上騎馬過去，並且看不到一根樹枝或樹葉。其他的高山針葉樹則不會這麼巧妙地隱藏它的力量；高山鐵杉挺立在稀薄的白色陽光裏，泰然自若，從頭到腳蓋著樹枝，謙遜而威嚴。

我見過的最大的高山鐵杉的圓周爲十九・七英尺。它生長在海拔九二五〇英尺的高度、霍夫曼山北邊的霍洛湖畔，高度可能達到一百英尺。康奈斯山腳附近有一片九十英尺至一百英尺高的成熟樹林。

一八二七年，人們在靠近內華達山的最南端往北，沿著俄勒岡州和華盛頓州的喀斯喀特山、英屬哥倫比亞的海岸山脈到阿拉斯加，發現這裏廣泛地分佈著這種樹木。

據我觀察，它的最北端界限是位於北緯六十一度的冰封峽灣，那裏和海平面齊平的地方全是森林，在冰河的兩岸長勢非常茂盛——那裏是美國最美麗的針葉樹林。

第三十章　北美單針松

矮松或白皮松幾乎構成了貫穿內華達山脈的樹帶界線的最邊緣。在高山上邊緣，它第一次與兩葉松生長在一起，高度達十五英尺至三十英尺，直徑約一兩英尺。於是，它從冰磧或崩潰的壁架上蔓延到山峰的兩側。無論在哪裡，它都能夠在海拔一萬英尺至一萬二千英尺的高度找到立足處，然後就變成大量的矮矮的盤曲的樹枝，覆蓋著細長的嫩枝，每一枝以緊裹的葉狀花序爲尖端。其樹皮光滑，略帶紫色，有些地方幾乎是白色，花朵則爲鮮紅色或玫瑰紫色。

這種小樹給人以一種綴滿鮮花的感覺。它的松果的長度爲三英寸左右、直徑約一・五英寸，爲叢生果。在它沒有成熟的時候是黑巧克力色，然後它再結出豌豆大小、漂亮的珍珠白的種子，其中的大部分都被花栗鼠和克拉克烏鴉吃掉了。

松樹通常被視爲熱愛天空之樹，必定要執著地往上長。矮樹卻不然，爲了適應嚴寒的氣候，它可以蜷縮和爬行。從遠處看，你決不會把它看成是一種樹。例如，在「教堂峰」這種松樹分散地生長著，像苔蘚在房頂上蔓延，絲毫沒有上升的跡象。即使你靠得很近，它看起來還是暗淡無光。即便人們在上面行走，也絲毫沒有困難。然而，它很少絕對降伏，它的主幹通常達到三、四英尺的高度——樹幹上伸展著樹枝，似乎在它往上長時被一個頂篷阻礙了，而不得不向水平方向展開。冬天的雪往往就是一種持續半年的頂篷。不斷加壓的表面被夾雜著鋒利沙粒的暴風刮得更光滑，壓倒了企圖比一般水準長得更高的新梢，切開了有美麗圖案的枯死的樹幹和樹枝。

在暴風雨的夜晚，我經常在這種松樹枝幹交錯的拱形下紮營。堆積了幾百年的松針是一張難得的好床，這也是其他登山者如鹿或羊所知道的事實——牠們用蹄子扒出一個橢圓形的洞，安全且舒適地隱藏在較大的樹木之下。這種矮小的松樹比通常猜測的樹齡要大得多。我檢查過一棵長在海拔一萬零七百英尺高度的樹，它的直徑只有三‧五英寸，其頂端的穗狀花序離地面還不到三英尺。我把它對半砍開，用透鏡數年輪，發現其樹齡不少於二百五十五年。另一棵樹大致和它一般高，樹幹的直徑爲六英寸——四十年前，它的樹齡已達四百廿六年。

從圖奧米勒河的蘇打斯普林斯到莫諾湖跨越內華達山脈，人們認識了奇怪的北美單針松。它點綴著內華達山脈的東側，從鼠尾草草原的邊緣到海拔七千英尺至八千英尺的高度，它主要根植在淺灰的、像灌木叢的小塊地上。很難再想像到有比它更知足、更多產和無抱負的針葉樹了。我所簡單介紹過的所有樹種多少都偏離了典型的尖頂形狀，但是沒有一種像它這麼離譜。它像果園裏的蘋果樹一樣伸出彎曲分叉的樹枝，很少在離地面十五英尺或二十英尺以上的地方長出新梢。

北美單針松樹幹的平均直徑大概爲十英寸或十二英寸左右。樹葉像圓錐一樣大多不分開，而不像其他松樹那樣分成兩三排或五排。松果生長時爲綠色，整棵樹上都能看見；和藍灰色的樹葉相比，它的特徵相當明顯。它們很小，長度二英寸左右，只有很小的空間容納種子。我們把它切開，發現松果的整個容積約一半是由香甜有營養的堅果組成，差不多像榛子一般大。毋庸置疑，這是內華達山上最重要的食物樹，爲莫納、卡森、沃克河的印第安人提供比其他所有的樹種加在一起都要更多且更好的堅果。這麼矮的樹，用竿子就很容易打下松果，烘烤到鱗苞開口就可取出堅果。在豐收的季節，一個印第安人可以收集三十至四十蒲式耳的堅果。

第三十一章　巨杉

在巨松和銀冷杉的地帶之間聳立著巨杉（巨大的美洲杉），它是世界上所有針葉樹之王，「高貴樹種之中最高貴的」。

最靠近優勝美地山谷的林區向西和向南約二十英里，是圖奧米勒、默塞德和馬里波薩林區。它從亞美利加河中岔口上延伸到迪爾小溪，中間有大範圍間斷的地帶，距離大約二百六十英里，北部的界限靠近北緯三十九度線，南部的界限略低於北緯三十六度線。森林帶的海拔從五千英尺至八千英尺不等。

從亞美利加河到金斯河只有單獨的小片樹林，巨杉沿著樹林帶稀疏地分佈著，其中有三片四十英里至六十英里寬的空地。從金斯河再往南，美洲杉不再限制在林區裏，其宏偉的森林延伸到卡韋河與圖利河廣闊而崎嶇不平的流域，距離將近七十英里，只有大峽谷才打破了這一部分森林帶的連續性。最大的北林區弗雷斯諾的面積為三四平方英里，與南面著名的馬里波薩林區距離不遠。

沿著金斯河南岔口的峽谷的南部邊緣，有一片大約六英里長、二英里寬的美洲杉森林。

這是可以稱之為森林的最北端的林區。往下到金斯河與卡韋河之間的分界線，就進入了這一地帶綿延不斷的大森林。向南，巨樹變得越來越繁茂，從山嶺和斜坡上，它們巨大的樹冠舉到天空，得體地順從這一地區複雜的地形。

這一地帶最好的卡韋部分，位於馬布林小溪與中岔口之間遼闊的山嶺上，叫作大森林——它從遠眺聖華金熱帶平原的花崗岩岬角延伸到山頂涼爽的冰河源泉幾英里範圍內。這個地帶向上的極限，是位於海拔八千四百英尺的卡韋河的中岔口和南岔口之間。但是，在整個區域內最好的一片巨杉森林位於圖利河北岔口，包括美洲杉國家公園在內。

在北部林區，年輕的樹木相對較少。在這裏經受暴風雪摧殘的巨樹，有許多正處於最旺盛的生長期。這些樹木中，很多有希望的年輕樹木或樹苗在冰磧上及岩石邊緣，沿著河道和草地繁茂地生長。雖然巨樹佔領的範圍擴大了很多，但是這裏的樹木規模沒有明顯地擴大。其高度大約為二百七十五英尺，直徑為二十英尺左右，這也許是我們稱之為在有利的條件下、處於成熟期的樹木的平均尺寸。

直徑廿五英尺的樹種並不罕見，有一些樹的高度將近三百英尺。在卡拉韋拉斯林區，有四棵樹木的高度超過三百英尺，其中最高的一棵經地質勘測隊測量後，認定為三百二十五英尺。至今，我在探險過程中，遇到的最大的樹木，是在金斯河森林裏的一棵宏偉而古老的、被火災燒傷後遺留下來的大樹，其樹皮裏面的直徑達到了三十五·八英尺。它的一半被燒透，我花了一天的時間，用鋒利的斧頭清理掉了燒焦的表面，用袖珍透鏡計算出它的年輪。我成功地數到了四千個年輪以上，這表明這棵樹在開始西元紀年時的全盛期的直徑爲廿七英尺左右。

據我所知，世界上沒有其他樹像美洲杉一樣，可以經歷這麼多個世紀，或者能夠打開這麼多令人難忘的、可作參考的觀點通向歷史！在最有利的條件下，這些巨樹大概可以生存五千年以上，儘管存留下來的大樹沒有超過二千五百年的。一棵在卡拉韋拉斯被砍伐的用來做跳舞地板的巨杉，樹齡大約達到了一千三百年，樹皮裏面橫斷樹椿的直徑約爲廿四英尺。在金斯河森林被砍伐的另一棵巨杉的尺寸大致相同，雖然它看上去沒有那麼老，但是它比那棵巨杉年長將近一千年。

初次見到它們，其宏偉和莊嚴是無法用語言訴說的，它們的美感比它的大小更能給你留下深刻的印象。像尼亞加拉河或優勝美地圓頂的宏偉莊嚴一樣，這種感覺會漸漸地潛入你的感官。

當你接近它們，在它們周圍走一走，你開始對其巨大的尺寸感到驚奇，試圖對它們進行丈量。雖然它們的底部相當凸出，但是這並沒有妨礙它的美觀。在有些情況下，該凸出部分過大的惟一原因是你走得太近，只看到比較小的一部分。

我在金斯河森林測量過一棵樹木，它在地上的直徑爲廿五英尺，地面以上二百二十英尺的直徑爲十英尺——就總體而論，它的樹幹是出色的錐形。只要好好地想一想它們獨具的威嚴，少考慮美感，你就無法用語言描述它。

除了糖松之外，大多數有尖頂的近鄰好像對不斷地長高高聳在它們之上的巨杉感到滿意。

巨杉那巨大的穹頂像雲一樣保持四周的平衡，沒有給人留下想升得更高的印象。只是當它還年輕的時候，它也像其他針葉樹一樣向往天空，熱切盼望快速長出一個長長的頂篷。的確，在第一個百年或第二個百年，它會一直長到一百英尺或一百五十英尺高，整棵樹的外觀就像箭頭。而且與樹齡嚴格一致的硬度相比，它似乎與松鼠尾巴一樣對風很敏感。

隨著樹齡的增長，下面的樹枝逐漸掉落，上面的樹枝變得稀疏，直到沒有幾根留下來。然而，這些樹枝長得很粗，一再分叉，最終長滿了樹葉茂密的小樹枝；而樹梢變成圓屋頂形，每天最先感受到玫瑰色晨曦的撫摩，又最遲與太陽道晚安。

雖然沒有遭受烈火和雷電損傷，完美樹種的總體外觀都異常規則和勻稱，但是它們一點也不單調。因爲它們一般輪廓的協調與統一表現出特別的多樣化。無限強大和宏偉堂皇的莖幹在一百五十英尺左右都沒有樹枝，大樹枝也同樣勇敢地向四面八方伸出。其他樹的樹葉沒有這麼茂密，外觀造型沒有這麼精緻，也沒有這麼完美地服從於理想的造型。你偶爾可能看見從樹幹上伸出直徑達五英尺至八英尺、或許有一千年樹齡的樹枝。這些樹枝特別多節，看上去似乎難以控制，好像一定要打破正規曲線的限制。但是，像其他的許多樹枝一樣，它一接近總體輪廓，就分解成凸出的小枝。

除了特別老的樹之外，被雷擊或經歷數千次暴風雪之後的巨杉那規則外觀，是它們顯著的特色。除了樹的高度和樹枝的寬度外，巨杉的另一個特點是樹幹質樸的美及其巨大的密度。這些樹枝比樹幹生產出更多優美造型和雕塑般的建築圓柱，而大樹枝看起來像椽一樣支撐著宏大的圓頂。儘管這麼盡善盡美，大樹總是既嚴肅又認真；它似乎不熟悉特殊的地勢，由於對一切感到陌生，它比鄰居更願意待在本土，像最老、最強壯的樹木一樣深入土地。

人們很快認識了幾種松樹、冷杉和雲杉，如同與朋友相處；這些樹木搖動伸展的樹枝，好似在握手。高齡的原生美洲杉像一首古老的民謠，與你保持一定的距離。只有內華達山的檜柏與它相仿，頑強地、不可征服地屹立在幾千年的冰川覆蓋層上；大概它與美洲杉一樣具有強硬的古典氣派，既嚴酷又沉默。

最大巨杉的樹皮厚度爲一兩英尺，呈鮮豔的肉桂褐色；小樹的樹皮爲淺紫色，構成華麗多彩的叢林。冬末時節，當雪還有八英尺至十英尺深時，樹木卻已經開花了。淡綠色的雌花大約八分之三英寸長，在小樹枝的末端競相開放；淡黃色的雄花還更多，長度爲四分之一英寸，當花粉成熟時，它們爲整棵樹增添了色彩，使空氣爲之清新。巨杉的毬果爲鮮豔的草綠色，二・五英寸長、一・五英寸寬，有三、四十片緊裹著的長菱形硬鱗片，每個毬果有六至八顆種子。種子非常小，把周圍薄膜狀的翼瓣計算在內，長寬分別也只有八分之一英寸和四分之一英寸，導致它們落下時不斷閃爍和顫動，風可以把它們吹到很遠的地方。

除非被松鼠收割，毬果可以在樹上發芽和生長許多年。在多產的季節，樹上長滿了毬果。在兩根直徑分別爲一・五英寸和二英寸的小樹枝上，我發現上面共有四百八十個毬果。或許，除了海岸山脈的美洲杉和紅杉之外，加州沒有其他的針葉樹能夠生產這麼多的種子。一棵樹每年成熟的種子達數百萬個，在豐收年一個北方林區的產量，就足夠全世界的山脈用以種植。

一旦樹冠發生意外事故，如被雷擊，下面的樹枝不論處在什麼位置，就像一群失去蜂后的蜜蜂一樣都很激動，盼望馬上修復被毀的樹冠——與樹幹成直角向外生長數百年的大樹枝開始向上扭轉，準備組成一個新的樹冠，每一枝都急於想成為真正的樹頂。即使一半被燒焦，在只剩下樹樁的情況下也不例外。

一些原本僅僅是裝飾性的小樹枝也試圖往上長，像領導者那樣盡力形成新的樹頂。巨杉常常兩三棵一組緊挨在一起，它們生長的種子來自上一代的大樹倒伏的地面。人們把它們叫作「相愛的一對」、「三女神」等。這些樹木小的時候，相距二、三十英尺遠；到它們完全生長時，樹幹就相互接觸或排擠，有時看起來像一棵樹。

一般認為美洲杉在內華達山脈分佈的範圍曾經很廣，但是經過長時間仔細地研究之後，我得出結論：至少在冰川期結束後，它在內華達山脈分佈的範圍並不廣泛。因為對林區的邊緣和林區之間的空地認真地研究之後，我沒有發現它以前在這裏生存過的痕跡。如果現在內華達山脈的每棵美洲杉都死亡了，那麼，它們生存過的無數遺跡將永存。我確信，不朽的大自然值得學者們就此研究一萬年。

首先，內華達山脈沒有哪個針葉樹的樹種像美洲杉一樣，如此團結，彷彿一個大家庭。或許，離群的樹木和森林間的最大距離是一英里；我所觀察過的那些離群的樹木不是古老不朽的樹木，而是一些年輕的殘留樹種。

此外，美洲杉的大樹幹在倒下之後，會保持幾百年不朽。我有一塊從倒下的樹砍下來的、美洲杉的木材樣品，它與從活樹上砍下來的相同部分幾乎沒有區別。儘管從倒下的樹幹砍下來的那塊，躺在潮濕的森林地面已有三百八十多年，或許年代還長上三倍。我是這樣測量這棵大樹的年代的：當屬於古代遺跡的沉重樹幹倒下時，它本身就沉入地面，這樣，地面上就形成了一條長長的筆直的溝渠。這條溝渠的中間生長著一棵直徑四英尺的銀冷杉；當我決定把樹幹對半砍斷來數它的年輪時，我發現這個殘留樹幹已經在地面躺三百八十多年了。

很顯然，要計算這個樹幹在地面上的全部殘留時間，我必須先加上三百八十年，還要計算上銀冷杉的種子落到有準備的土壤、生根發芽之前流逝的時間。因爲美洲杉樹幹絕不會在一次森林火災中全部毀滅，火災必須間隔相當長的一段時間才會重新發生；而且，清除之後的溝渠常常會荒蕪幾百年——顯然，討論中的殘留樹幹可能已經躺了一千多年，而且這個實例絕不是最後一個。

再者，假設承認在這些地區曾經覆蓋著美洲杉森林，每棵樹可能都倒下，每根樹幹都被燒毀或掩埋掉未留下殘留物。在樹幹的最後痕跡消失之後，沉重的樹幹倒下所形成的溝渠和朝上翻的樹根所形成的碗狀洞，將會保留幾千年。當然，洪流和雨水的沖刷會抹去這些痕跡，但是除了這種破壞作用之外，其他的破壞幾乎是微不足道的。因此在一切條件都很有利的地方，這些樹幹幾乎可以永久保留下來。現在，這些歷史性的溝渠和樹根的碗狀洞，在目前所有的美洲杉林區和森林裏都存在。可是據我觀察，林區和森林範圍以外則連一個模糊的痕跡都沒有出現。

因此我們可以斷定，最近的八千至一萬年期間，美洲杉所覆蓋的地區沒有縮小，而且在冰河期結束以後的時間裏，它的覆蓋面積就根本沒有縮小。不過，可能有人會問：該樹種瀕臨滅亡嗎？它與氣候、土壤和相關的樹木存在什麼關係？

關於這個問題，我將提供某些見解；對於樹種的特殊分佈，我們將盡力證明已經得出的關於它從前分佈範圍的結論。正如我們所見到的一樣，在北方的樹群中，老樹周圍幾乎沒有生長年輕的樹木或小樹，以使得該樹種永久存在下去——比如，遊客在森林中所見到那些年長的美洲杉身邊就無兒無女。

對於大多數觀察家來說，在所謂的爲生命而進行的鬥爭中，被松樹和冷杉征服的美洲杉不過是一種期滿的殘留物，像是注定要迅速滅亡的。因爲松樹和冷杉已經把它驅趕到氣候應該特別有利的、潮濕幽谷的最後據點。但是，南方大片宏偉的森林述說的故事，給我們留下大不相同的印象。森林中沒有樹木更耐久地與氣候和土壤兩者相和諧。它熱情地到處生長——冰磧上、岩架上、河道。

像我們所見到的一樣，在草地深厚、潮濕的沖積層上，眾多的樹苗和小樹擁擠在老樹周圍，足以保持森林旺盛的生命力。所以，如果把美洲杉所有的樹木按樹齡排列在一起，將出現一條很有希望的曲線。從去年的樹苗到巨樹，曲線一直上升，年輕的和中年部分的曲線比老年部分長出許多倍。即使遠到北方的弗雷斯洛，我也發現有五百三十六棵小樹和樹苗在面積小於兩英畝的塌壘上茁壯成長。這個土壤層的形成時間也就只有七年，然而，它的上面幾乎同時播種著松樹、冷杉、雪松和美洲杉——樹種之間相互競爭的，這又是一個爲生命而戰的簡單而又有益的例證。

我注意到，迄今爲止，這裏的條件對年輕的美洲杉最有利。南面的美洲杉最繁茂、數量最多，競爭的樹木因此變得更少。與美洲杉混合生長的樹木，就像印第安的玉米桿下面的微弱小草一樣，生長在美洲杉之下。在洪水沖積的沙質土層上，我發現九十四棵美洲杉高度集中在九英尺至十四英尺範圍內。這片土地曾經被生長在它們下面的四棵大糖松佔據著；然而，生長條件的有利，使得美洲杉從松樹中脫穎而出。

我還注意到，爲接受火災做準備的一片新生土地上，生長著八十六棵茁壯成長的小樹。這樣一來，美洲杉最大的破壞者——火災也爲其從種子發芽到成長提供了空地。然而，即便沒有火災，倒下的老樹也能爲更新森林提供大量的新生土地。土質因此得到改善，變得肥沃，每倒下一棵樹就又長出許多棵樹木。

經常有人含糊地宣稱，以前內華達山比現在更潮濕，不斷增加的乾旱會自然地消滅美洲杉，把地面留給能夠在乾燥的氣候中生長的其他樹木。但是，美洲杉能夠而且也確實和目前與其競爭的樹木一樣，生長在乾燥的土地上。「那麼，爲什麼？」有人問道，「美洲杉不是只能在水分充足的地方生長嗎？」其實，只不過因爲美洲杉的存在產生了那些河流。口渴的登山者非常清楚美洲杉林區都有流水，但是倘若人們假設水是其林區成長的原因就大錯特錯了。正確的說法是：林區是產生水的原因，排乾水，林區照樣生長；但是，砍掉樹木，河流就消失了。

當注意到美洲杉所在地河流形成的規律時，立刻就能夠理解這個問題。巨大樹木的根部佔據著地面，形成吸收和保持雨水及融化雪水的厚厚海綿，只允許水分慢慢地滲出和流動。當然，每片落下的樹葉和小根以及緊緊纏繞的長根，還有平臥的樹幹，可以視爲貯藏大量暴雨的水壩，不讓水輕易流走。

現在的事實是：數千棵美洲杉生長在乾燥的地面上，甚至像高山陸均松一樣依附在花崗岩懸崖的縫隙中；它也已經證明，它周圍環境的特別濕潤是它們生存的結果，而不是它存在的原因。於是，從該樹種從前的生長範圍及其瀕臨滅亡之現狀而推測出來美洲杉的生長取決於濕潤程度的想法，可見是錯誤的。

自從內華達山的冰川期結束以來，雨水和降雪量的減少比一般的猜測要少得多。冰河期以後，所有上面河道的最高水位標都很好地保存下來了，它們沒有比目前的泉水最高水位標高出多少。自從內華達山的河流開始存在以來，冰河期以後，上面的支流水量沒有明顯降低。排除了氣候變化的複雜問題以後，簡單的事實就是：目前的雨水和降雪量足夠美洲杉森林繁茂生長。的確，我的一切觀測趨向於表明，長期的乾旱將會使糖松比美洲杉更早死亡。不僅因爲美洲杉比糖松更長壽，而且因爲美洲杉更耐旱，無論在什麼樣的濕度下都能生長。

此外，如果說樹種的範圍限制和無規律的分佈，是內華達山脈乾燥的結果；那麼像現在這樣，在降雨量較少的南部，單一樹種就不應該增加，而是應該減少。那麼，如果說美洲杉的特殊分佈不受肥沃的土壤或濕度等良好條件的支配，那又受什麼支配呢？

在我研究的過程中，我觀察到我第一次認識的、惟一的北方林區位於一般的森林土壤帶。當冰塊開始分割成單條冰河時，這些土壤帶在冰川期快結束前都是光禿禿的。在研究聖華金的寬闊流域時，我試圖說明各種條件都有利於美洲杉生長的地方，卻爲什麼沒有這種樹木？

我突然想起美洲杉地帶五十英里寬的奇異空地，恰好是聖華金和金斯河流域之間的遼闊的古代冰川流域。這兩條河流經過這片空地，把冰冷的洪水傾瀉到平原上。於是，我認識到，位於卡拉韋拉斯和林區之間、往北四十英里寬的大片空地，是圖奧米勒和斯坦尼斯洛斯流域的古代大冰川流域。默塞德和馬里波薩林區之間的小片空地出現在默塞德的小冰川流域。古代冰川越寬廣，美洲杉地帶相應的空地就越大。

我穿過卡韋河和圖利流域繼續調查。由於該地區的地形特性，我發現，在地形特殊、不受冰河幹流影響的地面，美洲杉長勢最旺盛。

現在，全面地看一下這個地帶。從南面開始，我們看到莊嚴的古代冰川，經過卡韋河和圖利河流域長滿美洲杉的溫暖流域，環抱著延伸的、巍峨的保護性橫嶺，從左右兩邊流到克恩河與金斯河的山谷。然後，冰川又向北，出現在古代聖華金和金斯河冰川的流域；隨後是出現在弗雷斯諾和馬里波薩林區溫暖且受到保護的地方；然後，又是一段默塞德冰川流域；之後，又是一段圖奧米勒和斯坦尼斯洛斯大冰川的流域；最後是卡拉韋拉斯和斯坦尼斯洛斯林區溫暖的古老土地。這樣看來，在內華達山歷史的特定時期，沒有冰川的地方就有美洲杉；有冰川的地方就沒有美洲杉。

有關這種巨樹的冰河期以後的歷史，儘管據所有觀察到的現象得出的結論是：自從冰川時代結束以來，美洲杉從來沒有在內華達山脈更廣泛地分佈過。如果它們的確曾經到了茂盛期，那麼目前的森林還沒有過茂盛期，該樹種在冰河期以後的日子大概還不到一半。

考慮得更廣泛一點，巨大古樹的種類在古代的群體和個體都很多——除了海岸山脈的謝拉巨樹和常綠的美洲杉以外，在希爾和萊斯魯克斯已經發現和描述過的十二種化石中惟一生存下來的是美洲杉。在第三紀和白堊紀時代，它們在北極區的巨大範圍內，並在歐洲及我們自己的國土上繁茂地生長——那麼很清楚，局限在加利福尼亞範圍的狹窄地帶，繼續存在的樹種僅僅是殘存的種類，它們可能瀕臨滅亡。

任何樹木的生存沒有絕對的界限，但是造成它們死亡的原因是偶發事件的，而不像動物那樣因器官衰竭而死亡。只有樹葉僅在年老時才死亡。它們的結構預示著它們會倒下，而樹葉會每年更新，樹木有基本的器官，樹根、樹皮、蓓蕾也一樣。

雖然內華達山脈大部分的樹木死於病害、蟲害、真菌等，但是，沒有什麼能夠危害巨杉。我從未見過病害或者有一點兒腐爛跡象的巨杉樹。若無意外，它似乎是不朽的。奇怪的是，所有很古老的美洲杉都由於雷擊而失去了頂部，真是「禍從天降」。但是，在所有的生物中，或許美洲杉是惟一一個活得足夠長、能夠等待雷擊把它毀壞的樹。

依我所見，目前只有火災和斧頭威脅著這些上帝遴選的最高貴的樹木的生存。在大自然的看守下，它們很安全。但是，由於人類的破壞行爲迅速發展，保護工作僅僅是個良好的開端。

弗雷斯諾林區、圖奧米勒林區、默塞德林區和馬里波薩林區受到優勝美地國家公園、聯邦政府的保護。格蘭特將軍公園和美洲杉國家公園也同樣受到保護。後者是廿一年前建立的，面積爲二百四十平方英里，在內政部部長的指導下，由一支騎兵部隊有效地守護著。面積爲四平方英里的格蘭特將軍國家小公園，也是在同一時間建立的。相同面積的馬里波薩林區、默塞德及圖奧米勒，都由騎兵部隊守護著。或許，一半以上的巨杉被輕率地賣掉了，現在它們都掌握在投機商和製造廠工人的手中。所以，美洲杉國家大公園內的巨杉最應當受到保護。

現在，從萊蒙科夫鐵路很容易到達那裏，從那裏經分級的道路進入卡韋大森林，由此經鐵路到達公園的其他部分。但是，儘管它現在所佔的面積已經不小，它的面積還是應該再擴大一些。東邊應以內華達山脈爲界，南北方向應當分別以克恩河和金斯河作爲它的邊界。這樣，美洲杉國家大公園可以包括這些河流上游的壯觀景色和大概現有十分之九的巨杉。政府將通過購買形式，逐漸償清私人要求得到的一切礦産或土地。

留下無數大用途的巨杉，將是依賴灌溉的草原居民的生命之樹——它們是永不枯竭的源泉，負責向低地送去生活用水。「拯救源泉之樹吧！」——根據時代的跡象來判斷，在確定巨大的美洲杉需要拯救以前，將不可能停止呼喊。

第三十二章　優勝美地花園

在犁、大鐮刀到來之前，優勝美地完全是一個燦爛的花園，而上了嚼子的馬會把花園當成農夫牧草地一樣的開闊地。不過，在坍塌的大斜坡、峭壁階地和臺地、從峽谷的陰面到山谷的邊緣和遠處越來越高的山峰，每年都盛開無數奼紫嫣紅的花朵。

即使在開闊的地面上易於延伸的側面隱蔽處，倖免於難的許多開花植物在春天和初夏依然勇敢地展示著自己的花朵。在這些花卉中，釣鐘柳和道格拉斯雲杉開放著藍色和紅色的花朵。此外，還有構酸漿屬植物和開藍花及白花的紫羅蘭、天竺葵、耬斗菜、飛燕草、巴伊亞雀稗、黃花、雛菊、金銀花，以及礬根屬植物、虎耳草和龍膽屬植物。

在峽谷陰涼的隱蔽處，克勞斯雷斯特和斯達金圓頂的底部，你可以看到櫻草屬植物——它是加州發現的惟一的野報春花屬植物，也是該屬類中惟一已知的灌木種類。這裏還有幾種蘭花——玉鳳花屬和兜蘭屬植物。後者很罕見，它曾經在「冰川點」附近的山谷和金特里車站附近山谷邊緣沼澤地開得很繁盛。這種植物的花朵非常美麗，大橢圓唇瓣爲白色，精美的葉脈爲紫色，其他花瓣和萼片也是紫色，優美地捲曲著，呈螺旋形。

在百合花的屬類中，貝母和幾種精美的卜若地屬、芨芨草屬和其他較少得到讚賞的花卉很普遍。受人喜愛的馬里波薩百合花，是花卉中一個獨特的種類，有點像歐洲野生的鬱金香，卻遠遠勝過它。它們大多數生長在山谷下面、溫暖的山麓小丘上，還有兩種迷人的花卉則在峭壁邊緣那邊幾英里之外、瓦沃納路多泉水的地方茁壯成長。

在加州的花卉中，經常受到遊客讚美的是赤雪藻。這種紅紅的、豐滿而水汪汪的花朵，看起來像一棵巨大的蘆筍。雪停後不久，它像閃閃發光的火柱一樣，從松林和冷杉林死亡的松針和腐殖質周圍長起來。一周左右，它的高度就長到八英寸至十二英寸，直徑達一‧五英寸至二英寸。然後，它的邊緣長苞葉往邊上捲，有二十至三十五個圓裂的、鐘形的花朵從莖軸面直接朝外綻放。

據說，它是在雪中長大的。然而事實正相反，雖然它與其他早開的花卉一樣，可能會被春天的暴風雪掩埋或半掩埋一兩天，但是，它總是等到大地回暖時才開花。整個植物──花、苞葉、莖、翅瓣和根──都是火紅的，其顏色彷彿是人的血液，然而，它是異常冰冷和無同情心的植物。雖然每個人出於好奇而讚美它，但是沒有人像熱愛百合花、紫羅蘭、玫瑰、雛菊那樣喜歡它。它沒有芳香的氣味，只是孤獨而沉默地站在松樹和冷杉的下面，好像不認識世界上的其他植物。在暴風雨中，它從來不移動。儘管它覆蓋著玫瑰紅色的美麗花朵，卻像死去的一樣僵硬。

最可愛和最芳香的山谷花卉是華盛頓百合花，其色白，大小適中，總狀花序開著三至十朵花。我在瓦沃納斜坡的底部看見過一個樣本。它有八英尺高，總狀花序月約二英尺長，有五十二朵花，其中十五朵開著，其他的已經凋謝了或者還在蓓蕾裏。

這種著名的百合花分佈在糖松林向陽的地方，並不像卷丹一樣生長在草地大花園裏。它生長地方很分散，在茂密的鼠李和熊果屬植物灌木叢中，它們長到了齊腰高；在開花的原始灌木叢上方搖晃著可愛的花朵，在微風中散發著它們的芳香。現在，它的身價日漸昂貴，因爲園丁要爲它的鱗莖支付高價——經由園丁之手，華盛頓百合在愛花的世界中廣泛傳播開來。由於其顏色純正、姿態優雅、氣味芳香，它立即成了所有百合花愛好者的最愛。

這裏主要的灌木叢有熊果屬植物和鼠李，每種灌木叢有好幾個類，如杜鵑花、懸鉤子屬植物、野玫瑰、苦櫻桃、山梅花、鼠李等。熊果屬植物從來不會不引起人們特別的關注。

山谷中最常見的品種，大約有六七英尺高，圓頂，有無數分枝，樹皮爲紅色或巧克力色，邊緣有淡綠色的葉子和許多粉紅色的、小窄口子、壇狀的花朵——像楊梅屬的花卉一樣。它多節的彎曲的樹枝像骨頭一樣硬，樹幹和樹枝上的紅樹皮既薄又光滑，看起來好像被剝下來並拋光上過色似的。春天，山上八九千英尺高度的地方閃亮著大片粉紅色的花卉；秋天，妝點著紅色的果實。與豌豆大小差不多的酸莓看起來像小蘋果，其中差不多一半的體積是硬核，但饑餓的登山者卻很樂意吃。熊、草原狼、狐狸、鳥、印第安人和其他山地人，可以依靠酸莓生活數周或數月。

與熊果屬植物長在一起的、不同種類的鼠李都長有芳香的花朵，是令人愉快的灌木叢。它們不僅在山谷，而且也在陽光充足和半遮蔽地面的高山森林裏大量地生長。在糖松森林裏，最漂亮的種類是加州丁香，又叫穗烏毛灌木叢。它有六七英尺高，樹枝細長，樹葉閃著光澤，緊密且豔麗的圓錐花序有許多藍色的花朵。北美莧在松樹下展開平坦、藍花的席子和毯子，而且還爲疲憊的登山者提供了精美的床。就是這些白花的和多刺的植物形成了茂密的灌木叢林，你很難在其中行走，但是每年冬天，這些灌木叢都會被十英尺至十五英尺厚的積雪壓扁。

杜鵑花沿著河邊與草地形成漂亮的花床。在山谷裏，它的高度爲二至五英尺，有精美的綠葉，大部分隱藏在大量芳香的、白色或黃色的大花朵之下。從三千英尺至六千英尺不同的海拔高度，它們分別於六月、七月、八月份次第盛開。在杜鵑花附近還有類似於荷氏黃蝶的小野玫瑰。在有露水的早晨或陣雨過後，灌木叢芳香四溢。

距離這些杜鵑花和玫瑰花不遠，懸鉤子屬植物柔軟的大樹葉覆蓋著地面，潔白的花朵與它的鄰居和親戚玫瑰花一般大，但質地更精美。隨後是夏末時節，出現了人人都喜歡的軟紅漿果。這就是最普通、最美麗、多花、有果味的懸鉤子屬植物種類。

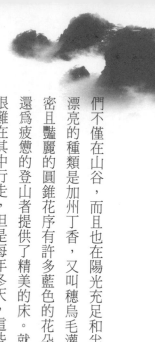

山谷及其周圍有很多有趣的蕨類植物。更多的自然是岩石蕨類植物——碎米蕨、石長生屬、岩蕨屬、珠蕨屬等，有成簇的葉狀體排列在涼爽的幽谷和懸崖縫隙的邊緣。最重要的較大種類有：胎生狗脊蕨和鐵角蕨，特別是普通的鱗蓋鳳尾蕨。胎生狗脊蕨是一種寬肩、華麗的蕨類植物，高五英寸至八英寸，在平坦的地方或山谷北峭壁的一些階地上長成花瓶形的灌木叢。

山谷裏的大河潺潺流過，澆灌著這些蕨類植物。它們像屋頂木瓦，葉子層層重疊，濃密地蓋住了傾斜的岩石。最常見的蕨類植物是大葉而耐寒的鱗蓋鳳尾蕨，覆蓋著山谷大部分的地面——再沒有其他蕨類能爲秋天增添褐色、紅色或黃色如此絢麗的色彩了，甚至在其死後的整個冬天都躺在積雪下面。春天在草發芽之前，它在荒涼的地上蔓延出鮮豔的褐色覆蓋層，最先接觸陽光的小植物體從去年的廢墟中，充滿信念和希望地暴跳起來。

在五種旱蕨中，毛尾蕨最勇敢地面對海拔高度，抵禦暴風雪；同時，它又是屬類中最脆弱的。它在蕨類植物線最邊緣的高山山腰上一些被暴風雪摧毀的岩石縫隙中，茂密地生長著。它是一種美觀的小蕨類，高四五英寸左右，羽狀葉爲淡綠色，閃耀著青銅色的莖，像玻璃一樣易碎。它在較低地方的同伴有珠蕨屬植物和香蕨岩屬植物，後者有柔軟且精巧的葉狀體。雖然它在積雪持續時間最長的岩石上生長，但是一點也不像其他的岩石蕨類。

藍綠色、窄小、簡單羽狀葉的仙人指，與毛尾蕨的大小相同，作爲山地蕨類植物僅次於毛尾蕨，生長在潮濕或乾燥的裂縫裏和冰川覆蓋層上以及漂石周邊。向下大約一千英尺，我們在岩壁架上，在佈滿漂石，在有裂縫的覆蓋層上發現更小的、數量更多的香蕨。從雪堤發源的水徐徐流出，一直澆灌到夏末。這種山地蕨過去在內華達瀑布的底部和弗納爾瀑布頂端之間分佈極爲廣泛，但是勤快的遊客幾乎把它挖絕跡了。所以，人們現在要攀緣到更偏僻的地方才能找到它。

在所有蕨類植物中，最精美的是石長生屬掌葉鐵線蕨。它是瀑布愛好者，它喜歡生長在大瀑布旁邊傾斜得像洞穴的竄窿裏——在那裏，它的指狀葉片能夠得到像露水一樣的飛沫的滋潤。這些長著苔蘚的場所，有幾千種可愛的蕨類植物，輕輕地依附在生苔的壁面。它從黑色、閃亮的莖上伸出精美的指狀葉，既敏感又顫抖，與流水的動作和聲音和諧地跳動。有時，它依次移動每一類葉狀體，好像用指彈奏音樂。

五、六月份是一年中的花期，花卉和瀑布都處於最佳的狀態。到了八月初，山谷裏夏日的輝煌已經過了高峰。於是，小鳥出巢，大部分的植物變成種子，漿果成熟了，秋色開始點亮草地和林區，晨曦中柔和的薄霧預示著季節的更替。

漲潮已過，河水現在開始休息。此時，一些池塘把滴滴答答作響、竊竊私語的水流集合起來，靜靜地流過褐色的鵝卵石和沙子，似乎不再聽到潺潺的水聲。每一個池塘差不多都斷流了，但是它們都有自己的特點，夜晚的空氣和樹影使它們保持冷靜。海岸線彎彎曲曲，形成一個個微型的湖泊。

湖邊的很多地方裝飾著野薔薇、杜鵑花、莎草、雜草和各類蕨類植物。除了這些之外，秋色中還有頭頂上柔美的陽光，下面有涼爽陰影的榿木、柳樹、山茱萸。陽光像穿過彩窗一樣，透過成熟的樹葉照射下來。有時候，旋轉的水蟲或者受驚嚇的鮭魚會攪動水面，在倒伏的木頭或樹根下面尋求庇護。瀑布也很安靜，沒有風擾動它。整個山谷的地面是一片綠、紫、黃、紅的馬賽克——甚至連岩石都奇怪地變得柔美，似乎它們也成熟了。

第三十三章　優勝美地的鳥

優勝美地的風和瀑布經常與鳥兒一起合唱。在春天和初夏，當鳥兒開始築巢的時候，這種合唱變得更加動聽。

在唱歌的鳥兒當中，最爲人們熟悉和最有名的是知更鳥。你每天都可以看到牠在草地上活潑地歡跳，發出愉快生動的叫聲。黑腦袋的蠟嘴鳥也在這裏，布洛克黃鸝和西方的唐納雀、棕色的北美歌雀、北美隱居鶇、紫色的雀科鳴鳥——那種頭部和喉部有玫瑰紅色彩的傑出的歌唱家，以及幾種鳴鳥和維麗俄鳥、戴菊鳥、捕蠅鳥等都加入了這種合唱。

而鳥類中最令人稱道的是黑鶇鳥。牠潛入波濤洶湧的急流，在水底覓食，以優美的姿勢飛行，過著一種令人陶醉的生活。

你總是能夠看見幾種蜂雀，在鮮豔的花朵之間飛奔、嗡嗡地叫。紅腹部的小*、山雀和啄木鳥穿過松樹皮的樹紋，在裂縫裏尋找食物。斯泰勒松鴉在松樹頂上尋歡作樂，漂亮的綠燕子成群掠過河流，時常還能看見吵鬧的克拉克烏鴉出現在山谷的制高點上。

在峭壁那邊的森林裏，你常常可以看見黝黑的松雞和有羽冠的啄木鳥，或者與鴿子一般大的烏鴉在放聲歌唱。雪或雪鳥在山谷地面上的蕨類植物間築巢。麻雀在這裏也很常見，叢林間另一種最常見的鳥，是美麗的天藍色的白頰鳥，牠們在杜鵑花和鼠李灌木叢之間飛來飛去，其燦爛的色彩使林區更加生動。

有時候，在多碎石的沙洲上能看見有斑點的磯鷸。許多啄木鳥也棲息在山谷裏，常見的金翼啄木鳥、哈里斯啄木鳥。還有其他幾種鳥則忙碌著在黃松的厚樹皮上貯藏橡子。

從草地上下來還在趕路的幾隻知更鳥，逗留在山谷裏，勉強地在相對舒適的地方過冬，吃寄生在橡樹上的漿果。在大森林深處和高山草地這些最嚴峻的地方，牠們似乎像在人類熱鬧的住所周圍那些田野和果園裏一樣心安理得。

七、八月份，在冰川草地延伸到內華達山頂之前，牠們伴隨著春天的腳步，在大雪融化之後登上內華達山。然後，短暫的夏天結束，在爲崇高的原始森林歡呼喝彩的工作完成之後，知更鳥根據天氣的變化情況再次下山，在暴風雪的下面停留，吃生長在斜坡上的越橘或從森林裏摘取的野果，然後到低地的葡萄園和果園過冬。當牠們進入城鎮的花園、公園和田野，邂逅牠們的流浪者在這些地方，經常把牠們作爲食物進行屠殺——這麼好的音樂家居然只能有這樣的用途，真的還不如把鋼琴用作在廚房裏生火的柴禾呢！

翠鳥在山谷裏過冬，當然還有啄木鳥，牠們在樹皮裏大量地貯存了橡子——鷦鷯也如此，與牠們在一起的，還有一些棕色或灰色的紅雀、成群的北極藍知更鳥，在大雪覆蓋的寄生灌木叢中，構成了栩栩如生的畫面。

因爲河流從未全部結冰，經常看見的還有成群的鴿子和野鴨。其中美麗的野鴨和北美鴛鴦，由於經常被射殺，現在已經不常見了。成群徘徊的天鵝慣常於三月和四月逗留在山谷，或許現在還是這樣。因爲牠們在穿越內華達山脈的路上，由於饑餓或氣候變化而被迫待在這裏。當它們被獵人追趕時，我經常看到牠們試圖飛躍山谷，然而，最終牠們還是被迫重新落在優勝美地。

巨大的優勝美地也欺騙了天鵝的眼睛——當牠們環行到一定的高度，形成等邊的耙形陣列時，牠們突然發現自己處在撞擊懸崖正面的危險之中；牠們尖叫著，盲目旋轉，反覆嘗試，直到筋疲力盡被迫降落爲止。

我偶爾觀察到大群的天鵝穿越海拔高度一萬二千英尺至一萬三千英尺的內華達山頂，即使在這麼稀薄的空氣中，牠們似乎也毫不費力。但是，不論風和翅膀多麼強大，牠們也無法從底部飛躍優勝美地。

自從我第一次遊覽山谷以來，那對鷲就一直棲息在那裏，整個冬天在北峭壁和河流峽谷下面獵食。牠們的巢築在內華達瀑布傾瀉下來的懸崖壁架上。牠們棲息在無光澤的晶石上，當天鵝被射殺時，牠們始終是饒有興趣的目擊者。有一次我注意到，一隻天鵝由於受重傷，儘管牠還能夠飛得相當不錯，卻被迫離開群體。鷹馬上對牠進行追逐，立意把牠殺死。我並沒有看到捕殺的最終結果，只見到那隻鷹從我身邊飛上山谷，緊密地追趕那隻天鵝。

短暫、寒冷的冬天，也因爲有相當數量的鳥鳴音樂而變得甜蜜。大雪中沒有愉快的合唱。

首先，歌聲最棒的是秀麗卻黝黑的黑鶇鳥，牠與知更鳥的大小相差無幾，在整個夏天和冬天無論暴風雪或平靜的日子、晴天或陰天，牠都唱出甜美、嘹亮的歌聲。

牠持之以恆地出沒於急流和瀑布，在沐浴著浪花的岩石隙口築巢。牠沒有躊足，仍大膽地潛入波濤洶湧的急流——似乎河流越洶湧澎湃，牠就越高興，總是像森林裏的紅雀一樣快樂與沉著。

牠在喧囂的瀑布之間飛來飛去的姿態表現出牠的信心——鳥類與河流是不可分割的一個整體，多麼好的一對！他們的關係非常密切！比漩渦池塘裏的鐘形泡沫花朵更出色的，是這種小鳥。雖然我們可能不瞭解急流大聲迴盪的含義，但是，鳥兒嘹亮的聲音所表達的惟一含義就是愛。

國家圖書館出版品預行編目資料

群山在呼喚／約翰・繆爾（John Muir)作 ；
范亦漳譯 . -- 初版 . -- 臺北市：風雲時代,
2006 〔民95〕
面； 公分

ISBN 978-986-146-304-9 (平裝)
ISBN 986-146-304-6 (平裝)

874.6　　95015407

現代系列

群山在呼喚

作者　約翰・繆爾
譯者　范亦漳
出版者　風雲時代出版股份有限公司
出版所　風雲時代出版股份有限公司
地址　105台北市民生東路五段一七八號七樓之三
網址　http://www.books.com.tw
電子信箱　h7560949@ms15.hinet.net
服務專線　（〇二）二七五六—〇九四九
郵撥帳號　一二〇四三二九一
執行主編　朱墨菲
封面設計　蕭麗恩
法律顧問　永然法律事務所　李永然律師
　　　　　北辰著作權事務所　蕭雄淋律師
版權授權　北京共和聯動圖書有限公司
出版日期　二〇〇六年十月初版

定價　新台幣二三〇元

總經銷　成信文化事業股份有限公司
地址　235台北縣中和市中山路二段三六六巷十號十樓
電話　（〇二）二二四九—六一〇八

行政院新聞局局版台業字第三五九五號
營利事業統一編號二二七五九九三五
版權所有・翻印必究
©如有缺頁或裝訂錯誤，請寄回本社更換
©2006 by Storm & Stress Publishing Co. Printed in Taiwan

風雲時代